JN023442

いつでも母と

山口恵以子

小学館

いつでも母と

はじめに

本書をお手にとって下さったあなた、ありがとうございます。もしかして私のことをご存じないかも知れませんので、簡単に紹介させて下さい。

私は東京タワーのできた一九五八（昭和三十三）年に東京の東の外れにある江戸川区で生まれ、育ちました。子供の頃から少女マンガが好きで、大学生の時はプロを目指しましたがうまく行かず、宝飾店の派遣店員をしながらシナリオ学校で学び、脚本家を目指しました。四十四歳の時、新聞販売店の社員食堂にパート採用され、以後「食堂のおばちゃん」として働きながら小説を書き続けたところ、五十五歳の時に松本清張賞を受賞して実質的な作家デビューを果たしました。

その間、三十半ばでお見合いを始めましたが四十三連敗、見事「行かず後家」

となって今日に至っております。付け加えれば、ずっと実家住まいです。

私の母は一九二七（昭和二）年に千葉県に生まれ、育ちました。私の上には兄が二人いて、私は末っ子で、初めての女の子でした。そのせいもあるでしょうが、子供の頃から母は私に甘く、私も母親べったりで、有り体に言えば超の付くマザコンでした。そして母は私の夢（マンガ家、脚本家、作家）に賛同し、いつも応援してくれました。調べたら星座も血液型も四柱推命も相性抜群だったので、生まれつき「相棒」となる運命だったのでしょう。

大学四年の時、編集者にマンガ作品を見てもらったら「あまりにも絵が下手だ。諦めなさい」と言われました。母に報告すると「だから夢なんか追いかけてないで、ちゃんと就職を考えなさい」とは言わず「そいつはバカだ。あんたの才能を分かってない！」と怒りました。これで母が完全に親バカを通り越してバカ親だったことがお分かりでしょう。

でも、こんなおバカな母でいてくれたからこそ、私は六十年もずっと母を愛し、母と歩んでこられたのだと思います。

今年（二〇二〇年）、私は生まれて初めて母のいない正月を過ごしました。

正月の記憶は母とは切り離せません。つい最近まで、一般家庭が市販のおせち料理を買うことはほとんどなかったので、おせち作りは家事の集大成のような有り様で、どこの家庭でもお母さんは大忙しだったと思います。我が家もそうでした。普段は絶対に家事をしない父も、鰹節を削る役を引き受け（昔はパック入りの削り節などなく、箱形の削り器で鰹節を削っていました）、私は昆布巻きを巻くのや、煮染《にし》めのこんにゃくを手綱に縒《よ》るのを手伝いました。

幼い頃、我が家に家庭用のガス湯沸かし器が設置される前、お鍋の「お出汁」を洗面用のお湯と間違えて顔を洗ってしまったことがありました。お腹を壊しておせちを食べさせてもらえず、夜中にこっそり母の手製の水ようかんを指でほじって盗み食いしたこともありました。どちらの事件も我が家ではけっこう長い間「エコちゃんの〇〇事件」として笑いのタネになっていたものです。

私は母の作る料理の多くを習って受け継いだのですが、水ようかん（白インゲン豆を使って、ピンクと黄緑の二色を作ってくれた）だけは習わずに来てしまいました。今更ながらとても残念です。

昔のことを書き出すと、それこそ「汲《く》めども尽きぬ」状態になるので、この辺でやめておきます。

『いつでも母と』には、主に年を取って私に頼り切りになってからの母のことが書いてあります。一つ一つの事柄を〝トピックス〟として取り上げて行くと、いかにも大変な日々を送っていたような印象を持たれるかも知れません。でも、〝トピックス〟と〝トピックス〟の間には〝何でもない日〟というものがあり、それこそが私と母の生活の基調でした。つまらないことをしゃべり合い、つまらないことで笑い合った〝何でもない日〟が、私と母の絆です。そしてその絆は、母が亡くなった今も、これからも、私の記憶の中で続いていくような気がしています。

本書のタイトル『いつでも母と』は、そんな思いを込めて付けました。

介護を体験した方や、現在介護中の方、大切な人との別れを経験した方にとって、この作品が少しでもお役に立てれば、あるいは何の役にも立たなかったけど「あまりのアホさ加減に思わず笑ってしまった」なら、大変幸せに思います。

もくじ

第1章 母を送れば

第2章　変わりゆく母と暮らして

第3章　介護と悔悟の日々

第4章 あとどれくらいの命

最終章　母を家で看取りました

装画　朝倉世界一
装幀　小川恵子（瀬戸内デザイン）

第1章
母を送れば

ママ、ありがとう

二〇一九年一月十八日の午前六時三十五分、母・山口絢子《あやこ》は永眠した。九十二歳の誕生日を迎える五日前だった。

母の死は急逝ではない。およそ一年の準備期間を経て、ゆっくりと訪れた。母も、私も、その間に心の準備ができていたのだろう。母は終始穏やかだったし、私は自分でも意外なくらい平穏な気持ちで母の死を受け容れることができた。

この文章は一月十九日、母の死の翌日に書いている。デスクトップ型のパソコンを使っているので、執筆は自分の部屋で行う。二〇一八年の年末、母が自宅に戻ってからは、途中で何度も手を止めて、隣の母の部屋へ様子を見にいっていた。もうその必要はないのに、気が付けば手を止めて椅子から腰を浮かしかけている。

母はもうこの世にいない。私の理性はその事実を受け容れているが、感性は違う。まだ母が身近にいるような気がしてならない。

私と母はもう六十年も同じ屋根の下で暮らし、二人三脚でやってきた。住む場所があの世とこの世に分かれたとしても、私と母の二人三脚はこれからも続いて行く。そう思えてならない。

昨日は朝の五時半に目が覚めた。隣で眠る母の寝息が少し浅い気がした。

二〇一八年十二月二十八日の退院以来、私は母の部屋で寝ている。介護ベッドを最下段まで下ろし、隣の床にマットを敷いて、ほとんど同じ高さで。だから母が夜中に目を覚ましてもすぐ気が付いて、手を握って耳元で「大丈夫。ここは家だよ。ママの部屋だよ。恵以子が隣にいるからね」と囁《ささや》いた。時にはしばらく同衾《どうきん》した。すると母は安心して、ふたたび眠りにつくのだった。

この日も起き上がって布団に手を入れた。母の手を握ると温かい。額《ひたい》に手を置き、髪の毛を撫でながら「そばにいるよ。安心して」と何度も囁いた。

だが、何となく、最期の瞬間が近づいているのが分かった。息づかいがこれまでと違っていたし、昨日まで時々右手を宙に伸ばすような動作をしていたのが、もうまったく動かさない。

そして、何と言っても母は、点滴を外して退院し、口からの栄養補給はまったくできない状態で、もう三週間過ごしているのだ。「しろひげ在宅診療所」の山中光茂先生の話では、通常保《も》って二週間だという。だから、すでにデッドラインを越えている。

「お母さんは必ず、苦しまずに安らかに旅立ちます。だからいざという時が来ても、あわてず、落ち着いて見守ってあげて下さい」

くり返し念押しされていたので、母に苦痛がないことは確信していた。だから、後は不安や恐怖に苛《さいな》まれないように、それだけを心掛けた。

亡くなるその瞬間まで、耳は聞こえているらしい。だから「大丈夫だよ。そばにいるからね。ずっと一緒だよ」と囁き続けた。

六時半を回った頃、母は「うーっ！」と一声呻《うめ》いた。

「どうしたの？　苦しいの？　大丈夫？」

私は母に頬を寄せて髪を撫で、声をかけた。しかし、母は反応を示さず、その後はまた元の呼吸に戻った。

その呼吸も、次第に間遠《まどお》になっていった。そして、五分ほどすると、息が止まった。しばらくそのまま待っていたが、ついに息は戻らなかった。私の手の中にある母の手は、まだ温かいのに。

「ママ、ありがとう。お疲れ様でした」

母にそう告げた時も、心は穏やかだった。取り乱すとか嘆き悲しむとか、そうはならなかった。

まず兄の部屋に行き「ママの息が止まったみたい」と告げると、寝ていた兄は布団をはねのけて飛び起きた。

私は自分の部屋に引き返して服を着替え、顔を洗ってから山中先生に電話した。

先生は悔やみの言葉を述べた後、「一時間くらい後に伺います。ご家族で別れを惜しんで下さい」と仰った。

次に、今日訪問予定だった看護師さんの事務所に連絡した。もし朝九時の訪問予定が組まれていたら、早めに断らないと無駄足をさせてしまう。ところが当直の男性看護師の北さんは「すぐに伺います」と即答した。

「お下《しも》とか、きれいにしますよ。排便している可能性がありますから」

実は昨日も看護師さんがオムツ交換してくれた時、かなり大量に排便していた。一月四日に浣腸をして、退院前からたまっていた便はきれいに出ていたので、それ以後たまった便だった。「身体の中の老廃物を出してるんですね。明日も出るかも知れませんよ」という看護師さんの言葉を思い出し、訪問をお願いすることにした。

北さんは三十分で来てくれて、母の身体をきれいに洗ってくれた。やはり排便があったので、プロに来てもらってありがたかった。

「本当に、家族の方に看取られて、良いご最期でしたね」

「皆さんには大変良くしていただいて、母はとても喜んでいました。母はラッキーだったと思います。本当にありがとうございました」

「そう言っていただけると、嬉しいです。朝礼で、山口さんとご家族のことは、報告させていただきますので」

それから間もなく、山中先生が到着した。脈を測り、死亡を確認。

「この時間が死亡時刻となりますので、七時四〇分ご臨終と、診断書にはそう書かせていただきます」

そして深々と頭を下げて仰った。

「大変お見事なご最期でした。感服しております」

先生が帰ってから入間《いるま》市に住む次兄に電話した。次兄は「ああ……」と嘆息した後、午後に入間を出てこちらに向かう、と言った。

次兄は結婚後、婚家と養子縁組をして入間市の住民になった。江戸川区の我が家に来るには二時間前後かかるため、法事でもなければ母と会うのは年に一度か、多くても二度だった。

ところが二〇一八年九月に母が救急搬送されて入院して以来、毎週のように見舞いに訪れた。結婚以来、母子がこんなに頻繁に会ったことはない。母も次兄夫婦の来訪を喜んでいた。

午後、昨日来てくれた看護師の緒方さんが「近くに来たから、絢子さんのお顔を見たくて」と立ち寄ってくれた。昨日は緒方さんが山中先生に進言して下さり、母は導尿のバルーンを外し、管につながれない身体になって旅立つことができたのだ。遺体は午前中に葬儀社の霊安室に運ばれたため、無駄足をさせてしまったが、こういう看護師さんたちと出会えて、母は幸せだったとつくづく思う。

母は、老い衰えても母だった

母が旅立つ一週間ほど前、私は訃報の送り先を調べるために、書き物机の抽斗《ひきだし》に入っていた母の備忘録を取り出した。頁を開いたら、私が松本清張賞に応募した時に原稿を送った宅配便の伝票が挟んであった。

受賞連絡があった時、私は大喜びで母に報告した。しかし母は、はかばかしい返事もせず、ちょっと上の空のようでもあった。だからキチンと理解していないと思い込んでいた。それが宅配便の伝票を保存しておいてくれたと知って、涙が出そうになった。

その時から「可能な限り仕事は受けよう」と決心した。母は私が仕事で成功することを願ってくれた。それなら、仕事に精進することが母への孝養になる。そ

う信じることにした。

それで、この「女性セブン」の連載もお引き受けした。母はきっと喜んでいると思う。母のことを書いている私がいるのだから。

更に、その備忘録には「恵以子のお見合い記録」なる記述があって、見合いの日付と相手の名前と職業の他、「ハゲ」「ケチ」「詐欺」など、辛辣《しんらつ》な寸評が添えてあった。

私は三十代半ばでお見合いを始めたので、三十回を超えた頃には弱気になり、あまり気に入らないけど決めてしまおうかと思うこともあった。すると母は「断っちゃいいな、あんな奴!」と、気合いを入れ直してくれた。

今、当時の母の書いたものを見ると、本当は母も私の結婚を望んでいなかったのではないかと、そんな気がする。

私は二〇一六年に「互助センター友の会」と契約していて、そこの葬祭部は年中無休、二十四時間対応してくれる。母が亡くなった日の朝、最後に連絡したのは葬儀社だった。十一時に伺うとのことだった。

葬儀社は寝台車と車一台、男性社員三名でやってきた。第一声は「ご葬儀の日まで、ご遺体は社の霊安室でお預かりしましょうか？　それともご自宅で過ごされますか？」。

家で共に過ごしたいのは山々だったが、相手はすでに寝台車を用意してきている。いずれは運んでもらわなくてはならないのに、ここで無駄足をさせるのも申し訳ない気がした。迷ったが、葬儀社の霊安室に運んでもらうことにした。

これは大正解だった。何故なら、その日は葬儀の日取りを決めたのだが「実は今、セレモニーホールも火葬場も満杯で順番待ちでして……」。母の葬儀は、最短で翌週の土曜日だという。十八日に亡くなって、二十六日までお通夜もできないとは！

後日、霊柩車の運転手さんに聞いた話では、これはまだマシらしい。中には三週間も待たされた例があるとか。

「毎年、一月は多いんですよ。それに、正月三が日は火葬場、お休みですからね。ますます混むんですよ」と運転手さん。

続いて葬儀社の人は遠慮がちに切り出した。

「これはあくまでお勧めで、無理にと言うわけではありませんが……」

エンバーミング、つまり遺体の衛生保全処理をするかどうか、だった。土葬が主流の欧米では一般的に行われていて、簡単に言えば血液を抜いて防腐剤を注入する措置だ。こうすればドライアイスで囲まなくても肌の色艶を保てるという。費用は十五万円。

私は前にエンバーミングについて聞いていたので、抵抗はなかった。それに、エンバーミングなしで遺体を一週間も保存するとなると、カチカチに冷凍するしかない。むしろその方がイヤだった。

「是非、お願いします」

遺体は明日の午後、エンバーミング用の施設に搬送され、二泊三日で月曜に葬儀社に戻ってくる。それ以降は十時から十七時まで、いつでも対面できるということだった。

「明日、係の者がお伺いして、ご葬儀の内容など、ご相談させていただきます」

葬儀社の人が引き揚げると、昼過ぎになっていた。ふと、旅立ちの衣装をどうしようかと思い至った。

母の部屋に行き、クローゼットを開けて抽斗の奥からスリップを取り出した。十五年ほど前、二人で日本橋髙島屋へ行って買ったものだ。母は突然「あれが欲しい！」と思い立つと、待てない性格だった。店員が勧めた品は三万円で、二人で腰を抜かしそうになり、やっと見付けたそれは一万円！　私の服と変わらない値段だった。ところが母はその後体重が増え、たった一年でキツくて着られなくなった。でも、この四ヶ月で母はすっかり痩《や》せてしまった。今ならユルユルだろう。

次に取り出したのはエメラルドグリーンのロングドレス。私が松本清張賞を受賞した後、受賞パーティーに着る予定で買ったのだが、諸事情で母は出席できなくなり、タンスの肥やしとなっていた。

そして、亡くなった叔母がプレゼントしてくれた銀色のダンスシューズ。母は戦後のダンスブームを経験した世代で、六十代の時、江戸川区のダンスサークルに通ったことがある。

この三点セットがあれば旅立ちの衣装は完璧だ。

三時半に到着した次兄夫婦の車に同乗して、四人で江戸川区船堀の駅前にある葬儀社に行った。

対面用の小さな部屋で、母は白いベッドに寝かされていた。顔に掛かった白い布を取って頬に触れると、家では残っていたぬくもりは消え、すっかり冷たくなっていた。

「お義母《かあ》さん、お疲れ様でした」

合掌の後、次兄に続いて兄嫁も母の頬に触れた。母は彼女が好きだったが、この人も母を好いてくれたのだと、しみじみ思った。

対面室で時間を過ごし、葬儀社を出ると日が落ちかかっていた。

喫茶店に入り、宅配の伝票のことを話すと、次兄は大きく頷いた。

「受賞の知らせがあった日の夜、俺に電話掛けてきて『恵以子が松本清張賞を獲った！』って、すごい喜んでた。こっちは少し認知症の気があると思ってたから半信半疑だったけど、翌日の日経に記事が出てたから、ああ、ホントだったんだと……」

母は松本清張賞のことも、私がそれを受賞したことも、ちゃんと理解していた、そしてとても喜んでいたと、次兄はくり返した。

母がすっかり老い衰えてから、母親が自分の幼い子供のことを全て把握しているように、私も母の全てを把握していると思い込んでいた。

しかし、それはどうやら私の思い上がりだったらしい。母は、老い衰えても母だった。私が考えていたよりもずっと、私のことを想ってくれていたのだ。

寝たきりになり、死期が迫っても、手を握れば必ず握り返してくれたように。

家族葬の費用が高すぎやしないか

生前、母は常々「パパと同じお墓に入るのはイヤ!」、私と兄と三人で入れる墓に葬って欲しいと訴えていた。両親は大恋愛で結婚したが、母は徐々に父の無責任さと不実、母より自分の母親と妹たちを大事にする態度に愛想を尽かし、父の晩年には完全に嫌っていた。祖父とは信頼関係が結ばれていて「人間としてはパパより好き」と言っていたのだが。私も折り合いの悪かった祖母と同じお墓に入れるのは気の毒だったので、同意した。

ついでに「でも、一人で入るのは寂しいから、エコちゃんが死ぬまでそばに置いといてね」……って、それじゃ墓なんか要らないでしょう。私が死んだら山口家の家系は絶えるんだから。でも、ま、しょうがないか。

母が亡くなった翌日、一月十九日土曜日の午後一時半に、葬儀社（互助センター友の会）の見積もり担当者二人が訪ねてきた。

三年前に私がこの会社と契約したのは、都営新宿線船堀駅の真ん前にセレモニーホールがあったからだ。

十九年前に亡くなった父の葬儀は、駅から徒歩五分のホールで行った。生憎《あいにく》梅雨のただ中で、通夜の夜は土砂降りになり、会葬の方たちにはお気の毒だった。母の時はこんなことがないようにと思っていたので、駅前の立地に一目惚れした。

見積もり担当者を前にして、私は開口一番に言った。

「菩提寺《ぼだいじ》はありますが、故人の遺志でそこには葬りません。だから菩提寺の住職にも連絡しません」

この件はその年の初め、次兄夫婦にも告げていた。菩提寺には父と祖父母、叔父が葬られているので、最初次兄は困惑したようだ。

「パパとお祖父ちゃんが可哀想だなあ」

「良いのよ、お祖母ちゃんと叔父さんがいるんだから」

結局「それがママの望みなら」と、最後は次兄も納得してくれた。

「この件は子供たち全員了承しておりますので、問題はありません」

「無宗教でなさる方もいらっしゃいますので、それはお客さまのご意向で。ただ、お経はどうなさいますか？　弊社と契約している各宗派のお寺から導師様をお呼びして、お通夜と告別式、二日間だけのお付き合いという形も取れますが」

読経がないと葬儀の格好が付かず、間が持てずに十五分くらいで終わってしまう場合もあるという。

「お経は上げてもらおう」

兄の希望もあり、菩提寺と同じ日蓮宗の導師を呼んでもらうことにした。戒名は付けず、俗名で葬儀を行うことも決めた。

導師の御礼は二十万円プラスお車代二万円。これは各社ほぼ一律らしい。そして御礼は葬儀代には含まれず、別に支払う。

いよいよ葬儀内容の相談に入った。

うちは家族葬を希望した。何故かというと、齢九十一の母には、家族以外に知り合いがほとんどいなくなってしまったからだ。幼馴染みも、女学校時代の同級生も亡くなり、祖父との関係で付き合いの深かった富山の親戚も、全て子供か孫の代に替わっていた。

昨年、母に頼まれて仲の良かった同級生の家に電話を掛けた。応対に出たのは相手の娘さんで「実は、母は認知症なんですよ」「うちもそうなんです」というわけで当人同士で会話を始めたが、まったく噛み合わないで終わってしまった。

備忘録で調べた母の訃報の送り先は、四軒しか残っていなかった。しかも後日、郵送した四通の死亡通知のうち、二通が宛先不明で返ってきてしまった。

母は二人の子供に囲まれて暮らしていたから、寂しさを感じたことはなかっただろうが、私はどうなるのだろう？　結婚もしていないし、子供もいない。母の年齢になった時、親しい人がみんな死んでいたら。

葬儀社と契約した時、祭壇の写真を何枚か見せられて説明を受け、私は一番安い三十二万円弱を選んだ。てっきりそれで葬儀費用が全部まかなえると早合点したのが大間違いだった。

「家族葬ですと……」

担当者はよどみなく、流れるように説明を始めた。寝棺・骨箱・遺影の額と背景のバリエーション等の説明に始まり、契約した祭壇の残金、湯灌《ゆかん》・花額・花壇・通夜振舞・告別式の会席膳などの費用が次々加算されて行く。

最終的に出た葬儀費用の見積もりは百五十三万六千八百四十九円だった。これに導師への御礼と雑費が加わると、二百万円にリーチが掛かる。

(そ、そんなバカなッ⁉)

家族葬と言えば五十万〜百万円くらいと思っていたので、あまりのギャップに目眩《めまい》がしそうだった。これでも会員特典で約四十万円が割引(霊柩車・寝台車・寝棺・区役所への代行サービス等)になっているというが、百人近くが参列した父の葬儀費用と大差ないのはどうしてなの?

しかし、もう母のエンバーミングまで頼んでしまったので、今更「止《や》めます」とは言えない。穏やかならざる胸中を押し隠し「よろしくお願いします」と神妙に頭を下げた。担当者が引き揚げたのは三時半を過ぎた頃だった。

兄と二人きりになると、憤懣《ふんまん》やるかたない気持ちが爆発した。

「どうしてこんなに高いのよ！　金がなかったら死ねないじゃない！」

「駅前で立地が良いから、強気なんだよ」

「ママが聞いたら、怒って生き返っちゃうわよ！」

母は「お葬式は家族だけで質素に」と言っていたのに。

不意に、兄の経営していた整骨院で働いていた整体師さんがお母さんを亡くされた時、家族葬で弔《とむら》ったことを思い出した。

「H先生はいくら掛かったって言ってた？」

「六十万」

「ウッソー！　全然違うじゃない！」

今更どうにもならないが、母が元気なうちに葬儀について詳しく調べておくべきだったと思う。

試しにネットで検索してみたら、出るわ、出るわ、事前に詳しい見積もりを出してくれる会社とか、五十万～六十万円で家族葬を行ってくれる会社が沢山あるじゃないの。比較検討すれば、予算に応じていくらでも都合の良い会社が選べるのだ。

後の祭りが口惜しくて堪らない。

読者の方も、私の体験を他山の石として、事前にしっかり情報収集して下さい。

葬儀は心の準備できまくりの中で

久しぶりに出した黒い革靴に足を入れた兄が「うッ」と顔をしかめた。キツいのだ。太ると足のサイズも大きくなる。

せっかく葬儀社でサイズの合う喪服をレンタルしてもらったのに、靴でつまずくとは不覚だった。

私も他人のことは言えない。通夜の前日、約二十年ぶりで引っ張り出した冬の喪服はバブル時代のデザインで、もの凄い肩パッド入り。まるで〝黒い笹かまぼこ〟で、とても着られない。

明日の朝、近所のイオンに駆け込んで買うしかないと諦めた時、三十五年前の祖父の葬儀に、母が上野松坂屋で和装の喪服セットを買ったことを思い出した。

出してみると五つ紋の立派な着物だ。

「私、これで葬儀に出る！」

母はあの世に行っても私を助けてくれるらしい。それに、母の喪服で母の葬儀の喪主を務めるのも、私たち母子に相応《ふさわ》しいだろう。

結婚式はリハーサルができるが、葬儀はぶっつけ本番。だから悲喜こもごも、ハプニングがいっぱいだ。いざとなったら開き直るしかない。

✿

通夜は六時からだが、私と兄は三時半には葬儀社に入った。

まず係員に案内され、湯灌に立ち会った。式場に水槽が置かれ、三人の送り人さんが顔剃り、入浴、シャンプーのお世話をしてくれる。昔の湯灌のイメージとは違い、肌が見えないように茶色のバスタオルで身体を覆ってくれた。その心遣いがありがたかった。

式場の正面には祭壇が準備され、喪主と親族の他、各方面から贈られた生花が飾ってある。母の遺影は六十歳の時〝遺影用〟にポラロイド・カメラで撮影した写真から選んだ一枚で、スパンコールのドレスにラメのターバンで艶然と微笑んでいる。敢えて喪服仕様にはしなかった。

母は鼈甲《べっこう》のように、年齢と共に器量が上がってゆく質《たち》で、この時期は若い頃キツめだった顔が柔和になって、自分で「第二の黄金期」と称していた。それで「年取って小汚くなってからの写真は飾りたくない。撮るなら今よ！」と、遺影の撮影に臨んだのだった。

「宝塚の女優さんみたいですね」と言われて、母も本望だろう。

親族控え室に戻ると、会計担当者が訪れた。今日は内金百万円を支払い、残金は後日計算して請求される。

四時半に入間の次兄夫婦と兄嫁の母Fさん、続いて千葉の叔父が到着すると、係員が「納棺式のお支度が調《ととの》いました」と呼びに来た。

式場に降りると、母はきれいに化粧してエメラルドグリーンのドレスに身を包んだ姿で仰臥《ぎょうが》していた。銀色のダンスシューズも履いている。死に装束でなくて本当に良かったと思った。

全員で白布の端を持ち、遺体を棺に納めた。

その後、私と次兄夫婦が呼ばれて、生花の札の順番を決めた。私の方は出版社とミステリー同好会の友人、次兄は施設の職員、ロータリークラブ、提携する病院・医療関係者など。

ハッキリ言って、皆さん生前の母と面識はない。しかし、兄は花輪をどの順番で並べるかで苦慮している。結局、葬儀は死者のためというよりは、喪主とその関係者のためにあるのだろう。

我が家のような規模でも順番に気を遣わないといけないのだから、大掛かりな葬儀では喪主さんは気苦労なことだと思う。

我が家の場合、亡くなってから通夜まで十日間もあったので、心の準備はできまくりだった。すでに一段落してしまい、棺に取りすがって泣き崩れるような心境とは違っていた。

読経を聞いていると、昔、自宅で行った祖父母の葬儀が思い出された。風呂場にありったけの荷物を突っ込み、居間に白黒の幕を張り巡らして祭壇を飾り、家族は寝る場所もなくなって疲労困憊《こんぱい》した。

そう言えば、葬儀の後に母と叔母たちが大喧嘩になってしまったのも、疲れていたからかも知れない。

導師を頼んでお経を上げてもらったのは正解だった。式の終わりの方に駆け付けて下さった方もいるので、読経無しで十五分で終わってしまったら、随分と失礼なことになっただろう。

通夜は無事に終わり、翌日は十時から告別式だった。

葬儀社の人には「一番良い時間ですよ」と言われた。それは火葬場に着くのが十一時半くらいなので、骨揚げを待ちながら昼食が取れるからだった。面白いことに他の飲食代は葬儀費用に含まれるのだが、火葬場の飲み物代だけはこの場で精算する。

一時間ほどで骨揚げの準備が整った。足下の骨から骨箱に収めてゆく。母の頭頂部の骨は、淡いピンク色に染まっていた。

私は喪主として通夜・告別式でそれぞれ挨拶させてもらったが、内容はおおむね左記に尽きる。

「母は急にではなく、一年の準備期間を設けて、苦しむことなく旅立ってくれました。そして子供孝行なことに、年末年始は避けてくれました。そのお陰で、私たち子供も嘆き悲しむことなく、ありがとう、お疲れ様という気持ちで見送れました。これも故人の人徳だと、子供バカかも知れませんが、そう思っています」

「松本清張賞を受賞するまでの私は、世間的に見れば〝ああはなりたくない人〟の見本でした。いい年をして夫はいない、子供はいない、カレシもいない、母はボケるし猫はDV。年ばかり取るのに賞は獲れない。でも、私は結構幸せで、出版される予定のない小説を書いておりました。もし、母が私の母親でなかったら、私はもっと不幸だったし、書き続けることができなかったかも知れません。母には感謝しかありません。これまでずっと二人三脚でやってきて、母がいなくなってガックリするかと思ったら、むしろ母は遠くに行ったのではなく、そばに付き添ってくれるのだと思いました。私たちはいつも一緒です。だから私はこれからも、母と二人、二人三脚で生きて行きます」

葬儀社の人が母の部屋に祭壇を設《しつら》えてくれ、母の遺骨を安置した。

美しい祭壇と生花、きれいな遺影を見ていると、当初の〝ぼられた感〟は跡形もなくなり、満足感だけが心に残った。

葬儀社のスムースな式の進行と行き届いた配慮。格調のあるお経を上げてくれた導師は人柄も練れていて、この方に来ていただいて本当に良かったと、素直に感謝する気持ちになれた。

考えてみれば、母の葬儀は〝家族葬〟ではなかった。家族葬なら家族以外の人に知らせてはいけないのだが、母の葬儀では兄の仕事関係や友人関係から、かなりのお香典を頂戴している。それなら、みすぼらしい式を出すわけに行かない。今回の葬儀は、規模は小さいがそれなりに立派な式だったと思う。

喪主として母の葬儀を立派に出せて、今は心から安堵している。

ママ、事件です！　私、振り込め詐欺に

帰宅するやいなや、コートも脱がずに階段を二階へ駆け上がり、私は母の部屋に飛び込んで、遺影の前にへなへなと座り込んだ。

「ママ〜、大変！　私、振り込め詐欺に遭《あ》いそうになっちゃった！」

ラベンダー色の額に囲まれた遺影は黙って微笑んだままだが、私には「えええっ⁉　ど、どうしたの？」と仰《の》け反《ぞ》りそうなほどビックリ仰天する母の姿が瞼《まぶた》に浮かんだ。

「もう、危機一髪だったよ。きっと、ママが守ってくれたんだね。ありがとう、助かったよ」

遺影を手に取り、私は事件の一部始終を思い返した。

葬儀を終えた一週間後、二月四日月曜日の夕方、電話が掛かってきた。

「江戸川区役所健康局保険金課のXと申しますが、山口恵以子さんですか?」

もの柔らかで親切そうな話し方をする男性だった。「はい」と答えると「山口さんには平成二十五年度から二十九年度にかけての高額医療費の払戻金が二万一千六百円ございまして、昨年、そのご案内をお送りしたのですが、お返事がありません。書類は届いておりますでしょうか?」

正直、まるで記憶になかった。二〇一八年は母の健康状態が激変した年で、そちらに気を取られて失念したのかも知れない。

「実は手続きの期限が先月末になっておりまして……」

「申し訳ありません。こちらの不注意です」

「期限を過ぎてしまった方には、特例としてこのお電話で手続きの代行をさせていただきます」

「ご親切に、ありがとうございます」

その後、本人確認のために生年月日と、普段利用している銀行名を訊《き》かれた。

「明朝十時にM銀行のサービスセンターから連絡があります。その際、通帳と印鑑、キャッシュカード、身分証をご用意下さい」

役所がこちらのミスをフォローするような親切な対応をしてくれるとは夢にも思わなかったので、とても意外だった。

翌朝の九時に、またしてもXさんから電話があり「十時にM銀行の担当者から電話がありますので、ご準備よろしくお願いします」。

あまりに親切な区の対応に、ひたすら感心していると、いよいよM銀行サービスセンターの担当者から電話があった。

「山口恵以子さんですね。M銀行サービスセンターのYと申します」

テキパキした話し方をする男性だった。

「払い戻しには最新の機械を操作してご本人の該当番号を入手していただきます。

この操作は専門的になりますので、必ず行員の指示に従って行って下さい。山口さんの利用されている支店には、最新の機械が設置されておりません。しかし、お宅の近くの環七沿いの無人ATMは最新式ですので、そちらに着いたらすぐにお電話下さい」

こうして私は近所の無人ATMへ向かった。驚いたことに到着する二分前と、到着直後にYから電話が掛かってきた。

今にして思えば、疑問を抱いたり、誰かに電話したりするヒマを与えないように、監視下に置くためだったのだろう。

ATMの前に立つと、電話を通して流れるようによどみのない口調で指示が出される。私はもう、ベルトコンベヤーに載せられたも同然だった。

「キャッシュカードを確認して下さい。左側に四角いチップはありますか？　ではカードを入れて、本人確認の表示を押して下さい」

「本人確認」という表示はない。すると「残高照会と表示されているかも知れません」。

こうして、私は何の疑いもなく残高照会を押してしまった。

「使える金額と残高は一致していますか？　では、数字を左から順に読み上げて下さい」

これで預金残高はＹに筒抜けになった。

「では次に××証明の表示を押して下さい。ない？　では、振り込みという表示になっているかも知れません」

これが彼らの巧妙なところだと思う。本人としては「本人確認」や「××証明」を押しているつもりで、実際は「残高照会」や「振り込み」を押しているのに、その意識が希薄なのだ。

「では、国の指定する払い戻し取扱金融機関を利用します。まず地方銀行を押して下さい。次に、四国銀行を押して下さい。それから、旭……九という字の右に日の旭です、旭支店を押して下さい」

画面に目を落とした瞬間、私はやっと我に返った。

（これ、どっから見ても振り込みの画面じゃない！）

私は操作を中止した。

「私、やめます！」「お客さん、どうしたんです⁉」「あなた、振り込め詐欺でしょう？」「何をバカなこと言ってるんです？」「M銀行に問い合わせます！」。

これで幕切れとなった。もし途中で中止せず、振り込み作業を完了していたら、預金を根こそぎ詐取された可能性もある。

更に恐ろしいのは、彼らが私の名前と電話番号、住所を知っていたことだ。どこから名簿を入手したのだろう。詐欺の標的にされる危険は、誰にでもあるのだ。

実は母も三十年以上前、今で言う「振り込め詐欺」に遭遇した。スーパーの警備主任を名乗る男から電話があり、次兄（当時三十二歳くらい）が万引きをしたと言ったのだ。

「人違いじゃないですか？　息子はいたって物欲の薄い性格で」

「間違いありません。実際にロックのCDをですね……」

「息子は音楽なんか聴きませんよ」

「だから、現行犯で捕まったって言ってるでしょ」

「あの子、昆虫以外興味ないんですよ。人違いでしょ」

「信じろ、ババア！」

男は頭にきて電話を切ったが、母は男以上に頭にきていた。

「許せない！　ママのこと、ババアって言ったのよ！」

母は元声楽家志望で、声優にスカウトされたこともあった。自慢の美声をババア呼ばわりされて、よほど口惜しかったのだろう。

今の私は当時の母と同じ年代で、顔はともかく声でババアと言われたら、やっぱり口惜しいだろうなあ。

お墓、決めました！

母が常々「パパと同じお墓に入るのはイヤ！　エコちゃんとヒロちゃん（兄のこと）と一緒に入れるお墓を探して」と訴えていたことは前に書いた。その時は「まあ、いずれ」と聞き流していたのだが、母が亡くなると訴えが遺言となり、にわかに現実味を帯びた。

ついでに「でも、一人でお墓に入るのは寂しいから、エコちゃんが死ぬまでお骨はそばに置いといてね」とも言っていたので、あわてることはないのだが、私だって事故その他で突然死ぬ可能性はある。元気なうちに墓を決めておかないとマズイと思い始めた。

皮肉なもので、二〇一八年までは霊園セールスの電話や広告チラシが頻繁に入ってきたのだが、二〇一九年に入るとピタリとこなくなった。

先月久しぶりに届いたチラシは、マンション形式のお墓の分譲だった。場所は山手線の内側で悪くない。しかし「ご供養してくれる人（子孫）」がある場合は十五柱まで収容で総費用九十万円なのに、子孫がいない場合は三柱まで収容で二百万円だという。「なに、この差別待遇？」と気分を害した。

続いて兄の知人が紹介してくれたのは分譲墓地で、お寺に隣接していた。だが、場所が江戸川区で川の近くだった。江戸川区は海抜ゼロメートル地帯で、私が子供の頃は治水工事も進んでいなくて、床下浸水や床上浸水がしょっちゅうあった。もし大きな水害があったら、あの場所では流されてしまうのではないか？　そう思うとやはり買う気にはなれなかった。

ところが先週の日曜日、母のお参りに我が家を訪れた叔父が「これから墓陵の契約をしてくる」と話した。かねてより菩提寺に不満があって、元気なうちに墓終《じま》いをして両親（私の祖父母）と妻（叔母）のお骨を新しい墓陵に移し、自分もそこに葬ってもらうのだと。

持参したパンフレットを見せてもらうと、私の心は騒ぎ出した。場所は小石川、後楽園の裏に当たる。「こんにゃく閻魔」で有名な源覚寺と「お仏壇のはせがわ」が共同で管理するマンション形式の墓陵で、普通サイズの骨壺は二箱しか置けないが、特製の骨袋に入れれば最大八柱まで収容可能。お骨の移し替えと入りきれないお骨の供養は、全て寺で行ってくれる。しかも費用は子孫がいてもいなくても一律九十万円だという。

これはまさに、私が求めている墓所ではないか。小石川は海抜一〇メートルあるので、水害で水没する危険はない。

何より、私が一番懸念していたのは経営破綻の可能性だった。平均寿命を考えれば、私が母のお骨を連れて墓に入るのは二十年以上先だろう。それまでにつぶれたら、払ったお金が無駄になる。しかし、源覚寺は約四百年続く地元の名刹であり、はせがわも優良企業だ。私の死後も長く続いてくれるに違いない。

私は兄に頼んで叔父に同行してもらった。帰宅してから詳しい話を聞くと、ますます魅力的に思われた。

それに、兄は近くの工芸高校出身で、墓陵からは目と鼻の先の講道館で柔道の稽古をしたこともある。私も「食堂のおばちゃん」時代、朝食の契約をしていたボクシング青年の応援で、後楽園ホールに何度も足を運んだ。考えてみると小石川は我が家とも縁のある土地だ。

こうして私はあっという間にその墓陵を買う決断をした。ベテランの結婚世話人さんは「お見合いで決まる話は早い。三ヶ月交際しても結婚の予定が決まらないカップルは壊れる」と言っていたが、お墓もまた、決まる話は早いのだろうか。

✿

小石川墓陵を訪れたのは二〇一九年四月十九日の午後だった。私はパンフレットの内容と叔父と兄の話でここに決めてしまったのだが、やはり大切な買い物なので、現地に足を運んで確認する必要もあった。

東京ドームの北側、丸ノ内線後楽園駅を降りて徒歩四分ほど、大通りから一本脇に入った場所だった。周囲は静かな住宅地で、お墓参りに相応しい落ち着いた雰囲気が感じられる。

叔父はいくつかお墓の候補地を見て回ったそうで、浅草にあった有力候補は「周囲が繁華街で、騒々しくってね。落ち着いて墓参りできないような気がして」と小石川に決めたそうだ。実際に現地に来てみると、その気持ちが良く分かった。

所長の山田さんが、契約の前に館内を案内して下さった。

建物は二〇一六年竣工でまだ新しく、地上四階地下二階。地階は葬儀や法要を行う本堂、一階は受付・寺務所・ロビー等、二階は参拝ブースの他に納骨式や会食などを行う部屋があり、三階と四階は参拝ブースが各五部屋用意されている。特に四階は背面がテラスになっていて、屋外の感覚でお参りができるようになっている。テラスには木が植えられてベンチが置いてあるので、温暖な季節には、そこに座って墓石を眺めるのも良いかも知れない。

私はマンション形式の墓陵というのは小石川墓陵しか知らないので、他の墓陵は違うのかも知れないが、その構造を簡単に言うと立体駐車場に近い。好みの参拝ブースを選んでカードを差し込むと、そこに自分の家の墓石が現れる。スイッチが入ると、建物内部では各家の墓石がオートメーションで動き出すのだろうか？

ちなみにお線香は備え付けの物を使用するので、お参りの際はお花やお供物は不要で、手ぶらで来て欲しいとのことだった。

「ここは新しい施設ですので、『将来のために買っておく』というお客さまが多くて、実際に納骨を済まされているお客さまはまだ多くありません。でも、将来納骨されたお客さまが多くなると、お盆やお彼岸などは混み合うことが予想されます。その場合は、参拝ブースが空くまでロビーでお待ちいただいたり、お好みのブースがふさがっていることも考えられます。その点、ご承知置き下さい」

次に山田さんは墓石に納める遺骨収蔵厨子《ずし》の実物を見せて下さった。一般的な七寸の骨壺は二箱、二回りほど小さな四寸骨壺は四箱、専用収納骨袋に移し替えると八柱まで収蔵可能だという。

サンプルの厨子には七寸骨壺一箱と四寸骨壺二箱が納まっていた。大きな壺一っと小さな骨壺二つが身を寄せ合った姿は、母親が二人の幼子を抱えているイメージだ。

「ああ、これなら私と兄の骨を四寸骨壺に入れれば、ママの骨壺がそのまま納まるじゃないの！」と快哉を叫んだ私。

一番気になっていたのは、母の遺骨をそっくり収納した上で、私と兄の遺骨が入るか否かだった。これでその懸念も消えた。

費用は永代供養料・墓石・銘板・彫刻その他全部合計して九十万円と、護持費が年間一万八千円。一ヶ月千五百円の計算で、契約の翌月から発生する。それ以外に納骨の手数料が一万円掛かるが、我が家が実際に納骨するのはずっと先の話だろう。

ふと、母の祭壇に置いてある白木の位牌のことを思い出した。通夜と告別式の時、半紙に俗名と行年を書いて貼り付けたものだ。その後、漆塗りの正式な位牌を作ったので、もはや不要になった。

「あのう、お焚き上げはお願いできるんですよね？」

位牌・骨箱など、一本に付き二千円で引き受けてくれるとパンフレットに書いてあった。

私は必要な書類を全て書き込み、印鑑を押して建物を出た。

費用は翌日、銀行から振り込んだ。これで契約は完了した。

全てが終わると、何やら肩の荷が下りたような気がした。妙な感覚だが「これでもう、いつ死んでも大丈夫」と思うと、心が落ち着く。母の遺骨を路頭に迷わすことなく、私と一緒に終《つい》の棲家《すみか》に安置することができる……。

私は決断が早い。ほとんどの物事は第一印象で決める。迷わないので、買い物が異常に早いと言われる。失敗したのは、第一印象で決めずに迷った場合だけだ。だから、今回もきっと正解だと思う。


ここで叔父の墓終いに触れたい。千葉県にある菩提寺の昔の住職は母や叔父、祖父母とも親交があったが、現住職とは一切交流がない。そして管理費を払っているにもかかわらず長年放置されている状態が続き、ついに遺骨を移す決心をしたそうだ。

その際、墓石を撤去する費用が二百万円近く掛かった。先祖代々の墓なので墓石が三基あり、それで高額になったという。

「寺の方も跡地を区画整理して新しく売り出したいらしい。話がすんなり決まって良かったよ」

今、墓終いをする人が急増している。理由は「生活基盤が東京にあるので、故郷の墓を維持するのが難しい」が一番多い。

私が通っている美容室の店長さんは「自分の代は故郷にお墓参りに行くけど、子供の代になったら難しいと思う。だから、私と主人のお墓は東京で別に買うつもり」と話してくれた。彼女は東京近県出身だが、それでも高齢になったら墓の維持管理は難しいという。

「回向院《えこう》（東京・両国）の墓陵はとっくに売り切れちゃったし、浦安で売り出したお墓も、夫婦二人用の小さいスペースから売り切れて、残ってるのは大きいのだけなんですって」

彼女の話を聞いて、お墓事情の移り変わりの激しさに深い感慨を覚えた。家族もかつては三世代同居が一般的だったが、いつの間にか核家族が当たり前になり、片親家庭や独居老人も増えた。家族形態の移り変わりに呼応して、お墓も先祖代々の墓から家族墓、夫婦墓、独り墓と変わってゆくのだろう。もっとも独居の人なら、墓より散骨や樹木葬などを選ぶかも知れないが。

しかし、それができるのは都会に住む人だけではなかろうか？

私は菩提寺に連絡せず、葬儀社に臨時の導師を頼んで俗名で葬儀を行ったが、檀家と菩提寺の関係が深い地方でそんなことは不可能だ。先の店長さんはお父さんのお葬式の際、お母さんが自分で考えた戒名を付けようとしたら住職に「ダメ！」と断られ、「そんなら俗名で結構です」と言ったら「戒名を付けないならお経は上げられない」と拒否されたという。御仏に仕える人がそんな思いやりのないことを言うなんて！

……いろいろありましたが、何とかお墓が決まりました。良かった！

第2章
変わりゆく母と暮らして

父が亡くなり母はおかしくなった

あれは母が亡くなる二年前の二〇一七年、季節は初夏だったように思う。

どういう話の続きかは忘れたが、母が言ったのだ。

「エコちゃんは高校生の時から『私は二十歳の時より五十歳になってからの方が活躍できる仕事がしたい』って言ってたよね」

ええっ、私、そんなこと言ったっけ？　でも、その意見にはまったく同感で、全面的に賛成だ。

「だから小説家になったのは、とても良かったね」

「うん、ほんとだね」

その頃の母はもう、難しい会話は成立しにくくなっていたので、極めてまともな言葉に驚かされた。同時に、自分がそんな大事なことを言ったのを、どうしてすっかり忘れていたのかと訝《いぶか》った。

それはきっと、人が大切なことも忘れてしまう生き物だからだろう。しかし、本当に大切なことは思い出すことができるのではないか。あるいはこの時の母のように、大切な人が覚えていて、思い出させてくれるのではないか。

その時の経験から、私はそう信じている。

✿

母と暮らした六十年のうち、最後の十八年間はいわゆる「介護」をする日々だった。その中で一番辛かった時期はいつかと問われれば、やはり最初の三年間だと思う。

父が急死し、母が「頼りになる人」から「全然頼りにならない人」、「私が面倒見てあげないとダメな人」へと変化していった期間だ。

こんなことを書くのは辛いが、母が百パーセント母自身であったのは、父が亡くなるまでの七十三年間だったと思っている。それ以降の母は、徐々に何かを失い続ける日々だった。

それは別に父を愛していたからではない。前にも書いたように、中年以降の母は「パパと同じお墓に入るのはイヤ！」と公言していたほど、父に対する愛情と信頼を失っていた。

にもかかわらず、父が亡くなると同時に精神面がガラガラと崩れてしまったのは、四十五年も夫婦として一緒に暮らしていたからではないだろうか。配偶者を失った喪失感の大きさは、愛情の量ではなく、一緒に生活した時間の長さに比例すると聞いた。四十五年は、結構長い。

実は山口家は、父も、父方の祖父母も、全員病院ではなく自宅で亡くなっている。それもいわゆる「ピンピンコロリ」で、直前まで健康で、気が付いたらあの世に行っていたという具合。

父が亡くなったのは二〇〇〇年の六月三十日だった。一ヶ月ほど前から風邪気味で食欲が落ちていたが、健康な人の常として医者嫌いで、病院へ行かずにいた。それで次兄が入間から里帰りして説得し、母のかかりつけの医院を受診して、翌日には都立墨東病院に検査入院する話がまとまった。

しかし、その日の夕方、突然「息が苦しい」と胸を押さえて倒れ込んだ。私はあわてて電話を取り、救急車を呼んだ。

部屋に戻ると、母は気丈に父を支え、膝の上に父の頭を乗せてしっかり手を握っていた。うっすら開いた瞼《まぶた》から覗いた父の目は白かった。

私は急に恐ろしくなった。人が死ぬのを見るのは初めてだった。情けない話だが「救急車、見てくるね！」と叫んで家を飛び出し、そのままずっと外に立っていた。

やがて救急車が到着したが、隊員はさっと父の身体を触り「難しいですよ」と母に告げた。すでに心停止していたらしい。一応病院へ運ばれたが、帰りは葬儀社の車に乗せられて戻ってきた。

夜には母方の叔父夫婦が駆け付けてくれた。私は叔母と遺体を置けるように父の部屋を片付けた、というか部屋を占拠しているガラクタを捨て、あるいは移動させた。三年前に戦友と旅行した際の駅弁の箸袋まで取ってあったと書けば、部屋がどんな状態だったか想像していただけるだろう。

「こんなもんばっかり溜めるから、ちっとも金が貯まらないのよ！」

私は父が急死したショックより、父が溜め込んだ山のようなガラクタへの怒りでいっぱいだった。

「エコちゃん、あの時、怒ってばっかりいたよね」

後日、父の話になると叔母は笑って言ったものだ。

ついでに書くと、父は亡くなった当日に受診していた医院の医師が死亡診断書を書いてくれたため、検死されずに済んだ。

六月は葬儀社も火葬場も余裕があるらしく、母の場合のように一週間以上待たされることもなく、順当に通夜と告別式が行われた。

通夜の席で、母は異常にハイテンションだった。叔父夫婦や次兄夫婦の前で「前の日にお風呂に入ってきれいにしていたから、葬儀社の人に湯灌《ゆかん》を勧められたけど断った」という話を、さも自慢げにくり返すので、さすがに次兄は眉をひそめて「あれ、どうしたんだよ?」と私に耳打ちした。多分、父の急死に立ち会ったショックがあったのだと思う。

葬儀が終わってからも母への小さな「?」は続いた。

テレビのリモコンを風呂場のバスタオルの間に突っ込んだり、私の口座に振り込まれた派遣料を「前にママがエコちゃんに貸したお金」と言い出したり、以前には見られなかったトンチンカンな言動が増えていった。

私は四十二歳だったが、実家暮らしのニートで、定収入の確保がままならない状態だった。それもあって、自分よりは母の方が頼りになる人間だと思っていたし、母がボケてきたとは思いたくなかった。母がダメになったら、私が代わって世間の矢面に立たねばならない。その勇気がなかったのだ。

しかし、母の「どう考えても変」な行動はエスカレートしていった。

かつてお見合いした相手で、交際を望んでくれた人が何人かいた。母はその中の二人宛に「こういう手紙を出せ」と見本を書いてよこした。父が亡くなって生活に不安を感じたので、私にちゃんとした配偶者を見付けなくてはと、焦ったのだと思う。

しかしその手紙の内容がとんでもなかった。要約すれば「あなたが反省すればもう一度交際を考えても良い」とあって、何様でもあるまいし、こんな失礼な手紙を書けるわけがない。才気煥発で人情の機微を心得ていた母が、いったいどうしてしまったのだろう。

私の不安はいよいよ膨れあがった。

期待と不安はシーソーのごとく

私が巻き込まれそうになった「振り込め詐欺」騒動（第1章「ママ、事件です！私、振り込め詐欺に」参照）だが、なんと、これには続きがあった！

二〇一九年二月二十一日の夕方「葛西警察署捜査二課のスズキ（仮名）」と名乗る男から「逮捕された振り込め詐欺グループの一員から押収した証拠の中に、山口さんの個人情報が含まれていた。この件は警視庁案件になったので、捜査に協力して欲しい。もしかしたら警視庁にご足労願うかも知れない」という内容の電話があった。

私はおかしいと思った。捜査課が設けられているのは警視庁や県警クラスで、地域の所轄署にあるのは刑事課なのだ。

これでもミステリー書いてるんだから、私。

早速葛西警察署に電話すると、刑事課盗犯係の刑事さんは「振り込め詐欺に間違いありません」と断言した。おそらくは「捜査本部が立った」と偽って葛西警察署の隣とか、警視庁の前へ呼び出し、銀行カードを盗む、あるいはスキミングするつもりだったのだろう。

その際に耳寄りな情報を教えていただいた。警察署は日本全国、局番は違っても下四桁はほぼ全て0110なのだそうだ。0110以外の番号からの電話で警察を名乗ったら、それは詐欺かも知れないと思った方がいいです。

次に、固定電話は基本的に留守電にして下さい。振り込め詐欺犯は音声を録音されるのをいやがるので、諦めて切るそうです。

あと「携帯電話を持ってATMへ行け」と言ったら全部詐欺。

そして現在、役所（税務署も年金事務所も）は全て、還付金の話は書面を送付して、電話をすることはないという。

皆さん、気をつけて下さいね！

父が亡くなった日を境に、母の脳の機能は低下の一途をたどった。

しかし、私はそれを認めるのが怖かった。これは父を失ったショックによる一時的な現象で、また元の母に戻ってくれると、無理矢理自分に言い聞かせていた。頼りないニートの私が、頼りになる母を失ってしまったら、どうやって世間を渡っていけば良いのだろう。二人で小舟に乗って、川の真ん中でオールを流されるようなものだ。死ぬしかない。

今にして思えば、父の急死以外に、母の知能が急激に衰えた原因と思われるものが二つある。

一つは血圧降下剤、もう一つは脳梗塞だ。

母は六十代から血圧降下剤を服用するようになった。数年前、「降圧剤を飲み続けると脳の血管が伸びきったゴムのようになり、認知症を誘発する」と、ある本で読んだ。お医者さんからも同じ話を聞いた。父は八十五歳で亡くなったが、最後まで「ボケ」とは無縁だった。九十代で亡くなった父方の祖父母も然り。母との違いは、三人とも一切薬を常用していなかったことだ。人にもよりけりだが、母の場合は降圧剤の影響が大きかったと思う。

もう一つ、父の葬儀の翌日、母は軽い脳梗塞を起こした。

「夜中にトイレに行ったら、左半身がピリピリッてシビれたの。梗塞かも知れないと思って、しばらくじっとしてたら治ったわ」

翌朝そう言われ、私はビックリ仰天してすぐに病院へ連れて行った。結果、CT画像には小さな梗塞の痕が残っていた。

幸い、母の身体に後遺症は残らなかった。しかし、脳にはダメージが残ったのではないか。実は同居している長兄が、二〇一七年と二〇一八年で合計三回も脳梗塞に襲われた。兄の場合は左半身に後遺症が残り、短期記憶と判断力が著しく低下して、まるで別人のようになってしまった。兄の脳機能の低下を思うと、母も梗塞によって脳に何らかのダメージを受けたのだと思えてならない。

二〇〇〇年当時、私は派遣店員をしながら二時間ドラマのプロット（筋書き）を書いていた。正確に言えば、脚本家を目指していたものの芽が出ず、プロダクションから下請けの仕事をもらってチャンス到来を待っている境遇で、プロットだけでは経済的に成り立たないので仕方なく派遣店員を続けていた。

ご存じない方も多いだろうが、ドラマや映画の脚本にはその前段階にプロットがある。家に例えれば基礎工事だ。そして上物を建てるのが脚本家、内装・外装を施して家を完成させるのが演出家や監督になる。つまりとても大切な仕事なのに、もらえるお金は一作につき額面五万、手取り四万五千円。ひどいプロダクションは額面三万、手取り二万七千円。もっとひどいプロダクションは踏み倒す。

それでも誰も文句を言わないのは、ひたすら脚本家に昇格したいからだ。城戸賞のような大きな賞を受賞した人以外は、みんな下請け仕事を回してもらいながら、脚本を書くチャンスを与えられる日を待っている。「無理偏にゲンコツと書いて兄弟子と読ませるのが相撲の世界」なら「無理偏に搾取と書いてプロデューサーと読ませるのがドラマの世界」だった。

この頃、勉強会用に書いた脚本を母に読ませたら、一言「テーマがない」と言った。それを伝えると主宰の下飯坂菊馬《しもいいざかきくま》先生（『鬼平犯科帳』等、作品多数）は「お母さん、さすがだね。確かにこの脚本は〝ヘソ〟がないよ」と仰った。

ママはボケてない、ちゃんと批評眼があるんだから……私はそう思って安堵した。だからきっと前のママに戻ってくれる、と。

しかし、私の期待と不安はシーソーのようにアップダウンした。母はこんなに立派なことを言った後で、また信じられないような失態をやらかすのだ。そのくり返しだった。

ある日、プロダクションの打ち合わせに持っていく資料を家に忘れてしまった。私は駅から電話して「改札で待っているから持ってきて」と頼んだ。どんなに遅くても十五分は掛からないはずなのに、三十分近く待っても来ないので、諦めて地下鉄に乗った。帰宅して詰問すると母は困惑の体で「すぐに封筒持って駅に行ったわよ。でも、エコちゃん改札にいなかったじゃない。あちこち探したし、駅員さんにも訊いたのよ」と釈明した。

……未だにあの時のすれ違いの原因は分からない。

別の日、仕事から帰った途端、母が「さっき○○さんから電話があったわよ。今日、会うことになってたんですって？　どうしてすっぽかしたりしたの？」と言った。○○さんはプロデューサーである。真っ青になって連絡すると、全然話は違い、別件で後日打ち合わせをしたいとのことだった。私は「どういうつもりでこんな悪質な嘘つくの？　何か恨みでもあるの⁉」と叫びたい気持ちだった。

そんな毎日ではあったが、私は書くことを諦めようとは一度も思わなかった。むしろ、日常が悲惨であればあるほど、書くことに情熱を燃やした。書くことで自分を見失わずにいられたのだと思う。

そして母は料理ができなくなった

実は一九九八年まで、私には「交際」を続けている見合い相手がいた。相手は医者で、母はその職業に執着していたが、私は正直、ウンザリしていた。月に二度ほど日曜日に会うのだが、無趣味な人で、一緒にいる時間の半分くらいは二人で新宿の紀伊國屋書店本店で立ち読みして過ごした。映画館や劇場は「空気が悪いから入りたくない」と言う。「交際」が始まって二年近く過ぎていた。ズルズル二年も過ぎたのは、本人は結婚したい気があるものの、お母さんとお姉さんが「相手は女医が良い」と反対していたからだ。そんな相手と結婚しても幸せになれないのは目に見えていたし、それ以上にその人が母と姉を説得できるとは思えなかった。ただ、母の期待を裏切りたくないので、月二回の退屈な時間を我慢していたのだ。

その年の暮れ、私は不毛な時間に耐えかねて「もう交際しても無意味だから会うのは止《や》めましょう！」と宣言し、その人を残して家に帰ってしまった。母はガッカリした様子だったが、私の説明を聞いて、最終的には納得した。

考えてみれば、あの医者を私の夫にしようと考えた時点で、母の判断力は少しおかしくなっていたのかも知れない。

笑ってしまうのは、それまでは何とか相手の良い点を見付けて褒めようと努めていた母が、結婚の可能性が消えた途端、掌《てのひら》を返したように「あのブタ！」「目が変質者」「一生母親と姉さんの言いなりで、結婚できないで終わるわよ」と、悪口雑言を並べ始めたことだ。それ以来母はその人の話題になると「あのブーが」と、バカにしたように口まねをしたので、あの医者もいい面の皮だと思う。

認知症の症状の一つに「料理ができなくなる、味が変わる」という変化があげられている。

最初にそれをドラマで見た時は「そんなこと、本当にあるのかなあ？」と半信半疑だった。食べることは五感と直接結びついているし、まして長年料理を作ってきた人が急にできなくなるなんて、そんなことあるのかと訝った。

だが、それは母の身にも起こった。豚の角煮を作ると言って、バラ肉ではなくモモ肉の塊を買ってきたのだ。「こんな硬い肉で角煮なんかできないでしょ」と言ったら、何と今度はラードを買ってきて「一緒に煮ちゃえば大丈夫よ」……料理が得意だったはずなのに、いったいどうしたことだろう。私は愕然として、恐怖すら感じた。

二〇〇〇年に父が亡くなってから、母は次第に料理をしなくなった。私がそばにいるので自分で作る必要がなかった、というのも大きな理由だと思う。それでも好物の漬物は、季節の糠漬と瓜の印籠漬、白菜の漬物の三種類を、私に手伝わせて漬けていた。

父が工場を経営していた頃、我が家には住み込みの工員さんとお手伝いさんもいて大家族だった。その当時使っていた大きな漬物樽は捨てて、家族用の小さなポリ容器に替えたのだが、母は自分で特大容器を買ってきてしまった。昔の記憶が抜けないのか、家族三人では食べきれないほど漬けるので、私は処理に苦労した。

漬物作りが完全に母から私にバトンタッチしたのは、二〇一〇年頃だったろうか。これまでの腹いせに、バカでかい容器は全部捨てて小さな容器に替えたのだが、母はもう気が付かなかった。

母は二〇〇一年になってもまるで回復の兆しが見えず、認知症の症状はひどくなっていった。

ある時、偶然知り合ったバーのママさんが「毎月未婚の男女を招いてパーティーを催して、今まで二十組くらいカップルが誕生した」と話すと、早速名刺を渡して私の世話を頼んだので、呆れ果てて言葉を失った。

娘に何とか伴侶を見付けたいという親心は分かるとしても、以前の母なら相手の話を鵜呑《うの》みにして、よく確かめもせずに飛びついたりはしなかった。私も母も彼女とは知り合って日も浅く、婚活の話が事実かどうか確かめたわけではない。それに、私は彼女の人柄に少し信用できないものを感じていた。私よりずっと勘が鋭くて人を見る目のあった母が、それにまったく気が付かないとは。

少なくとも医者の一件では、相手の身元は確かだった。しかし、今回は違う。この先、もしプロの詐欺師が母に近づいて、うまい話を吹き込んだら、信用してお金をだまし取られてしまうのではないか？

母を見ていると、そんな懸念さえ頭をよぎった。そして、母にそんな懸念を抱くようになってしまった現実に、またしても暗澹《あんたん》たる思いが湧いてくるのだった。

私は父の亡くなる三年ほど前から日本舞踊を習っていて、新年会と浴衣会には母も見に来てくれた。この年の浴衣会にも母は付いてきた。ところが駅で「お菓子を買ってくるからホームの待合室で待っててね」と言い置いて買い物を済ませ、ホームに行ったが母の姿はない。駅員さんに訊《き》いても心当たりがないという。

取り敢えず浴衣会の会場に行って先生に事情を話し、出番を済ませて帰宅すると母はすでに帰っていた。

「いったい、どうしたのよ！　ホームの待合室で待ってろって言ったでしょ！」

「だって駅で男の人に『待合室はどこですか？』って訊いたら『そんなもんありませんよ』って言うんだもん。そのうち電車が来たから、遅れちゃいけないと思って乗ったのよ」

母は降りる駅は知っていたが、会場の場所を知らなかった。それで通行人に「○○先生の浴衣会はどこですか？」と訊いたが誰も知らないので、諦めて帰ってきたのだと言った。

「私はもう十年以上、葛西駅から通勤してるのよ。その私が待合室で待てってって言ってるのに、どうして会ったばかりの人の言うこと信じるの？　待合室はホームの真ん中にちゃんとあるのよ！」

この時は怒りのあまり声を荒らげたが、怒鳴っている途中で徒労感に襲われた。母はまるで子犬のような目でキョトンと私を見ていたのだ。何故叱られるのか、まるで理解できていない目だった。

私はヘナヘナとその場に座り込んだ。襲いかかる虚しさに気力を失い、打ちのめされていた。

母はもう、ダメかも知れない。昔の母には戻らないかも知れない。

いや、多分、ダメなのだ。母はこれ以上良くならない。もしかしたら、今よりもっとダメになってゆくかも知れない。

そして私は、このダメになった母を抱えて、自分の力で世の中を渡っていかなくてはならないのだ。脚本家への道の見えない使い捨てのプロットライターで、来年の予定も立てられない不安定な派遣店員で、四十過ぎてもマザコンの、この私が……。

明るいニュースは、一つだけ

二〇〇二年になっても、母の状態は下降する一方だった。

現在同居している長兄は一九八九年から二〇〇四年まで佃《つくだ》の高層マンションで一人暮らしをしていたので、母が下降線をたどる様子をつぶさに観察したのは、三人の子供の中で私一人だけだ。

ただ、私は一緒に暮らしていたので、毎日見慣れて鈍感になっている部分もあった。

その年の春、次兄夫婦が入間《いるま》から遊びに来た。母と会うのは半年ぶりくらいだったと思う。私は張り切ってご馳走を作り、四人で早めの夕食をとった。途中、母がトイレに立った時、次兄は眉をひそめて抑えた声で言った。

「ママの食べ方、あれ、どうなの？」

そう言われても咄嗟《とっさ》にピンとこなかった。

「なんか、ガツガツというか……前はあんなじゃなかったのに」

芋の甘露煮を箸で切らず丸ごと口に入れ、半分出して皿に戻したり、兄嫁の皿の料理に箸を伸ばしたり、箸でつまんだおかずをこぼしたりと、次兄は以前との違いを列挙した。

確かに、言われてみればその通りだった。

次兄は特別養護老人ホームと介護老人保健施設の運営に携わっており、認知症の高齢者を見慣れている。その目から見て、母の姿はまさに認知症を発症していると映ったのだ。

決定的な宣告を受けたような気がして、私はガックリ落ち込み、不安に苛《さいな》まれた。底なし沼に足を踏み入れ、ずぶずぶと沈んで行くような気分だった。この先、どこまで悪くなるのだろう……。

この年は春で派遣の契約が切れ、短期の仕事をいくつかこなして秋を迎えた。

九月半ば、本当に久々に、一つだけ明るい展望が開けた。「丸の内新聞事業協同組合」(丸シン)という大きな新聞販売事業所の社員食堂に、調理補助パートとして採用されたことだ。

東京新聞の求人広告を見ていたら「社員食堂調理補助パート募集　時給一五〇〇円　交通費全額支給　有給休暇・賞与あり」の記事を見付けた。「スナックのネエちゃんより良いじゃん!」と思ったものだ。勤務地は内幸町、勤務時間は午前六時から十一時。これなら五時間働けば月収十五万円、生活費には充分だ。午後から開かれる制作プロダクションの企画会議にも出席できる。

私は大学卒業後、親戚の世話で宝石の輸入と販売を行う会社に就職したが、そこは三年で倒産し、以後は派遣店員として宝石業界で働き続けた。それは「派遣でも専門性があった方が待遇が良いのでは?」という思い込みがあったからで、職種に特別な執着があったわけではない。私はこの募集に飛びついた。

食べるのが大好きで、小さい頃から母のあとについて台所仕事を手伝っていたし、大学生になると母の代わりに家族の夕食を作ることも多かったから、一応の調理はできる自信があった。それでも、あまりに条件が良いので調理師免許が必要なのかと心配だったが「要りません」というので、面接してもらった。

採用が決まった時は大袈裟ではなく、天にも昇る気持ちだった。

母に伝えると「エコちゃんは料理が好きだから、良い仕事が見つかって良かったね」と喜んでくれた。内心はどうあれ、この時母が「食堂のおばちゃんにするために大学まで出したんじゃないわよ。情けないったらないわ！」に類するセリフを口にしなかったことを、今でも私は感謝している。

食堂は有楽町と新橋の中間の高架下、東海道新幹線の真下にあった。アーケード内は空店舗だらけで暗く寂れ、厨房の設備も古くみすぼらしかったが、そんなことはどうでも良かった。

「うちは六十歳定年です。パートの方も六十歳ですから」

労務担当のこの言葉が、どれほど心強く響いたことか。これでもう、六十歳まで仕事を探さなくて済むのだ。

当時の食堂スタッフは全員勤続十年以上のベテラン勢で、おまけに非常に忙しかったから、私は言われた仕事をこなすだけでやっとだった。でも、お陰で時間が経つのが早かった。

職場は忙しいに限る。派遣店員時代の経験から言うと、暇な店では必ず人間関係に不協和音が生まれた。「小人閑居《しょうじんかんきょ》して不善《ふぜん》を為《な》す」とはよく言ったものだ。

しかし、所謂《いわゆる》肉体労働をしたのは初めてで、慣れるまでは大変だった。

朝六時からホールの開店準備、朝食の調理、配膳の準備。七時に開店して以降はひたすら食事の提供。九時少し前に賄いを食べ、九時半までに厨房の後片付けとホールの清掃。十一時までに昼食の準備、夕食と翌朝の朝食の仕込みを終わらせる。そこまでが私の仕事だった。遅番は二人で、九時半から五時半までの勤務。

最初の一週間、早番は主任と私の他にベテランのMさんの三人体制だったが、翌週からは遅番が来るまで主任と二人体制になると言われていた。しかも主任は八時から八時半まで買い出しで食堂を離れるので、その間は私が一人で対応しなくてはならない。

私は絶対に丸シンをクビになりたくないと思っていたので、毎日必死だった。頭で覚えているだけでは間に合わない。帰りの電車では仕事の手順を思い出し、逐一メモに書き付けた。記憶は書くことでより克明になる。何度も同じことを書いているうちに、どうにか頭に叩き込まれた。

幸いなことに、私は食堂の仕事が大好きになった。

正直、日々反応の鈍くなる母のために食事を作るのは張り合いがなかったが、毎日の食事で何十人もの人たちの健康を守り、喜んでもらうのだと思うと、大いにやり甲斐を感じた。

そして、食堂の仕事には嘘がなかった。いくら口で上手いことを言っても、身体を動かさなければ作業が滞るし、不味《まず》い物を食べさせたら人は不機嫌になる。しばらくすると、これは私の天職だとさえ思えてきた。

同時に、二十年も続けてきた宝石販売の仕事が、まったく自分に合っていなかったことに気が付いた。母は真珠と珊瑚《さんご》と翡翠《ひすい》が好きで、指輪やネックレスを持っていた。私もきれいなアクセサリーを眺めるのは好きだったが、それと販売は違う次元の事柄だ。

私の経験では、たいていの場合、仕事の募集要項の条件は五つあれば三つしか履行されない。それでも仕事が欲しいので、結局泣き寝入りしてしまう。しかし丸シンは、最初の条件を全て履行してくれた。そして六十歳までの安定した生活の道を与えてくれた。

丸シンに採用されたことで、私の運命は開けたと思っている。

食堂のおばちゃん、日夜格闘す

私が一九九六年から三年ほど勤務した店は、宝飾品のリフォームと金・プラチナの買い取りを専門にしていた。

例えば爪が服に引っかかって使いにくいダイヤの指輪（エンゲージリングは大体このタイプ）を持ち込むと、台のプラチナを時価で買い取り、ダイヤは別のデザインの指輪やペンダントに作り直すのだ。その店のリフォームにはとても惹かれるものがあり、私は貴石の指輪を三個を誂《あつら》えた。

中指用のサイズ11の指輪は、今では薬指でないとはまらない。食堂勤務の十二年間で私の指はすっかり太くなっていた。

すると私には大きかった母の指輪がピッタリになった。ようやく、母の大切な物を譲り受ける資格ができたのかな、と思う。

✿

パート勤務ではあったが丸の内新聞事業協同組合（丸シン）に採用され、不安定だった私の生活は何とか安定に向かい始めた。

しかし、母の衰えは進行していった。料理・掃除・洗濯はもとより、それまでは何とかこなしていた簡単な洗い物や後片付けまでできなくなったのだ。

私は月曜から金曜まで、毎朝三時半に起きて家の中を片付け、支度をして五時前に家を出て駅に向かい、始発電車に乗って出勤した。食堂に着いてからは六時から十一時まで、ゴミ出し、掃除、洗い物に料理の仕込みと、賄いを食べるわずかな時間以外ずっと立ちっぱなしで働いた。

それが、疲れ切って家に帰ると、台所の流しには食べかすのこびりついた食器類が置きっぱなし、トイレの床は尿の漏れた痕が点々と続き、壁には糞をこすった痕もある。その有様を見ただけで、やりきれない気持ちが込み上げた。

「ねえ、別に洗えとは言わないから、せめて食べ終わった食器に水張っといてよ。そのままにしといたら、こびりついて落とすの大変なんだから」

私は何度も母に言った。

「私、疲れてるのよ。毎日遊びに行ってるんじゃない、働いてるのよ。重労働よ。それでもご飯作らなくちゃいけないのに、こんなだらしないことされたら、たまんないわよ。すぐにご飯の支度に取りかかれるのと、トイレ掃除と洗い物片付けてから始めるのじゃ、精神的に天と地の開きがあるのよ。ねえ、そのくらい分かってよ。ママだって何十年も主婦やってきたんでしょ？」

言い募るうちに感情が激して、私の口調は鋭くなった。母はその度に叱られた犬のような目をして「うん」と返事するのだが、翌日はまた元の木阿弥だった。

丸シンの社員食堂は鉄道の高架下にあり、周囲の衛生環境は良くなかった。食堂がいくら衛生に気をつけても、周囲の店からゴキブリやネズミが侵入してくる。私は目の前でゴキブリが交尾するのを目撃したこともあったし、ゴミバケツを持とうとしてネズミを摑んでしまったこともあった。

そんな状態だったので、朝、掃除の次に私がやるのは、使う予定の食器を全て水洗いすることだった。調理器具その他も、まず洗わないと使えない。そこまでやっても、ちょっと目を離した隙に、洗ったばかりの食器にゴキブリにフンをされたりした。

だから、掃除と洗い物には食傷気味だった。帰宅してからも同じ作業をさせられるのがたまらなかった。

そして十二月に入ると、事態は更に深刻になった。私の手が何故か、異常にふやけるようになってしまったのだ。最初はそれほどでもなかったが、ふやけ具合はどんどんひどくなり、ちょっと水に触れただけで、湯に浸けていたかのようにシワシワになってしまう。

職場は洗い物をしながらお客さんの給仕もするので、ゴム手袋をはめて働けるような状況ではない。

「ねえ、ママ、私の手、こういう状態なのよ。正直、仕事以外で水に浸けるのが怖い。だから少しで良いから、自分で洗える物は自分で洗ってよ」

私は水でふやけて不気味なほどシワの寄った掌を母の目の前に突きつけて訴えた。だが、母は聞いているのかいないのか、腑に落ちない顔で眺めるばかりで、まるで手応えがない。その様子を見ると、激昂《げきこう》し掛かっていた気持ちがすーっと萎《な》えて、虚しさが広がっていった。

……何を言っても無駄なのかも知れない。

その後、思い余ってベテランのMさんに相談したら、ひと目見て「今までこんな症状は見たことないから、皮膚科に行った方が良いよ」と忠告した上で、他のスタッフに「手が治るまで、なるべく洗い物は代わってあげてね」と言ってくれた。

それで年末に皮膚科を受診したのだが、その直前、不意に原因らしき物に思い当たった。

尿素入りのハンドクリームだ。手荒れに効くと思って使い始めたのだが、手がふやけ始めたのはそれからだった。ふやけるのはクリームが足りないからと思って更に大量に使用すると、それに比例してふやけ具合もひどくなってしまった。試しに使用を中止したら、ふやけなくなった。私の肌質と尿素は合わなかったのだろう。

手の状態が良くなると、私はもう日常生活のことで母に文句を言うのは止めようと思った。反論もせずに黙ってこちらの言うことを聞いている母を見ると、弱い者いじめをしているような気分にさせられたのが一つ、もう一つは、悪気があってやっているのではなく、対応する能力が失われたのだと、やっと私にも分かってきた。

そんな気持ちになったのは、食堂勤務にもようやく慣れて、多少なりとも気持ちに余裕が生まれたからだと思う。

たまにスーパーで、連れのお年寄りの不手際を厳しく叱責する中高年の男女を見ると、あの頃の自分を思い出して辛くなる。

毎日私に責められて、母は可哀想だった。本人にはどうして自分が非難されるのか、おそらく分かっていなかっただろうから。

でも、私だって可哀想だった。毎日気力も体力も限界ギリギリで、まるで余裕がなかったのだ。今なら笑って済ませられることに神経を逆なでされ、時に感情を抑えかねて激昂した。

タイムマシンがあったら、あの時に戻って「可哀想に、辛いよね。でも、偉いよ。頑張ってね」と言ってあげるのに。誰かにそう言ってもらえたら、きっとそれだけで気持ちが楽になっただろう。

銀座線内の口論の物語

「金持ち喧嘩せず」という箴言《しんげん》がある。私はその意味するところを「嫌なことや厄介なことはお金を使って回避できるので、精神が安定して余裕が生まれ、不愉快な出来事に遭遇してもカッとせず、寛大な気持ちでやり過ごすことができる」と解釈している。だからお隣の国のナッツ姫と水かけ姫の一家は、どうにも理解し難い。巨万の富を有しながら、どうして一家揃って些細なことで激昂し、ヘビメタ張りのシャウトをくり返すのだろう？　富はあの一家を幸福にしないのだろうか？　そんなら私が代わりにもらってあげるのに……。

もっとも、人を幸福にするのは金銭だけではない。一番の幸せの妙薬は、夢と希望だろう。「若い頃の苦労は買ってでもしろ」という格言の裏には、若者が夢と希望を抱いているという前提がある。

あの頃、四十半ばで夢と希望がくたびれてきた私は、八方塞がりに近かった。

✿

二〇〇三年の三月、当時仕事をもらっていた制作プロダクションから『警視庁鑑識班』の脚本を書いて欲しいと連絡が来た。火曜サスペンス劇場（日本テレビ系列）の人気シリーズだ。

今まで何度か脚本に起用される話はあったが、結局実現しなかった。一度だけ古田求《ふるたもとむ》さんと共作させていただいたが、それから脚本の依頼は皆無で、プロットライターに逆戻りしていた。

こんな大きなチャンスは、もう二度とあるまいと思った。

私は早速母に報告した。すると耳を疑うような言葉が返ってきた。

「良かったわね、頑張るのよ。ママがお手本を書いてあげるから、それを見て、その通りに書くのよ！」

私は呆れて二の句が継げなかった。小説は形式がないが、脚本には形式と細かな約束事がある。私はそれを脚本学校で学んだ。母は過去に脚本を書いた経験もなく、それどころか脚本の勉強をしたことすらない。それが、私に「手本を書いてやる」というのだ。

少しでも理性が働いていれば、とてもこんな発想は生まれない。それほどまでに、母の知力は衰えてしまったのだ。

私はついに、現実を受け容れた。母はもう良くならない。これからも悪くなってゆく。料理ができなくなり、排泄の粗相が増え、出先で迷子になったりして、頭では分かっていたが、これまでは気持ちが追いつかなかった。しかし、やっと気持ちの整理がついた。

それは多分、丸シンの食堂で安定した職を得て、ギリギリの瀬戸際を脱したからだろう。母を支えて自分の足で生きて行くことに、多少の自信が生まれたのだと思う。

結局、事情があって『警視庁鑑識班』の脚本は別の人が書くことになった。その時、「もう脚本家の目はないな」と分かった。周囲のプロデューサーはほとんど私と同世代で、年下の人もいた。それなら、三十代で書ける人が大勢いるのに、四十半ばの私を新人脚本家として採用する可能性はないだろう、と。

そこで、まるで電車を乗り換えるようにすんなりと、私は希望の中身を「でも、小説家なら年齢制限はない」に切り替えた。

これも全て丸シンのお陰だ。安定した収入が保証されていたのでプロットの仕事を辞めても生活は困らない。付き合いの少ないプロダクションから徐々に仕事を断り、数年後にはドラマの世界から完全に身を引いた。

私は「恒産《こうさん》なき者は恒心《こうしん》なし（キチンとした仕事と安定した収入のない者は精神の安定を保つのが難しい）」という孟子の言葉をよく引用する。この時の体験で、そのことを実感したからだ。

この年の六月に、私はミステリーの短編を書き上げて「オール讀物推理小説新人賞」に応募した。すると九月の初めに「最終選考に残った」という知らせが来た。選考会の開かれる二十五日まで、私の胸は期待と不安が入れ替わり進入して、はち切れそうだった。

もし受賞できたら、生活そのものは現状と変わらなくても、将来に繋がる希望を手に入れることができる。それだけで今よりずっと幸福度がアップするのではないだろうか？

受賞したのは後に直木賞を受賞した門井慶喜さんだった。

私はその夜、祝杯用に買ったスパークリングワインをヤケ酒で呑み、酔っ払って寝てしまった。そして、翌朝目を覚ましたら五時だった。六時から勤務だというのに！　大慌てで家を飛び出し、流しのタクシーを拾って、何とか遅刻を免れた。

帰宅すると母は申し訳なさそうに「ママはエコちゃんが遅刻しないように、いつも四時に起きていたのよ。今朝に限って、どうして目が覚めなかったのかしら？」と言った。

それを聞いた途端、頭に血が上り「一番肝心な時に寝坊してたら、何百回四時に起きたって、そんなの意味ないわよ！」と怒鳴りそうになった。そんな愚にもつかないことを言う母が厭《いと》わしく、情けなく、同時に自分が惨めでやりきれなかった。

新人賞を逃したダメージは、私が自覚していたより大きかったらしい。心から余裕がごっそり削られてしまったほどに。

あれは忘年会の帰りだった。終電近くの東京メトロ銀座線に乗ろうとした時、背後に立ったカップルの男が私を押しのけて先に乗り込んだ。私は瞬時に逆上し、猛然と男に抗議した。男も彼女の手前、引けないと思ったのか「謝れ」「謝らない」で口論はヒートアップ、男は「降りて話を付けよう」と、停車した日本橋駅で私をホームに押し出した。怒りは頂点に達し、私は「警察を呼びなさい！」と大声を出した。

銀座線は停止したままで、乗客は迷惑そうに、あるいは物珍しげにジロジロ見物している。駅員が駆け付けて仲裁に入った。

最終的に男が「どうもすみませんでした」と頭を下げて収まったが、私の気持ちは収まらず、帰宅すると母に一部始終を打ち明けた。

すると母は「若い頃路面電車で立っていたら、隣の男の不注意で鉄板を足の甲の上に倒された。真っ赤に腫《は》れ上がったのに男は一言も謝罪しなかった」と昔話を始めた。

私は母を殴りたくなった。疲れ切り、絶望している娘が更に傷つけられて目の前にいるのだ。説教や訓話が何の役に立つだろう。必要なのは共感と同情だ。共に怒り、共に泣くことだ。あれほど人情の機微を心得ていたはずの母が、そんなことも分からなくなったのかと思うと、私は怒りと惨めさで身を揉んで号泣した。

今になると良く分かる。私は八方塞がりだったのだ。希望が見つからないから、あんなにも心が弱くなってしまったのだ。

それでも母なりの生活の喜びがあった

人間には「捨てる派」と「溜める派」がある。私は断然捨てる派で、新しい物を一つ買ったら古い物を一つ捨てる。一方、同居している長兄は溜める派で、とにかく物が捨てられない。かつて収納アドバイザー澁川真希さんは「収納はスペースの問題ではなく性格の問題です」と仰ったが、まさにその通り！

雑誌「クロワッサン」の体験企画で「防災のための備蓄と片づけ」をやった時、私は大なたを振るい、物置を占拠していた兄のガラクタを軽トラック一杯分も捨てた。その後も折々に捨てまくり、二〇一八年は兄の入院中、ウォークインクローゼットを整理し、ウォークインできるようにした。それまではガラクタ満杯で中に入れなかったのだ。

そんな断捨離好きの私なのに、母の死後、部屋や持ち物に手を付けられないでいる。高価な物や思い出深い品でなくても、日常使っていた下着や浴用のタオル、目を拭いていたガーゼの類いまで。

リビングのカレンダーには私の仕事の予定が赤マジックでびっしり書き込んである。月が変わって破り捨てようとすると、母は必ず「ちょうだい」と言った。母のクローゼットの抽斗《ひきだし》には、それが何十枚も溜めてあった。どういうつもりで溜め込んだのか分からないが、根底に愛情があったことだけは確かだと思う。

✿

父が亡くなってからの母の急激な変化について、今ならすぐに「認知症だな」と分かる。しかし、認知症という言葉が定着したのはおおよそ二〇〇七年以降で、それまでは「(老人性)痴呆症」と言われていた。確かに母は三年にわたって、坂を転がり落ちるように知力と体力が衰えていったが、それでも「痴呆」と呼ぶのは抵抗があった。トンチンカンなことを言う半面、まともな会話もちゃんと成立した。「ボケてきてはいるけど完全にボケたわけじゃない。まだらボケくらいでは？」が当時の私の認識だった。そして「ボケる」というのは病気ではなくて「加齢による自然現象」と思っていた。

二〇〇四年に入ると、母の下降スピードは緩やかになり、踊り場に達した感があった。

この年、母は帽子教室と水泳教室に通い始めている。突然そんなことを思い出したのは、二〇一八年十一月、母の退院に備えて介護ベッドを設置するため、部屋に溜め込んでいた帽子の型紙と布、着る機会のなくなった水着と水泳帽を断捨離したからだ。

母は裁縫が好きで、子供の頃の洋服や浴衣はお手製だったし、大人になってからも夏のワンピースを縫ってくれた。パッチワークにハマっていた時期もある。母の帽子好きは、昭和三十年代以前のファッションは帽子が欠かせないアイテムで、しかも帽子がよく似合ったことによる。デパートに行くと必ず帽子売り場に立ち寄って試着したものだ。本当はもっと若い頃から帽子作りを習いたかったのだが、町工場のおかみさんは忙しくてそんなヒマはない。気楽な未亡人となり、やっと念願叶ったのだろう。

母は金槌で泳げない。それが水泳教室に通うというので驚いたら「アクアビクスって、水の中で体操するの。泳げなくても大丈夫だし、ダイエットに良いんですって」とのことだった。関節に負担のないアクアビクスは母に合っていたが、しばらくすると「こんなつまんない水着着てるの、ママだけよ」と文句を言い始めた。私は母のために通販で地味な水着を買ったのだが、皆さんのカラフルな水着を見て不満に思ったようだ。お安いご用なので、可愛い水着二着と水泳帽二枚を買い足した。

このように、静と動の二つの趣味を持つのは心身の健康のためにとても良いという。事実、母は帽子教室で何人か仲の良い友達ができた。皆さん母より十歳近く年下だったが、楽しそうに「新しく帽子ができ上がると、いつも先生に『山口さん、モデルをお願いね』って言われて、ママが被《かぶ》ってみせるのよ」と話していた。

教室は原宿にあった。ある日「駅の階段を上るのが辛いから止めたい」と言い出した。「原宿なら必ずエスカレーターの付いた出口があるから、そこを使えば良いじゃないの」と言うと、「あら、そうなの？」というわけで、教室通いは足かけ五年ほど続いた。

東京都は七十歳になると都営交通の無料パスを支給してくれる。母は無料パスで都バスに乗るのが楽しかったようで、更新時期が近づくと「取りに行ってきてね」としつこいくらい念を押した。

今にして思うと、その期間、母はまだ一人で電車やバスに乗って外出し、趣味を楽しむことができていた。晩年にそういう時間を持てたことに救われる思いがする。私の記憶には、父の死と同時に様々な物を失い続けた母の印象しか残っていない。それではあんまり悲惨だ。しかし、実際には母なりの生活の喜びがあった。

人間は複雑な生き物で、人生は一筋縄ではいかないと、改めて感じ入る。私の中では灰色に塗りつぶされた母の時間も、母の中には何色かの淡い彩りが残っていた。そのことに感謝したい。

しかし、水泳教室は三年ほど通った後、突然止めてしまった。併設されているお風呂で水着を洗っていたら中年女性に「汚い」と注意され、それで嫌になったようだ。

帽子教室の方は、夏の親睦会の会場で気分が悪くなり、タクシーで帰ってきたのがきっかけで止めた。母は「また気分が悪くなったら皆さんに迷惑が掛かる」と言った。残念だったが、その少し前、家の前で転んで起き上がれなくなり、車で通りかかった方に駅まで送っていただいた事件があり、私も「もう一人で出掛けるのは無理かも」と危ぶんでいた。ちょうど良いタイミングだったのだろう。

印象に残った出来事を書いてゆくと、どうしても刺激的な出来事が多くなってしまう。しかし日常というのは普段は穏やかで、事件が起きるのは「時々」なのだ。我が家もその例に漏れず、普段の母と私の関係に緊張感はなかった。

祖父の代から営んでいた理髪鋏《はさみ》の工場が左前になり、一九八八年に我が家は転居し、父が一人で細々と鋏造りを続けた。しかし母は、住み込みの工員さんやお手伝いさんがいなくなり、結婚以来初めて家族水入らずで暮らせるようになったことを喜んでいた。それを証明するように、四十五キロだった母は、五十七歳で祖父が死んで五キロ、六十歳で祖母が死んで更に五キロ、七十三歳で父が死んだらなんと十キロも太ってしまった。私は「焼け太りって言うのはあるけど、死に太りはママだけね」とからかった。母は楽しそうに笑っていた。

そう、私と母の間に、楽しい会話はいつも普通にあった。特別なものでなかったからこそ、思い出すのが難しいが、ふとした時によみがえり心があたたかくなるのだ。

五十にして鬱になる

元号が令和と改まり、私は昭和、平成と三つの元号を生きることになった。母も臨終の日が三ヶ月半遅ければ、三つの元号を生き、新天皇のご即位を見ることもできたのだが。

母は美智子上皇后様を大変尊敬していて、特に母自身が和歌を趣味としていたこともあり、歌人としての才能を絶賛していた。私自身は和歌を作れないが、母が買ってくれた歌集を通して御歌を知り、素直に感動した。

これほど心温かく才能豊かで教養高い女性を皇太子妃、皇后に戴けて、国民は幸運だったと思う。

二〇一九年五月一日は即位の礼をテレビで拝見しながら、もしここに母がいたら何を言うだろうと考えていた。

✿

二〇〇七年は私には重大な年だった。その年、文庫ではあったが『邪剣始末』(廣済堂文庫→文春文庫)という時代小説で小説家デビューを果たしたのだ。先に脚本家としてデビューしていた松竹シナリオ研究所二四期の同期生、大原久澄さんが、出版プロデューサーに紹介してくれたのがきっかけだった。

本が刊行された時の私の喜びは言葉に尽くせない。第一子が誕生した時の母親の気持ちに近いのではあるまいか。

母も喜んでくれたと思う。「思う」というのは、飛び上がって喜んだ姿も、手を取って「おめでとう! やっと苦労が報われたわね!」と激励してもらった記憶もないからだ。それでも喜んでくれたはずだと思うのは、女学校時代に仲の良かった同級生数人宛に手紙を書いて「これを添えて本を送りなさい」と言ってくれたからだ。当時の母はかろうじて、嬉しいことがあると彼女たちに手紙や電話で知らせる習慣を保っていた。

私は『邪剣始末』がベストセラーになることを夢見た。少なくともある程度の評価を受けることを期待していた。しかし現実は甘くない。受賞歴のない無名の新人が注目されることはなかった。洪水のように刊行される新刊に押され、私の第一子とも言うべき『邪剣始末』は、書店の棚から人知れず消えていった。

私は落胆したが、それでも希望を捨てなかった。『邪剣始末』を読んでくれた小さな出版社の社長から「新作を是非」と言われ、「次こそ必ず！」とリベンジに燃えていた。

一方、母の身体の調子は一段と下降した。括約筋がゆるくなり、神経が鈍くなって、尿意や便意が感じられなくなり、ともすると大小便を漏らすようになってしまった。母は対策としてオシメ代わりにタオルを当てたので、私は百均で大量にタオルを買ってきた。

このタオルの洗濯が厄介この上なかった。尿なら水洗いして洗濯機に入れられるが、大便の場合は便器で洗い流してから洗面所で水洗いしないと洗濯機に入れられない。そして、そのくらい手間を掛けても、洗濯した母の下着からはかすかな便臭が取れなかった。それは今思い出しても気が滅入る経験で、介護認定を受けた後、江戸川区から無料で尿取りパッドが支給された時は、地獄から解放されたような気がしたものだ。

忘れられないのはこの年の晩秋、叔父と従妹が遊びに来た時のこと。夕食を終えてお茶を出した後、突然母が漏らしたのだ。異臭が漂う中、私は何事もなかったような顔で母をトイレに連れて行き、汚れを拭いて着替えさせた。母がふたたび席に戻るまで五分と掛からなかった。その間、兄は前と同じ口調で会話を続け、叔父と従妹も気付かない振りをしてくれた。団欒《だんらん》は何事もなかったように再開した。二人はその後も、あの件に関して一言も口にしていない。

私は叔父と従妹に感謝しているが、母が二人の前でこんな醜態を見せてしまったことが、残念で堪らなかった。ほんの七年前までの母は年齢より若々しくてしっかりしていたのに、この件で二人は母のイメージを「ボケ老人」に修正してしまうだろう。そう考えると母が哀れであり、同時に情けなくてやりきれなかった。

我が家は祖父の代から理髪鋏の工場を営んでいて、敷地内に母屋と工場と従業員宿舎が建っていたのだが、長髪の流行で業績は低迷し、昭和の末期、一九八八年には工場を閉めて土地を売り、同じ江戸川区内の建て売り一戸建て住宅に引っ越した。

その家が築二十年になった二〇〇八年、兄は大々的なリフォームを敢行した。次兄が結婚し、父が亡くなって五人家族は三人に減り、古くなった配管には不備が生じていた。それに、これから更に足腰が弱っていく母のために使い勝手を良くしたかった。二階建てで階段があるので、完全なバリアフリーは無理だったが。人気番組『大改造!!劇的ビフォーアフター』同様、骨組みを残して構造を一新する大工事になった。新築にしなかった理由は、建築法が変わって建坪率が変更され、以前と同じ建坪を確保できないからである。

二月半ば、私たち家族は兄の整骨院に近い江東区のUR賃貸住宅に引っ越した。そこは2LDKのマンションなので、荷物は必要最小限だけを運び、残りは有料倉庫に収納した。

六月半ば、やっとリフォームが終わって我が家に戻った。私は夏服を全部倉庫に置いてきたので、まさに滑り込みセーフだった。

URへ引っ越す時、私はそれまで使っていた自分の家具は全部捨てた。性格が「捨てる派」なので、物に対する執着が薄いのだ。

にもかかわらず、リフォームなった我が家の収納スペースは、あっという間に兄の書籍その他で埋まり、各部屋とリビングの床には段ボールが積み上がった。私は毎日、食堂から帰ると山のような段ボールを開け、中身を整理し、果てしなく廃棄と収納をくり返した。

あの日々のことは思い出したくもない。にもかかわらず、どうしても忘れられないのは、やはり母と関わりのある出来事だ。

長年日本舞踊を習っていたこともあるが、年ごとに着物の数が増え、私は収納場所に苦慮していた。そこでリフォーム後、天井収納庫に「桐の抽斗（簡易箪笥）」を置いて着物を収納することにした。

通信販売で四棹《さお》注文し、届いたは良いが、二階までの搬送を頼むと配達員は「できません」と断った。注文の際に確認しなかった私のミスだが、それにしても……。玄関に積まれた四棹の抽斗を前に、目の前が真っ暗になったが、手伝ってくれる人は誰もいない。

抽斗を抜き取り、空になった枠と抽斗を別々に担《かつ》ぎ、二階へ、それから天井収納庫へと、私は汗だくになりながら運び続けた。

と、一時間ほど経った頃、リビングのソファに座って時代劇専門チャンネルで『鬼平犯科帳』を観ていた母が言った。

「ねえ、夕ご飯まだ？　お腹空いた」

私は全身の血が沸騰し、頭をぶち破って噴出しそうになった。抽斗を担いでいなかったら殴っていたかも知れない。

「ねえママ、今包丁持ってたら、間違いなく刺してるよ」

私は結構ドスの利いた声で言ったつもりだが、母は不思議そうに私を見返すばかりだった。ああ、もう、この人に何を言ってもしょうがないんだな……。

母を見てるうちに怒りは鎮火し、代わりに諦めが浮上した。この年、母は八十一歳、私は五十歳だった。

家中を占拠していた段ボールは、八月に入る頃には何とか片付いた。地階の物置きに積み上げた段ボールが姿を消すまでには更に十年を要したが、それはまた別の機会に。

しかし、家が片付くのと比例して、私の精神状態はひどいことになっていた。とにかく気持ちが沈んでゆく。朝が来ると「どうして目が覚めてしまったんだろう」と落胆し、寝る前には「ずっと目が覚めなければ良いのに」と願う始末。それでも食堂を休むわけにはいかず、朝は仕方なく出勤する。食堂で身体を動かし、スタッフたちと軽口を叩くうちに少しは気分も上向いてくるのだが、帰宅して日が傾いてくると、またしても気分は沈んでいくのだった。

後日その時のことを話すと、食堂のスタッフは口を揃えて「ウソ！　山口さん、元気だったじゃない」と言った。そう、食堂にいる間は元気が出たのだ。食堂にいる間だけは。

私は完全に負のスパイラルにはまり込んでいた。デビュー作は全然売れず、「単行本を出してあげる」という口約束で新作を書いた出版社からは「ケータイ小説」に変更され、もらった原稿料は四百枚弱でなんと、九千円だった。新人作家としては崖っぷちに追い詰められていたのに、書く意欲がまったく湧かなかった。出版プロデューサーからは「今度こそ頑張ろうね」と発破を掛けられたが、どうしてもアイデアが湧いてこない。無理矢理振り絞って書いてみたが「ストーリーは良いけど、登場人物が背景に沈んでいて、全然キャラが立っていない」と突き返されてしまった。確かに、自分で書いていても全然面白くなかった。

こんなスランプは初めてだった。アイデアはいつも、歩いていると頭の上に鳥のフンが落ちてくるように、空から突然降ってきた。そのアイデアを眺めているとストーリーは自ずと湧いてきて、登場人物同士は勝手に芝居を始めてドラマを引っ張ってくれた。その全てが、すっかり消えてしまったのだ。

今にして思うと、更年期鬱を発症していたのだろう。年齢的にもピッタリだし、生活環境も忙しすぎたと思う。食堂に勤務しながら母の面倒を見て、二度の引っ越しと山のような荷物の片付け。私には荷が重すぎたのだ……体力的にも、精神的にも。

ただ、その時は自分が鬱であるとは夢にも思わなかった。自分のような明るい性格の人間が鬱になるわけないと思っていたし、更年期障害に鬱があることも知らなかった。ただ、不幸なのだと思っていた。

孔子は「五十にして天命を知る」と言ったが、私が五十で得た貴重な教訓は「忙しすぎると鬱になる」だった。

母と私の最初で最後の京都旅行

同居している長兄は二〇一八年まで江東区大島《おおじま》で整骨院を経営していた。患者さんを低反発マットを敷いた台の上に寝かせ、治療は全て兄を含めた熟練の施術者の手で行った。そんなわけで我が家には予備のマットが二組置いてあったが、それが整骨院で活躍する機会は訪れなかった。

その代わり、同年暮れに母が退院してから、低反発マットは大いに役に立った。私は毎晩母の隣で寝たが、床に敷いたマットのお陰で身体が冷えることも節々が痛むこともなく、安らかに眠ることができたからだ。

二〇〇九年三月のことだった。私は勤務していた丸の内新聞事業協同組合の冬のボーナス全額をはたいて、母を京都旅行に連れて行った。母の体調を考えると、二人で京都旅行ができるのは最初で最後になるかも知れないと思い、有名な炭屋旅館に一泊し、有名料理店で昼食を二回取る豪華プランを奮発した。

出発は二十二日の日曜日、折しも東京マラソンの開催日だった。車で東京駅まで送ってくれた兄は「十時過ぎると交通規制に引っかかる」と言って、かなり早めに家を出た。結果、新幹線の時間より一時間半も前に着いてしまい、仕方なく空いていた喫茶店に入って時間をつぶす羽目になった。

その頃の母はすっかり括約筋が弱り、下着の中にオシメ代わりのタオルを敷くのが常態となっていて、荷物の中にもタオルを十本以上用意した。京都駅に到着する早々、母が「出ちゃった」と訴えたので、二人で車椅子用のトイレに入った。

最初は下着とタオルを洗ってビニール袋に入れて持ち帰るつもりだったが、予想以上に汚れがひどく、せっかくの京都旅行の始めにそんな作業をしたら楽しい気分が台無しになると思い、結局汚物入れに捨ててしまった。

遅めの昼食に「奥丹清水《おくたんきよみず》」という湯豆腐の有名店を予約しておいた。ガイドブックには京都の人なら誰でも知っている店と書いてあった。ところが駅から乗ったタクシーの運転手（多分、七十歳以上だと思う）は住所を言ってもまるで要領を得ない。カーナビはついていなかったが、地元のタクシー運転手が地理に不案内とは、いったいどうしたことなのだろう？

ついには携帯で奥丹に電話して、お店の方と直接話してもらったのだが、それでも埒《らち》が明かない。運転手も焦っていて、バックしたら他の車とぶつかりそうになって怒鳴られる始末。

怖いので車を降り、別のタクシーを探すことにした。と、目の前を人力車が通りかかったので「母だけでも乗せてもらおう」と思い、「奥丹までお願いします」と言ったら「あそこですよ」と一〇メートル先の店を指さされた……なんて騒動も、今は楽しい想い出だ。

無事に食事を終えて炭屋さんに着く前、母が「お土産に匂い袋を買いたい」と言い出した。私はまるで土地勘がないので、多分タクシーの運転手さんが案内してくれたのだろう。いかにも京都らしい風情のある店に立ち寄って、私も十個くらい買ったと思う。他のお土産は全部食べ物だったので、特に記憶に残っている。

炭屋旅館は高級老舗旅館で、私も一生に一度は泊まりたいと思っていたにもかかわらず、夕食の時間になると「しまった」と思った。食卓が座卓だったのだ。母はもう椅子とテーブルでないと、くつろげなくなっていた。係の女中さんはすぐに座椅子を用意してくれたが、そうすると卓の位置が低くて、やはりバランスが悪い。すると今度は足付きの箱膳を座卓の上に置いて高さを補ってくれた。親切な対応だったが、最初から私が椅子とテーブル式の宿を選ぶべきだったのだ。

旅行の前、兄は「ホテルの方が良いんじゃないの？」と言ったが、炭屋に泊まりたい一心の私は一顧だにしなかった。今更悔やんでも後の祭りで、「来年は高級ホテルだ！」と自分を奮い立たせた。

ただ、親身にサービスしてもらったことは今も感謝している。夜、母は歯を磨こうとしてコップを割り、足の指を切ってしまったのだが、至れり尽くせりの手当てをしていただいた。

その夜、布団を並べて母と寝た。私は興奮してすぐには寝付かれなかったが、酒も入って疲れていたので、いつの間にか熟睡していた。翌朝、母に「いびきをかいてたよ」と言われて耳を疑った。私は自分はいびきをかかないと思っていたので、信じなかった。ところが一昨年、スマホのアプリで調べた結果、一晩に一分〜一時間くらいいびきをかくことが分かった。ママ、疑ってごめんね。

翌日は朝食後、荷物を炭屋に預けて錦小路を観光した。千枚漬その他、京都土産を選んで宅配便で東京に送った。手ぶらで観光できるのは、本当にありがたいと思った。あの時、母が錦小路を歩き通せたのも、手荷物を持たずにいられたからだ。

母は貝が大好物なので、昼食は貝専門の和食店を予約した。亡くなる二年ほど前から歯の状態が悪くなり、大好きな赤貝の刺身を食べられなくなってしまったが、この時は様々な貝料理を「美味しいね」と言って全部平らげた。

私も珍しい貝料理に舌鼓を打っていたが、またしても「あれ」が始まった。母が催して、しかもトイレが間に合わなかったのだ。

困ったことに、手ぶらで来たのでタオルの予備がない。私は店の女将さんに「使い古しで構いませんから、タオルを一本下さい」とお願いして急を凌いだ。女将さんは内心呆れていたかも知れないが、親切に対応して下さった。店を出る時「お母さんとご一緒の写真を撮りましょうか？」と声をかけてくれた。あの一声がなかったら、京都のツーショットは一枚も存在しなかった。女将さん、ありがとう。

午後四時過ぎには東京の自宅に帰り着いた。一泊二日の京都旅行は、旅館と飲食店を巡っただけで、観光とも言えない内容だった。

母は四十代の時、女学校時代の友人たちと京都旅行に行った。とても楽しく感動したようで、初めて見た修学院離宮や桂離宮の美しさを何度も話してくれた。十年前ならかつての想い出の地を巡ることも可能だったろうが、この時は錦小路を歩くのがやっとだった。

それでも母は楽しんでくれたらしい。何年か後になっても、たまに思い出したように「本当に楽しかったね」と口にした。

考えると、私の胸にはやはり悔いが湧いてくる。母がもっと若くて健康なうちに、二人で旅行する機会を持てば良かった。最初で最後の京都旅行の前に、普通の観光旅行をしておくべきだった。

確かに私も母も忙しく、お金もなかった。しかしそれ以上に足りなかったのは心の余裕だった。もう少し心にゆとりがあれば、一泊二日の旅行くらい行けないことはなかったのに。

京都旅行の想い出は、ほんのり甘く、少し哀しい。

第3章
介護と悔悟の日々

介護認定申請で地獄から天国へ

第1章で書いた、母の墓を買った「小石川墓陵」から先日、封書が届いた。中身はカタログで、スイーツ・フルーツ・魚肉類・総菜類・酒等、様々な食品・食材が掲載されている。中から一つ選んで返信すると自宅に届くという、結婚式の引き出物や香典返しでお馴染みの品だ。

でも、どうしてまた、私宛に？　と、不意に思い出した。小石川墓陵を紹介してくれた叔父は「エコちゃんのお陰で、グルメカタログもらったよ」と言っていた。私がこのエッセイで墓陵について書いたので、紹介者とみなされてカタログが届いたのだろうか。

読者の皆さま、お陰様でゴチになります。

カタログは贈答品として大流行だ。誰もがもらって喜ぶ品というのはないし、かといって商品券では味気ない。そんな時に役に立つ。でもカタログもピンキリで、母の葬儀の香典返しに使った高額カタログ掲載の品を見て、私もいつかいただきたいと思ったものだ。

✿

母の介護保険証を調べたら、届出日は平成二十二（二〇一〇）年五月六日となっていた。すると介護保険のお世話になった期間は丸十年間に満たなかったわけだ。もっと長い時間が経っていたような気がするので、正直意外だった。

同時に、母の異変に気付いてから介護認定を申請するまで約十年も掛かったとは、今更ながら我が身のうかつさに呆れてしまう。

我が家の父方は長寿家系で、祖父母は九十代、父は八十五歳で、入院することなく自宅で亡くなった。所謂《いわゆる》「ピンピンコロリ」だった。頭の方も「ボケ」とは無縁で、死ぬまでしっかりしていた。つまり私は本当の意味で「老人」を知らなかった。頭と身体が急激に、あるいは徐々に衰えてゆく高齢者と身近に接した経験がなかった。だから老い衰えてゆく母を前に、為《な》す術《すべ》もなく十年も過ごしてしまったのだと思う。

二〇〇七年秋、私の働いていた社員食堂にAさんというスタッフが入ってきた。私より六歳年上で、介護施設の食堂で働いていた経験を持ち、町内会の役員も務めていた。当然ながら介護や福祉に関する知識と情報が豊かで、明るく面倒見の良い性格でもあった。私はAさんと気が合って、よくおしゃべりしたのだが、私の話には母が頻繁に登場する。それを聞くうちにAさんは母の現状を悟ったのだろう、二〇〇八年の暮れに「お母さんは介護認定を受けた方が良いんじゃない?」とアドバイスしてくれた。

Aさんに指摘されるまで、私の頭には「介護認定」の「か」の字もなかった。当時の母は自分の足で歩けたし、たまに粗相はするものの、食事もトイレも入浴も一応は介助なしでできた。時にはトンチンカンなことを言うが、普段はそれなりに筋の通った話をするし、読書好きで、毎日時代小説文庫を読んでいた。母は私のイメージする「介護保険のご厄介になる老人」とは違っていたのだ。

Aさんの忠告を受け容れて申請するまで更に一年以上を要したが、「オシメの洗濯だけでも楽になるから」と保証してくれた言葉は真実だった。介護認定後、区に申請すると尿取りパッドを無料（後に一割負担）で支給してくれた。お陰でオシメの洗濯から解放され、日々の介護が格段に楽になり、天国と地獄ほど違った記憶が残っている。

情報というのは、役に立つ内容がどれほど身近に氾濫していても、本人に興味や関心がなければ、一顧だにされずに霧散してしまう。私もAさんと出会わなければ、介護認定を申請するという発想を持てなかっただろう。

これは介護だけに限らないが、身近に気軽に話のできる人がいるのは重要だと思う。情報はインターネットでいくらでも入ってくるが、何を得て何を捨てるかは本人の判断に委ねられる。しかし、本人が見落としている点や気付かない点は、第三者に教えてもらわないと分からない。案外、第三者だからよく分かることもあると思う。

高齢者を狙った様々な詐欺事件も、被害者の身近に気軽に話のできる友人が何人かいたら、防げる場合も少なくない。「セレブが金貸してくれって言うわけないでしょ」「そんなうまい話、どうして赤の他人のあなたに教えてくれるの？　私なら内緒で自分だけ儲けるわよ」「絶対儲かる株なら、その人は何万株買ったか訊いてご覧よ」等々、ハッと目を覚まさせるセリフを、友人の誰かが言ってくれるかも知れない。

気の合わない人と無理に付き合う必要はないし、始終他人と群れる必要もない。だが、孤立しては損だと思う。気軽に会って（電話でも）話ができる相手は、いるに越したことはない。人間は「人の間」と書くのだから。

母の介護認定は最初は要支援2、翌年に要介護1に変わった。

私が介護保険のありがたみを痛感したのは、認定を受けた早々の夏だった。母が階段から足を踏み外して捻挫し、歩けなくなってしまったのだ。階段も上れないので、ひと月ほどリビングに低反発マットを敷き、母はそこで寝たり起きたりの生活になった。膝立ちはできたので、用便は私が介助しておまる代わりに大型のプラスチック製食品保存容器でさせた。

ただ、私も兄も仕事で家を離れている時間、母を家に一人で残しておくのが心配だった。ケアマネジャーさんに相談すると、すぐにヘルパーさんを手配してくれた。

ところがその日の午後、私が食堂から帰宅すると、母は開口一番「ヘルパーさんを断って」と訴えた。粗相して寝間着《ねまき》を汚してしまったのを、着替えさせて身体も拭いてくれたというのに「一人で大丈夫だから、もう家に来させないで」と言って聞かない。父が工場を経営していた時代、住み込みの従業員とお手伝いさんがいて随分気疲れしたらしく「二度と家の中に他人を入れたくない」と頑なに思い込んでいたのだ。仕方なくヘルパーさんを断ったが、幸いなことにそれから回復するまで、母は無事に日を送ることができた。

母は独身の息子と娘と暮らしていたので、早い話がお付き女中と専属運転手にかしずかれているような生活だった。日常生活の面倒は全て私と兄が見ていて、介護保険を目一杯活用して他人の手を借りたのは晩年の数ヶ月だけだった。

それでも介護認定を受けて、私は精神的にとても楽になった。まずは尿取りパッドの件。次に、私がそばにいられない時はケアマネジャーさんに相談して、誰かに世話を頼めるという安心感。これがあるとないとでは精神の負担が大きく違う。

ゆっくり下降線をたどっていった晩年の母との生活は、この二点に支えられる部分が大きかったと思う。

喜びも悲しみもデイサービス

二〇一九年六月六日の早朝、有楽町のニッポン放送へ出掛けた。数年前から『垣花正　あなたとハッピー！』（月〜木の八時から放送）に月一回、ゲストで呼んでいただいているのだ。毎回本番の四十分くらい前にスタジオ入りし、垣花さんを交えてスタッフとその日取り上げる話題について軽く打ち合わせをする。

垣花さんもアシスタントの那須恵理子さんも、アナウンサーとして優れているだけでなく、人間的にも深みとユーモアがあって、とても信頼できるお人柄だ。それにお二人とも百戦錬磨のベテランなので、私は時間を気にせず好きなことをしゃべっていれば良く、いつも「大船に乗った気で」番組出演を楽しんでいる。

この日もいつも通りにスタジオ入りすると、スタッフの方が「お誕生日おめでとうございます」と花束を差し出して下さった。ビックリしたが、誕生日に花などもらったことはなかった（少なくとも過去三十年以上！）ので、素直に嬉しかった。

帰宅すると早速母の部屋に行って「ママ、お花もらっちゃったよ。良かったね」と報告し、花瓶に挿して窓辺に飾った。

かつて母は子供たちの誕生日に「ハッピーバースデートゥユー」を歌ってくれた。大人になるとさすがに嬉しいより恥ずかしく、正直ありがた迷惑だったが、母は毎回歌い続けた。前年も歌ってくれた。

母の遺影を眺めながら、もう誰も誕生日に「ハッピーバースデートゥユー」を歌ってくれる人はいないのだという思いが、しみじみ胸にしみ入った。

母はもういない。頭では分かっていたその事実が、ストンと腑に落ちた瞬間だった。

介護認定を受けてから、江戸川区に申請すると無料（後に一割負担）で尿取りパッドが支給されるようになり、オシメの洗濯から解放されて日々の暮らしが大いに楽になったことは前にも書いた。

ただ、正直なところ、最晩年の数ヶ月を除いて、母はあまり介護保険のお世話にならなかった。

その一番の理由は介護度が低かったことで、母は要介護1と要介護2の時代がずっと続いていた。後に要介護5になって分かったが、介護度が上がると使えるサービスが格段に多くなる。それについてはいずれ詳しく書きたいと思うが、要介護1や2では、車椅子や手すりなど福祉用具の貸与、デイサービスの利用、介護ヘルパーの派遣くらいしか利用可能なサービスがない。おまけに母は家の中は自分の足で歩けたし、独身の娘と息子と同居しているので、日常の世話は足りていた。いろいろ厄介なことはあったが、他人の助けを借りるほどではないという気持ちだった。

「そんならデイサービスを利用したら？　お母さんが一日施設に行ってくれるだけでも、山口さん、息抜きになるわよ」

そうアドバイスしてくれたのは介護認定を勧めてくれたAさんだった。「隣の奥さんはお姑さんがデイサに行っている間に、民謡教室に通ってるの」「近所のお爺さんは最初は嫌がってたけど、今じゃ週三回のデイサを指折り数えて楽しみにしてるって」等々、いろいろな情報を教えてくれた。

「デイサもお遊戯型とか学習型とか、いろんなタイプの施設があるから、お母さんの好みを聞いて、ケアマネさんに相談してみなさいよ。きっとお母さんに合った施設が見つかるから」

Aさんのアドバイスは非常に魅力的だった。丸シンの社員食堂は一月二日以外年中無休なので、私は平日にも公休を入れていた。仕事が休みの日、母が一日家にいなかったら、さぞのんびりするだろう。別に母がしょっちゅう私に用事を言いつけるわけではないが、いるといないとではリラックス度が大きく違うはずだ。

すぐにケアマネジャーに電話して、資料を用意していただいた。

「絢子《あやこ》さんには学習型のレクリエーションが充実している施設が合うと思うので、いくつか探してきました」

持ってきてくれたパンフレットの中から一日滞在型のある施設を選び、週一回利用することに決めた。契約に際しては施設の職員二名が家に来て、母ともコミュニケーションを取りながら、親切に内容を説明して下さった。

デイサービスの一日目、朝マイクロバスで迎えが来て、母は職員に付き添われて玄関の階段を下り、乗車した。それから夕方に帰ってくるまで八時間ほどだったろうか、私は本当にのんびりした。別にどこかへ遊びに出掛けたという記憶はないから、きっと書きかけの小説（しかも発表の予定のない）を書いたり、テレビを観たりして過ごしたのだと思う。ただ、のんびりしたことを覚えている。

母に「どうだった？」と訊くと「楽しかったよ」と答えたので、私は内心「やったね！」と快哉を叫んだ。これで週一回は、半日母の世話から解放されて、自分だけの時間が確保できる。

母も当初はデイサービスに馴染もうとしていた。ある日「図書館で折り紙の本を借りてきてくれない？」と頼まれた。デイサービスで折り紙の時間があるので、自主的に勉強したいのだという。

後日、施設で折った折り紙に台紙を当て、絵のように表装したものをいくつか持ち帰ってきた。

「きれいねえ。上手いじゃない」

大して上手くはなかったが、私は熱心に褒めた。このまま折り紙に興味を持ち続けてくれたら、退屈せずに時間を過ごせるだろうと思ったからだ。

しかし、三ヶ月もしないうちに、母はデイサービスに行くのを嫌がるようになった。

「だってお遊戯して折り紙してお昼ご飯食べたら、後はただ放っとかれてテレビ観るだけなんだもの。それもママと同じようなボケた爺さん婆さんに囲まれて。ウンザリしちゃうわ」

母の言い分を聞いて、私が小学生の頃、母が村山リウの『源氏物語』の講座に通っていたこと、中学生の頃には女学校時代の友人五、六人と国文学の教授を招いて古典を楽しむ会を作っていたことなどが思い出された。

そりゃそうだよな……と納得してしまった。

もし、カルチャーセンターのようなデイサービスがあって、和歌、源氏物語、コーラス（母は娘時代に声楽家を目指していた）、近代女流文学……などの講座を備えていたら、母も喜んで一日過ごせたかも知れないのだが、無い物ねだりだろう。

母のワガママ、私の憂鬱

自宅に届いた「女性セブン」に担当者からの手紙が添えられていて「先日佐藤愛子先生にお目に掛かったら、この連載を楽しみに読まれていて、面白いと仰っていました」とあって、大いに感激した。

実は私も母も佐藤さんの大ファンで……というより母が買ってきた小説やエッセイを読んで私も大ファンになったのだ。

ユーモア溢れる軽快なエッセイから胸に響く重厚な長編小説まで、今も忘れられない作品はいくつもあるが、それと同じくらい感動したのは、作品を通して伝わってくる佐藤さんの、勇敢で潔い生き方にだった。今出来《いまでき》の〝男前〟とはものが違うことは、読めば分かる。母も私も「〝男らしい〟という言葉は佐藤愛子のためにある！」で意見が一致していた。

「ママ、佐藤愛子さんが褒めてくれたんだって！　良かったね！」

手紙を遺骨の前に供えて報告した。母の遺影は何も言わずに微笑んでいたが、きっとあの世で万歳三唱していたに違いない。


母はデイサービスに通い始めたが、三ヶ月ほどで行くのを嫌がるようになった。無理強いもできず、結局通わなくなってしまった。

「自分と同じようなボケ老人の相手をしたくないって言うのよ」

私が愚痴をこぼす相手は食堂スタッフのAさんだった。

「それじゃ、半日コースなら良いんじゃないの？　お昼に出掛けて夕方帰ってくるから、施設にいるのは正味四時間くらいよ」

「へえ、そういうのもあるんだ」

情報通のAさんには本当に助けられた。Aさんに出会わなかったら、母の健康状態がかなり悪化するまで、私は介護サービスを利用できずにいたと思う。

ケアマネジャーさんに相談すると、「半日コースの施設をいろいろ調べてくれ「ここはリハビリに力を入れているし、介護度の低い方が多いから、絢子さんも気に入るんじゃないでしょうか」と、ある施設を紹介してくれた。

資料を見るとリハビリの時間を一日二回設けているので、ここなら退屈しないで時間を過ごせるのではないかと思えた。それに、何と言ってもたったの四時間なのだ。一週間に四時間くらい辛抱できるだろう……。

ちなみに現在、要支援2（その後の認定見直しで、要介護2に上がった）の兄は週二回半日のデイサービスに通っているが、費用は二割負担で月に五千円弱。母の場合は一割負担で週一回だったから、二千円も掛からなかったはずだ。

これを書いていて急に思い出したが、最初の施設に通っていた頃、母が「職員さんにしがみついて離さない人がいるのよ。『すみません、僕は次の仕事があるんです』って言ってるのに、手を摑んで離さないの。可哀想にねえ」と言ったことがある。その時の母の気持ちには「私はそんなみっともない真似はしない」という気概があったと思う。同時に「あんな人と同列に扱われたくない」という嫌悪感もあったのではないか。それでデイサービスに行くのを嫌がるようになったのかも知れない。

ただ、母は仲の良い息子と娘と同居していた。だから孤独感とは無縁でいられた。しかし、気の合わない家族と暮らしていたり、一人暮らしだったりすれば、誰しも寂しい気持ちになるだろう。感じの良い介護職の人と触れ合う時間だけ、孤独から解放されていられるとしたら、すがりつきたい気持ちも分かる。

兄も介護サービスを利用するようになり、介護職の方とは何人もお目に掛かってきたが、総じて明るく人当たりの良い人が多い。だから高齢者に好かれるのも無理ないし、高齢者に好かれないと困る仕事でもある。難しいところだ。

さて、この半日コースのデイサービスも、やはり通い出して三ヶ月ほどで、母は行くのを嫌がるようになった。

「そんなこと言わないで、続けようよ」

「たった四時間じゃない。昼寝してる間に終わっちゃうよ」

「このまま家に籠ってたら、私とヒロちゃん（兄のこと）以外の人と会わないでしょう。刺激がなくて、どんどん年取っちゃうよ」

私は必死に言葉を探して説得した。

冷静に考えれば、往復時間を含めて、一週間に五時間程度母が家を空けるか空けないかで、私の時間がそれほど大きく影響されるわけではない。食堂で働いている間は家を留守にしていたし、月に一度か二度は兄に留守を頼んで脚本や小説関係の友人の集まりに出掛けていた。

しかし、休日で家にいる時、母が五時間家を空けてくれるのは魅力だった。その間、誰にも煩《わずら》わされず自分の時間を好きに使える。……もっとも、よくよく思い返せば、その時間を有効に使ったことはない。テレビを観ながらダラダラしていた記憶しかないのだから。

ただ、ケアマネジャーさんに「家の中に閉じ籠って家族だけとしか会わないと、社会性が欠如して、認知症の進行に繋がる」と言われたことも確かで、ボケ防止のためにもデイサービスは続けてもらいたかった。

すると母は最後の手段に打って出た。

お迎えの車が来ると「お腹が痛い」「気持ちが悪い」と仮病を訴えるのだ。

「幼稚園児じゃあるまいし、みっともない真似しないでよ！」

そう怒鳴りたい気持ちは山々だったが、ここで怒鳴っても事態が改善しないのは目に見えていた。

「分かったわ。じゃあ、今日は断るから、来週頑張ろうね」

私は玄関を出て、職員さんに頭を下げて平謝りした。

するとさすがに次の週は渋々迎えの車に乗り込むのだが、その次の週にはまた「お腹痛い」「気持ち悪い」が始まる。

二回ほどそんなことがあった後、母は「ねえ、どうしてももう、あんな所に行きたくないの。お願いだから止めさせて」と頼んできた。私の方も、これ以上あんな下らない遣り取りをするのは嫌気が差していたので「分かった。しょうがないね」と答えるしかなかった。

翌日、ケアマネジャーさんに退所の旨を連絡した。

「やっぱり、実の娘さんと同居している方は、ワガママが出ちゃうんですよねえ」

ケアマネジャーさんは溜め息交じりにそう言ってくれた。こんな子供じみたワガママを言うのが母だけでないことを知り、ちょっぴり救われた気がした。

出張リハビリと神楽坂の夜

我が家のリビングの片隅には、一輪車から車輪を外したような器具が置いてある。負荷が調節できるので、フィットネスからリハビリまで使用できる。実は私が下半身痩せの目的で購入したのだが、すぐに使わなくなってオブジェと化して鎮座していたのを、最晩年の母のリハビリに活用するようになった。

母が寝たきり状態に陥った時、もう誰も使う人がいないので捨てようとしたら、兄が「俺が使う」というので断捨離を免れた。ところが兄も口ばっかりで、自宅で自主的にリハビリなど全然しない。そんなわけでまたもやオブジェと化している。

リビングにいるとイヤでも目に入るその器具を見ると、必死にペダルを漕いでいた母の姿が思い出される。

あの時、私はこんなに早く別れが来るとは夢にも思っていなかった。低空飛行なりに、この先十年くらい一緒に暮らせると頭から信じ込んでいた。高齢者の体調が月単位、週単位で激変することなど、まるで知らなかった……。

✿

母が半日コースのリハビリを止めたのは確か二〇一一年の後半だと思う。次にリハビリを再開したのは二〇一四年で、その間三年も経過している。これは私の仕事の都合もあるが、母の健康状態が低レベルなりに安定していたことも大きい。

「デイサービスがダメなら、出張リハビリもあるわよ。リハビリの先生が家に来てくれて、指導してくれるの。これなら家でできるし、長くても一時間くらいだから、お母さんも大丈夫じゃない？」

半日デイサービスを止めざるを得なくなり、私がまたも愚痴ると、Aさんは新たな耳寄り情報を教えてくれた。

すぐさま飛びつきたい気持ちはあったが、当時私の勤めていた食堂は問題続出で危機感が漂っており、正直、それどころではない状況だった。二〇一二年夏には元凶の主任が急病で退職し、私が主任を継いだ。すぐさま食堂改革に着手して、人生で初めてダイエットしないのに激痩せするほど働いた。

そして二〇一三年、私は『月下上海』で松本清張賞を受賞した。「食堂のおばちゃんが文学賞を獲った！」というので話題になり、取材が殺到した。あの期間、私は食堂の仕事と山のような取材をこなしながら、初めて陽の当たる場所でエッセイや小説を発表できる喜びに燃えていた。今思い出しても、よく病気もせずに乗り切ったと思う。四捨五入して還暦になっていたのに。

やっと身辺が一段落したのは翌年の四月だった。十二年間勤めた食堂を退職し、専業作家となった。書く仕事は山積みだったが、食堂に勤めていた頃に比べれば、時間にも気持ちにも余裕が生まれた。

するとにわかに「そうだ、出張リハビリ頼もう！」と思い立った。

ケアマネジャーさんに相談した結果、母は一番短い四十分コースを選んだ。紹介されたのはRさんという作業療法士で、三十くらいの明るくて爽やかな感じの方だった。家に来ると、いつも最初に「水道をお借りします」と手を洗い、それからリハビリに取りかかった。

まず血圧を測定し、床に敷いたマットの上で簡単なマッサージを施し、手足の上げ下げから始まって、軽い運動療法が続く。覚えているのは足指のジャンケンと、タオルの上に立って、足先を閉じたり開いたりする運動。母はそれがとても上手かった。お世辞かも知れないが、その運動の度にRさんが褒めて下さったので、私は嬉しくなった。

階段を二階まで上って下りる運動は難関とされていたが、あの頃、母は両足を交互に出してスムースに階段を上ることができた。

リビングに置きっ放しのペダリングマシンを見て、リハビリに利用することを提案したのはRさんの方だと思う。一日の最後のメニューはペダリングになった。母は初回、負荷ゼロでも三〇回しかペダルを漕げなかった。しかし一年後には一六〇回まで漕げるようになった。筋肉は鍛えれば九十歳でも発達するのだと、Rさんは仰っていた。

リハビリは週一回だが、ペダリングだけは自主練を週二回するように、私は母をなだめすかし、何とか実行させた。

「折角三〇回漕げたんだから、次は四〇回漕げるようになろうよ」

「一事が万事だよ。足が丈夫になれば、もっといろんな所にお出掛けできるんだから」

私からすればまるで歯応えのない運動でも、高齢の母には負担だったと思う。素直に従ってくれる時とダメな時があったが、それでもペダリングの効果が発揮される機会は訪れた。

私は食堂を退職したものの、仕事に追われて家事に割く時間は乏しく、毎日の食事はほとんど鍋のローテーションで、寄せ鍋・水炊き・味噌鍋・豆乳鍋・カレー鍋と、お粗末極まりなかった。だから週に一回は三人で美味しい物を食べに行くことにしていた。

昨今テレビではグルメ番組が大流行だ。三人でそういう番組を見ては「あそこ、美味しそうだね」「来週、行ってみようよ」などと、毎日のように話し合った。清張賞受賞以来、嵐のように通り過ぎた時間の中で、それはささやかだが楽しい想い出になっている。

その年の夏の終わり頃、テレビで観た神楽坂の中華料理店に出掛けた。途中までは兄の車で行ったのだが、神楽坂は時間帯で上りと下りの通行が変わる。その時間だと上りがNGで、歩いて上るしかなかった。私と兄は両側から母の脇に手を差し入れて身体を支え、ゆっくり坂を上り始めた。ほとんど遭難者と救助隊員のような格好ではあったが、母は途中で休みを入れながらも、何とか坂の中腹にあるその店までたどり着くことができた。

「やっぱり、リハビリの成果よ。やってて良かったね!」

私は母の快挙にはしゃいだが、母は結構げんなりした顔をしていた。疲れ切って、喜ぶ気力もなかったのかも知れない。

それでも、私の心には新たな希望が生まれた。このままリハビリの回数を増やし、筋肉を強化すれば、母はもう一度自分の足で外を歩けるようになるのでは……という願望だ。

一人で外出することは無理でも、百メートルくらいしっかり歩ければ、お花見だってできる。ここ数年のお花見は兄の車に乗って桜の名所を通り過ぎるだけだったが、車を降りて花を見ながら歩けるようになれば、それは母には素晴らしいに違いない。来年のお花見は、また三人で桜の木の下を歩けたら……。

リハビリを週二回に増やそう。私はそう決心した。

母の主張を受け容れるしかないのか

私は三日坊主で飽きっぽい性格だと思う。自分が好きで始めたことでも、義理や義務で縛られていないと、何事も長続きしない。

その私が二〇一四年から毎日備忘録を書き続けているのは、我ながら驚きだ。実は食堂勤務をしていた頃、職場にトラブルが発生し、自衛のためにやむなくメモを取る習慣を身につけた。その流れで、食堂退職後は日々の出来事や心境を書き留めるようになった。

以前の記録を読み返してみたら、我が家の一大事をまるで忘れていて啞然《あぜん》とした。二〇一七年に兄が二回も脳梗塞を発症したことは良く覚えているのに、その前年、脳腫瘍の治療でレーザー照射を受けたことは完全に記憶から抜け落ちているのだ。「頭が丸坊主にされて痛々しい」と書いてあるのに。

母についても、私の日本舞踊の浴衣会に出席したのは二〇一〇年が最後だとばかり思っていたら、二〇一四年の会に兄の車に乗って出席したとある。しかも「最近は若い男の子の顔は宅配便のお兄ちゃんしか見ていないけど、今日は大勢の顔が見られて良かったわ。やっぱり若い男の子って良いですね」とスピーチまでして、笑いを取っているのだ。

今更ながら、人間の記憶は本当に当てにならないと呆れてしまう。穴ボコがあちこちに空いていて、大切なことも抜け落ちてゆく。

だからこそ、過去の記録を読んでいると、新しい母に出会ったような気がする。そしてちょっぴり新鮮で、楽しい気持ちになれる。

五年の月日は、ただの備忘録を私の財産に変えたらしい。

母の出張リハビリを担当してくれた作業療法士Rさんは、お子さんが生まれたばかりだった。Rさんは乳飲み子のエイト君とヨークシャーテリアのココちゃんをスマホで撮影し、毎回リハビリの後で映像を見せてくださった。ココちゃんが姉のように赤ちゃんを守り、可愛がる様子は、それはそれは微笑ましく、母も毎回二人（？）の映像を見るのを楽しみにしていた。

つまりRさんは上手く母の心を摑んでいたわけで、この分ならリハビリを週二回に増やしても大丈夫だろうと、私はそう判断した。

しかし、やはり私の考えは甘かった。それから四ヶ月後、母は「お願いだから週一回以上先生を来させるのは止めて」と訴えた。

「ママはね、先生が家に来る度に、失礼にならないように、もの凄く緊張するのよ。途中でおならが出たり、オシッコが漏れたりしたら困るから、前の日からあんまりお茶を飲まないようにしたり、出すものはなるべく前の日に出すように、本当に必死なの。こんな思いを一週間に二度もするのは、とても耐えられないわ」

「ねえ、ママ、先生はリハビリの先生なんだよ。お医者さんと同じ。大勢の年寄りのリハビリを担当してれば、中には途中でウンチやオシッコ漏らしちゃう人だっているると思うよ。それが先生の仕事なんだよ。だからママも、そんなこと気にしないで大丈夫だから」

「とにかく、ママは絶対にイヤなの！　週一回にして！」

その後も私は説得を試みたはずだが、本人に週二回のリハビリを受け容れる意思がない以上、母の主張を受け容れるしかなかった。

「その代わり、今まで以上に自主練するんだよ。先生のリハビリの他に、週二回はペダル漕ごうね」

母は、その約束はある程度律儀に守った。備忘録を読むと、三〇回から始まったペダリングは一年後に一六〇回を達成するのだが、坂道を上るように一直線に増えたわけではなく、一〇〇回を超えてから体調不良でリハビリを休み、四〇回に戻ったりとか、上下動をくり返している。そしてその後も、減ったり増えたりしながら、三年以上リハビリは続いていた。

七十歳を過ぎてから、母は高血圧と糖尿病が持病になり、血圧と血糖を投薬によってコントロールしていた。八十五歳を過ぎてからは血糖コントロールは投薬からインシュリン注射に変わった。そして八十代後半から、歯の状態が悪くなった。正確に言えば虫歯ではなく歯周病だろう。硬い物が噛めなくなってきた。

最初は私が付き添って兄の整骨院の近くにあったK歯科に治療に行った。そこで奥歯の抜歯が必要と診断されたのだが、高齢者の抜歯は危険が伴うらしく、順天堂東京江東高齢者医療センター内の歯科口腔外科を紹介された。無事に抜歯は終了したが、その後で担当の歯科医師にハッキリと告げられた。

「正直、土台がダメになっているので、上下の歯を全部抜いて総入れ歯にするしか根本的な治療法はありません。しかし、この年齢でそんな大掛かりな手術をしても、今より物を噛む時の状態が良くなるという保証はありません」

つまり、小手先の治療をくり返しながら、今ある歯を大事にする以外ない、ということだった。

その時の母は煎餅のような硬い物は無理でも、普通の和・洋・中の料理は食べられたので、私も温存療法には大賛成だった。

そして再度K歯科を訪れた時のこと。私もメンテナンスを受けていたので、先に呼ばれて治療を終え、待合室に戻ってくると、ドブのような異様な臭いが立ちこめている。いったい何が起こったのかと困惑していると、受付の女性が近づいてきて「お母様、漏らしちゃったみたいなんですけど」と耳打ちした。

私は顔から火の出るような思いで平謝りし、母をタクシーに乗せて家に連れ帰った。それ以後、母はK歯科には行っていない。

赤ちゃんだったエイト君はすくすくと育ち、保育園に入園した。その運動会の映像をRさんが見せてくれた翌日、ふたたび母は言った。

「お願い。ママは自分で一生懸命頑張るから、もう先生は断って」

二〇一七年の初春だった。三年も続いたリハビリをどうして急に拒否したのか、私には分からない。唯一考えられるのは、母にしてみれば「三年我慢したけど、もう限界」だったということだろうか。

それまでにも何度か仮病を使ってドタキャンしたことがあって、それは仕方なく認めたけれど、出張リハビリは母の健康の最後の砦《とりで》なのだ。今回は簡単に引き下がるわけにはいかなかった。

しかし、結局は母の希望を受け容れてしまった。人生の残り時間を考えたからだ。母はすでに九十歳。本人の意向に反してリハビリを強制したとして、寿命はどのくらい延びるのだろう？　もしかしたらストレスによって、却って短くなるかも知れない……。

残り時間の問題を抜きに、高齢者の生活は考えられない。

ママ、今までごめんなさい

二〇一九年六月一日土曜日、凶悪なタマ（前年六月に保護した黒猫♀）に右手を引っ掻かれて流血した。これまで何度も流血させられていたので、私は特にあわてることもなく、アルコール消毒して傷絆創膏を貼っておいた。今まではそれですぐ治ったので、安心していた。

ところが、夜になっても痛みが引かない。（変だな？）とは思ったが、酔っ払って寝てしまった。すると翌日、自分の手を見て仰天した。親指の付け根部分が、掌《てのひら》側も甲側も、ゴムまりのようにパンパンに腫れ上がっているではないか。顔を洗おうとしたら歯ブラシがまともに持てず、タオルも絞れない。ペットボトルも開けられない。これはただ事ではない。正直、怖くなった。明日の月曜日は雑誌の仕事で出掛けなくてはならないのに。

日曜日だったが、兄の訪問医山中先生（年中無休で二十四時間対応。母の訪問医だったが、引き続き兄の訪問診療をお願いしている）の診療所に電話し、兄の車で駆け付けて診断を仰ぎ、処方箋を書いていただいた。薬局で抗生物質を買って飲み、後はひたすら祈った。

幸い薬が効いて、翌日はいくらか腫《は》れが引いてきた。

ホッとしたのも束の間、その日お目に掛かった消費生活アドバイザーのWさんに衝撃的なお話を伺った。なんと、Wさんのお母様は猫に引っ掻かれて感染症を起こし、一週間も入院したという。

危機一髪、助かった！

私は自分の幸運を天に感謝すると共に、今現在食堂に勤めていなくて本当に良かったと思った。丸シンの食堂はギリギリの人数で運営していたから、怪我人や病人が出ると他のスタッフに大きな負担を掛けることになる。

そしてその夜、ふと考えた。母は、頭も含めた自分の体調がどんどん悪化してゆく事態を、どのようにとらえていたのだろう？

✿

二〇一三年に松本清張賞を受賞した後、私は生まれて初めて「担当編集者」を持った。通常、担当編集者と著者が直接会うのは年に数えるほどだが、私は「食堂のおばちゃん」が受けてメディアの取材が殺到したので、文藝春秋の担当Aさんが取材スケジュールを調整し、現場に立ち会い（深夜のラジオ出演から明け方のテレビロケまで）、ほとんどマネジャーのように面倒を見て下さった。だから私と母の〝癒着ぶり〟もご存じだった。

受賞から半年ほど経った頃、Aさんは「山口さんは良いですね。お母様がお元気で」と溜め息交じりに漏らした。

「うちの母も認知が出ているんですが、どうもそれが自分でイヤみたいで……暗くなりましてね。鬱なんでしょうか。死にたいとか言うんですよ」

軽々しく立ち入れる話ではないので、その時は「大変ですね」とか、通り一遍のことしか言えなかった。後日、徐々に事情を知ることになったが、Aさんのお母様は母より三、四歳年下で、所謂「良妻賢母」の典型のような、大変優秀で良くできた方だったらしい。だから自分が認知症になり、それまでできたことができなくなるのに耐えられなかったのだろう。「こんなこともできないなんて!」と嘆く日が続いたという。そして三年前に亡くなられた。

母は父が亡くなってから知力も体力も急速に衰え、娘の私におんぶに抱っこになっていくのを自覚していた。そして事あるごとに言った。「ママはエコちゃんと仲が良くてホントに良かった。仲悪かったら面倒見るのイヤだもんね」「優等生だった人はボケると大変よね。ママなんか昔から抜けてるから、全然平気」。

私はその度に「ホントにそうよね」と答え、二人で笑っていた。

二〇〇九年の秋、食堂から帰宅するとリフォームしたばかりの家に妙な臭いが漂っていた。調べると台所のキッチンマットの下にウンチがしてあった。当時はヤマトというボケの始まった大きな虎猫が存命だったので、私は母と猫を見比べて「どっちがやったんだ?」と考え込んだ。そして思い切って母に尋ねた。「ねえ、ママ、台所でウンチ漏らした?」「ううん、してない」「でも、マットで隠してあったよ」「ママは漏らしたって隠さないもん」「そうだよね!」というわけで犯人はヤマトと判明した。

自分のボケをネタにする時も、私にとんでもない質問をされた時も、母は終始あっけらかんとして傷ついた様子は全然なかった。だから私は母は平気なんだろうと思っていた。自分がどんな状態になっても、必ず私が最期まで面倒を見ると確信しているから、安心しているに違いないと。

確かに、安心はしていたと思う。だが、日々衰えてゆく自分の姿に、不安や苛立ちややるせなさを感じていなかったわけではないだろう。人は自分の気持ちを全て言葉に表すわけではない。

私は急激に老い衰えてゆく母の言動に戸惑い、焦り、不安に駆られ、翻弄され続けた。その間、考えるのは自分の気持ちばかりで、老衰の当人である母の気持ちを慮《おもんぱか》ったことは一度もなかった。

その事実に、自分が怪我をするまでまったく思い至らなかったことに、今になって愕然としている。

私は老いた母に「何があっても大丈夫だよ。私がずっとそばにいるからね」と言い続けた。しかし、母の気持ちを察したことはなかった。母の心に哀しみや寂しさが兆《きざ》しているかも知れないとは、まるで想像しなかった。母の気持ちに寄り添おうとする気持ちが、私には欠けていたのだ。

昔の母は美しく才気煥発で話が面白く、料理が上手で裁縫が得意で、着る物のセンスの良い人だった。子供の頃から大人になるまでずっと、私のあこがれだった。その全てが失われてゆくのを身を以て体験しながら、何も感じないでいたとはとても思えない。

何度もくり返すが、私と母はとても相性が良く、努力しなくてもお互いに気が合って、一緒にいるのが楽しかった。私は母に大事なことは九割以上打ち明けたし、母も「立派なことは学校の先生が教えてくれるから、親にしか言えない本当のことを言うからね」と、結構赤裸々な告白もしてくれた。

だから私と母は充分に理解し合っている、百パーセントは無理でも八割以上はお互い意思の疎通ができている、そう思い込んできた。しかし、それは私の希望的観測に過ぎなかったのかも知れない。

還暦も卒寿も、当人にとっては初めての経験だ。その年になって初めて分かることがある。九十一歳まで生きた母の気持ちは、六十一歳の私には、まだ未知の部分が多いのだと知った。

母には私がいたけれど……

金融庁の金融審議会が発表した「老後資金二千万円不足」問題はセンセーショナルに報道されて大騒動に発展し、各方面から議論百出、その後も沈静化の様相を呈していない。

高齢者は老後の不安をかき立てられて狼狽《うろた》えたり怒ったりしたが、若者は「どうせ自分たちは年金もらえないし」と、結構冷めているようだ。そして誰もが、年金だけでは老後の生活を送れないことを悟っている。国にだまされたと知っている。

私の場合は所謂自由業で、原稿の注文が来なくなったら即失業だし、退職金はない。年金も正規雇用の期間が短かったので、微々たる額だ。つまり、死ぬまで頑張って書くしかない……。

ふと、母が生きていてこのニュースを聞いたら何と言うか考えた。きっと「ママはエコちゃんがいるから安心だわ」と言うだろう。それとも、まったくの他人《ひと》事《ごと》として関心を示さないかも知れない。

母は長いこと無年金だった。自営業者の妻だったので年金に無知だったことが一番の原因だろう。四十代後半の時、それまでの不足分を一括で支払えば国民年金に加入できるという通知があって、兄が「俺が払ってやる」と言ってくれた。早速区役所に行くと「お宅はご主人が軍人恩給を受給しているから加入資格がありません。一家族一年金です」と追い払われた。父は職業軍人ではなかったが、一九三七（昭和十二）年から終戦まで軍務に就いていたためか、年間六十七万円ほどの恩給をもらっていたので、母は諦めて引き下がった。「一家族一年金」が大間違いだと分かった時は十年以上経過しており、結局母は国民年金に加入できなかった。

父の死後、母は遺族として父の軍人恩給を引き継いだ。月額五万二千円。それが七十を過ぎた母が手にした、初めての年金だった。

それでも自分の老後について不安を感じたことはないと思う。何故なら三人の子供、兄二人と私がいたからだ。母は「自分が年を取ったら子供たちが面倒を見てくれる」と信じていた。その信念が揺らいだことは一度もないはずだ。

母は一九二七（昭和二）年生まれで「幼にしては父兄に従い、嫁しては夫に従い、老いては子に従う」の三従の教えがリアルだった時代に思春期を過ごしている。だから子供が老いた親の面倒を見るのは当たり前の感覚で、親を「老人ホーム」に入れるのは親子関係に問題があるからだと信じていた。しかも、母が若い頃は今のような長寿社会の訪れは想定外で、「嫁泣き十年」とか言われ、十年辛抱すれば姑は死んで嫁の天下になるというのが社会通念でもあった。

ところが有吉佐和子が『恍惚の人』を書いた頃から、老人は長生きになり、しかも認知症を発症するリスクも増えた。母だってその頃は、まさか自分が九十二歳にリーチが掛かるほど長生きするとは夢にも思っていなかっただろう。

それでも認知症（当時はボケとか痴呆症と呼ばれていた）になるリスクは心配だったようで、私が小学生の頃「ママがボケちゃっても、お願いだから精神病院には入れないでね。ああいう施設ではお水もろくに飲ませてもらえなくて、水洗トイレの水を飲むんですって。ママは大人しくしてるから、家に座敷牢を作って、そこに置いといてね」と何度も訴えた。私はその度に涙ぐみ「ママをそんなとこへ入れるわけないじゃない！　私は一生ママと一緒だから」と答えたものだ。今となればまったく滑稽で物語の中のお話だが、母が死ぬまで子供に世話されたいと願っていたことは良く分かる。

また、お昼のワイドショーで「若くして夫と死別し、苦労して一人息子を育てた女性が、息子の嫁と折り合いが悪くて老人ホームに強制入居させられた」という訴えを観た時は「結局、あのお母さん、息子にあんまり好かれてなかったのよね。もし母子関係がもっと緊密だったら、奥さんが何と言ったって、苦労して大学まで出してくれたお母さんを家から追い出すような真似はできないわよ」と、自信たっぷりに解説したものだ。

母は「母と子の絆」はこの世で一番強いと信じていた。「血を分けた子供はいても血を分けた夫はいない」というのが口癖だった。その度に父は「血を分けた夫がいるのはギリシャ悲劇だけ」と反論していたが。

母の老人介護に関する知識や観念は、平均寿命七十歳未満の時代に培われたものだから、現代では通用しない。

入間《いるま》市に住む次兄は兄嫁と共に老人介護施設を経営しているので、現代の老人介護の実態を身を以て知っている。その次兄は口癖のように「徘徊《はいかい》が始まったらもう家庭では無理だから、すぐ施設に入れた方が良い」と言っていた。それを思い出す度に、私は母に徘徊の症状が出なかったことを天に感謝したくなる。だからこそ、私たちは最後まで一緒にいられたのだから。

突然話は変わるが、私は「人間関係は全部足すと十になる」と信じている。親との関係が悪かった人は、伴侶・友人・仕事仲間など、血縁以外の人と良い関係を築いている場合が多い。

こう言うとある編集者に「でも親子関係の良い人って、感情の土台が安定していて、揺るぎない基盤の上に立って新しい人間関係を構築できるので、羨ましいと思いましたよ」と反論された。それは確かにその通りだし、その人の言う「親子関係の良い人」とは「親との良好な信頼関係を保ちつつ自立している人」のことだと思う。それは誰にとっても望ましい関係だろう。

私と母の関係は「良好」ではなかった。「癒着」だったし「共依存」だった。私と母は二人だけで完結してしまう、狭いサークルの中で生きていたのだ。

だから母はリハビリその他、社会的な繋がりはいっさい拒否してひたすら私に依存していた。私も親友・恋人・伴侶といった、血縁以外の強い信頼関係を赤の他人と結ぶことができなかった。

くり返すが、私の幸せは母あればこそだ。松本清張賞受賞以前の私は世間的には「ああはなりたくない人」だった。いい年をして夫も子供もカレシもなく、母はボケるし猫はDV、年ばかり取っても新人賞は一つも取れない、八方塞がりの崖っぷちだった。それでも本人は毎日刊行される予定のない小説を書いて、結構幸せに暮らしていられた。それはひとえに母が私の全てを受容し、愛し、成功を信じてくれたからだ。母以外の誰にそんな真似ができるだろう。

母には最期まで私がいた。それは本当に僥倖《ぎょうこう》だと思っている。でも、私には誰もいない。寂しい気持ちはあるが、後悔はしていない。これは誰でもない、私自身が選び取った道なのだ。

第4章 あとどれくらいの命

二〇一八年九月四日、母が下血した

昨夜母の夢を見た……と書くと何だか『レベッカ』みたいだが、実は母の夢はほとんど毎日見ている。

人間は夢を見る人と見ない人に分かれるそうだが、私は五分間うたた寝している間でさえ、しっかり夢を見る。そして私の夢は日常生活の延長から始まる場合が多いので、必然的に母が登場する。二十年前に亡くなった父も出てくる。

不思議なことに、夢の中では父がとっくの昔に亡くなっているという自覚がない。まして母は一月に亡くなったばかりで、目覚めている時でさえ〝死んだ〟気がしないのだから、夢の中では尚更だ。

それが昨夜は違っていた。入院中の母を見舞いに見知らぬ病院へ行くと、ベッドはもぬけの殻で、職員らしき男性に「お亡くなりになりました」と告げられた。あまりのことに「そんなバカな！」とその場で泣き崩れると「エコちゃん」と声がして、無人だったベッドに母が横たわっているではないか。職員は「蘇生はしない規則なんだけどな」と呟きながらその場を離れた。

シュールな展開だが私は「ママ！」と母に抱きついた。そして不意に悟った。母はもう長くない。今回は向こう側から戻ってきたけど、近い将来最後の別れがやって来る、と。

そこで目が覚めた。夢の中のあの気持ちは以前にも経験した。母が順天堂大学医学部附属浦安病院に救急搬送されて以来、何度も味わったものだ。安堵と不安を交互に味わいながら、次第に奈落が迫ってくるのを感じていた、あの時の気持ちだった。

✿

母は二〇一八年の一月中旬から次第に食欲が衰え、二月には一日に砂糖を入れた麦茶を二杯しか飲めないほどに衰弱した。私は生まれて初めて、母が死の危機に瀕しているのを感じて震え上がった。

紆余曲折はあったが、幸い母は徐々に食欲を取り戻し、三月末には八割方回復した。七月下旬には次兄夫婦を招いてイタリア料理店で食事会を催したが、その際母は育ち盛りの子供のような健啖ぶりを発揮して笑いを誘ったものだ。

しかしそのわずか三日後、またも階段で躓《つまず》いて足を捻挫し、ベッドで寝たり起きたりの生活になってしまった。足が回復すると今度は腰が痛くなり、運動不足が祟《たた》ってふたたび足が弱くなったりで、ベッド生活は続いた。おまけに食欲も次第に衰えて、八月下旬からはメイバランスという栄養機能ドリンクでやっと命脈を保つ有り様だった。

母は捻挫した直後はおまるで用便をしていたが、何とか歩けるようになると補助具を使い、私が介助してトイレに行って用を足した。しかし八月の後半からは体力が衰えて歩くこともままならなくなり、私と兄が二人で支えて立たせ、ベッド脇でオシメパンツと尿取りパッドの交換をするようになった。

九月四日の午前五時、トイレに起きたついでに母の部屋の様子を見ると、シーツに茶色いシミが見えた。私は「ウンチが漏れちゃったんだな」と思ったが、母はよく眠っていたし、こんな早朝に兄を起こすのも気の毒なので、そのままにしておいた。

八時になり、兄と二人で母の部屋に行ってオシメパンツを交換しようとしてギョッとした。パンツにはべっとり血が付いていた。下痢便と思ったものは下血のシミだったのだ。私はあわてて母のお尻に付いた血を拭き、寝間着《ねまき》を着替えさせようとしたが、母はもう立つ力もなく、その場にへたへたと尻餅をついた。

その瞬間、肛門から新たな血が流れ出した。まるで湧き水のように鮮血が溢れてくる。私の頭の中で赤いランプが点滅し、サイレンが鳴った。

すぐさま自分の部屋に駆け戻り、救急車を呼んだ。事情を説明して通話を終えると、母の保険証その他、必要な物をバッグに詰めて準備を調《ととの》えた。これまで母と兄の付き添いで何度も救急車に同乗したので、慣れているのだ。

母の部屋に入ると、母は両足を床に投げ出し、ベッドに寄りかかる格好でぐったりしていた。傍らでは兄が母の肩を抱き、為《な》す術《すべ》もない様子でただ座り込んでいる。その光景に一瞬「この役立たず！」という憤りが込み上げたが、すぐに「仕方ない」という諦めと「私がしっかりしなきゃ」という決意が取って代わった。

兄は私より十一歳年上で、嘗《かつ》ては一家の大黒柱だった。特に父の事業が不振になってからは、長いこと経済的に家族を支えてきてくれた。頭脳明晰で商才もあり、とにかく頼れる存在だった。

それが二〇一七年の六月と十二月、一年間に二回も脳梗塞の発作に見舞われた。幸い外科手術をせずに短期の入院で退院できたが、特に二回目の発作以降、身体だけでなく頭脳面でも大きなダメージが残った。記憶力、特に短期記憶が壊滅的で、三十分間に同じことを二回訊くことさえあった。車好きで運転も上手かったのに、ナビを入れていながら道を間違えたり、駐車の際に車体をこすったりするようになった。判断力も洞察力も、全てがかつてを百とすれば三十といった印象だ。

昔の姿を知っているだけに、当初、私は変わり果てた兄の姿が痛ましいと同時に腹立たしかった。それが短い間にすんなり諦めと同情に移行したのは、父の死後三年間で別人になってしまった母を見ていたからだろう。あの時の衝撃と不安と苛立ちに比べれば、二度目はゆるい。受け容れるしかないと、苦しまずに納得できた。

我が家に駆け付けた救急隊員は、すぐに母を仰向けに寝かせて血圧や脈拍を測定した。出血がある場合は、すぐに寝かせた方が良いそうだ。座っていると血圧が低下するという。

「血圧が低下して、命に関わる危険な状況です。救命救急センターのある病院でないと無理なので、今、搬送先を探しています」

その言葉に、私の血圧も一気に低下する思いだった。

救急隊員は四人がかりで母を救急車に運び込んでくれた。

部屋を出てから振り返ると、母が座っていた床の周辺は、まさに〝血の海〟だった。まだ夏の気候なのに、私は寒気を感じて身震いした。こんなに血が出てしまって母は大丈夫なのかと、不吉な考えが頭の隅をよぎった。

救急車の中で、母は足を高くした状態でストレッチャーに仰臥《ぎょうが》していた。少し血圧が上がってきたという。声をかけると小さく返事をした。これなら大丈夫かも……と、私はたちまち希望的観測を抱いた。

これ以降、危機感と希望的観測は交互に出現することになる。

母が救急搬送された長い一日

母は二〇一八年の九月四日に救急搬送され、翌年の一月十八日に息を引き取った。その間約四ヶ月半だが、私としては「そんなに短かったたっけ?」というのが実感だ。それくらい濃密な時間だった。

それと、母が昨年一月に急激に食欲が衰え、一時は死を覚悟したことは前節に書いた。幸い徐々に食欲は回復し、事なきを得たのだが、私には一月のあの出来事が、九月のこの事件の前兆だったと思えてならない。いや、〝予行演習〟だったと言うべきだろう。

そのことにも、私は心から感謝している。あの〝予行演習〟のお陰で、いつまでも続くように思い込んでいた母の命に、終わりが近づいていることを自覚できた。そして、母の介護に対する気持ちが変わった。

それまでは夜中にトイレに起こされたり、ベッドで漏らされたり、原稿を書いている時にしょうもない用事（時代劇専門チャンネルが映らない、天眼鏡取って、背中が痒《かゆ》い、呼んでみただけ等）で呼びつけられたりすると、イラッとくることが増えていた。しかし、一月の出来事以来、粗相しようが「良かった。まだこんなに出るんだ」と、感謝の気持ちに取って代わった。しょうもない用事で呼びつけるのも、母がまだ何かに興味を持っている証だと感謝するようになった。

それからは母が亡くなるまで、イラッとすることなく、ひたすら感謝の気持ちで過ごせたことを、とても幸せだったと思う。

もし一月の経験がなかったら、私は母の容態が重篤になってから「あの時もっと優しくしてあげれば良かった」と、取り返しのつかない後悔をして暮らしただろう。母は身体を張って、将来襲うかも知れない後悔から私を守ってくれた。そう信じている。

救急車が家に到着したのが午前八時二十分くらい、順天堂大学医学部附属浦安病院に搬送されたのが九時少し前だった。

到着後、母は集中治療室に運ばれ、私は待合室で書類を書き込んだ。やがて救命救急センターの医師が現れて「直腸潰瘍から出血しているようですが、周辺に便が溜まっていて、奥まで見えません。ただ、本格的な内視鏡検査をしてカメラを奥まで入れるには、下剤を二リットル飲まないといけないので、お年を考えてもそれはお勧めできません」と説明された。その後、何処《どこ》までの治療を希望するか尋ねられた。高齢の患者の場合は心臓マッサージ・気管切開・胃瘻《いろう》など、家族に確認する決まりらしい。

私は「いずれも希望しません。ただ、どうか痛い、苦しいがないようにしてやって下さい」と伝えた。

母と具体的に話し合ったことはないが、胃瘻や気管切開された患者をテレビで観る度に「死なせてあげた方が良いのに、可哀想だ」と口にしていたので、拒絶することは分かっていた。そして心臓マッサージも、下手をすれば肋骨が折れるくらいの力が掛かる。九十一歳という年齢を考えれば、そのような処置が必要になるとは、すでに寿命が尽きているのだと思えてならなかった。

ありがたいことに、内視鏡手術で止血は無事に終わった。その後は消化器内科の専門医の診察を受けるのだが、それまでが長かった。五時間も待たされた。しかし考えてみれば、そんなに長い時間放って置かれたのは緊急性がないからで、私は母は危機を脱したのだと判断し、取り敢えずホッと一息ついた。

消化器内科の医師の診察が済むと母は一般病棟に移され、看護師さんに「ご家族の方はもうお帰りになって結構です」と告げられた。それが午後六時。午前九時から午後六時まで！

一刻を争う状況なら家族が病院に拘束されるのは仕方ないが、母の場合は「先生の診察待ち」と「病室の準備」のために七時間以上費やしている。それならその間、家族は一時患者のそばを離れても大丈夫なのではないだろうか。一時帰宅して用事を済ませたい人は大勢いるだろう。私も書きかけの原稿を抱えていた。

その後も何度か母に付き添って救命救急センターのお世話になった経験から言うと、病院が大変なのは分かるが、患者の家族にも生活がある。付き添っていなくても大丈夫な時間帯は、その旨教えて欲しい。

兄に電話して経過を話すと、車で迎えに来るという。私としてはもっと早い時間に病院に来て、私の代わりに母に付き添ってくれても良かったのにと、大いに不満だった。後に詳しく書くが、兄はこの年の五月で経営していた整骨院を廃業し、九月のこの時点では無職だった。時間だけはたっぷりあったのだ。

病院に現れた兄は胸を押さえて「腎臓が痛い」とくり返した。私は正直「ふざけんなよ！」という気持ちだった。面倒なこと、厄介なこと、責任を伴うことは全部私に押しつけているので、それをごまかすために芝居をしているとしか思えなかった。

ベッドでは点滴につながれて母が眠っていた。大量に出血したので貧血も起こしていたと思うが、顔色も悪くはなかった。耳元で「明日の朝来るからね」と囁《ささや》いて、病室を後にした。

眠っていてくれて助かった。目が覚めていたら私と兄が帰るのを寂しがっただろう。それに母は病院が大嫌いなのだ。病院が好きな人は少ないだろうが、母の病院嫌いは徹底していて、これまでも入院した当日から「早く帰りたい！」と訴えるのが常だった。

入間の次兄には消化器内科の診断が下りた後で連絡した。突然のことで驚いていたが、一命を取り留めたと告げるとひとまず安堵して「今週見舞いに行くから」と言った。

私は朝から病院の自販機で買った缶コーヒー一杯しか飲んでいなかったので、腹ぺこだった。家に帰って食事を作る気力もなく、駅の近くの居酒屋で兄と夕飯を食べた。

帰宅して二階の母の部屋に行くと、朝出て行った時のまま、床一面は血の海で、それがどす黒く変色して固まっていた。正直、兄が私の留守に床を掃除してくれるとは期待していなかったが、汚れきった床を目の当たりにすると、怒りが込み上げてきた。

二回目の脳梗塞の発作を起こしてから、兄のことは諦めていたはずだった。これからは全部一人でやるのだと、覚悟もしていた。

それでも人の心は厄介で、毎日顔を合わせていると、心の底に押し込んだ不平不満が弾ける瞬間がある。

「掃除くらいしろ！」

私は心の中で怒鳴り、床の掃除を始めた。

「愛してるよ」に「お互いにね」と

長い梅雨が終わるといきなり暑くなった。七月半ばに二十五度に届かない日が続いたのがウソのようだ。

二〇一八年の夏は暑かった。しかし七月の終わりに母が捻挫してから、あまりにもいろいろなことがあったので、私には暑さ寒さの記憶が抜けている。覚えているのは主治医（消化器内科）の告げる母の容体が二転三転し、その度に気持ちがジェットコースターのように上がったり下がったりしたことだ。

九月四日に救急搬送された翌日、病院に行くと母の容体は落ち着いていた。前日は点滴の他に、胃に流れ込んだ血液を排出するため鼻からチューブを入れられた上、呼吸用のチューブまで付けられていたのだが、顔のチューブ類は全て外され、楽そうだった。

主治医からは「直腸潰瘍の止血が上手く行ったので、今週中にも退院できます」と説明があった。

ところが翌日、母はふたたび潰瘍から出血した。止血は成功したのだが、主治医は「この状態では、新たに潰瘍ができて出血する可能性がある。その場合は止血・輸血・出血と、穴の空いたバケツに水を足し続けるような事態になるかも知れない。年齢を考えれば、何処まで治療を継続するか決めて欲しい」と言い出した。つまり、一ヶ月か三ヶ月か半年か、延命の期間を設定してくれと言うのだ。

急にそんなことを言われても、すぐに決断できるわけがない。私は「日曜日に次兄が来るので、兄弟三人で話し合って決めたい」としか答えられなかった。

幸いなことにそれ以後は新たな潰瘍もできず、母は何とか持ち直した。次兄が来た日も意識がハッキリしていて大いに話が弾み「急にどうこう言うのは時期尚早ではないか」で意見がまとまった。

十一日には「一応危機は脱したので、療養型の病院への転院を考えて欲しい」

と言われ、ホッと胸をなで下ろした。

それから一時は口から物を食べられるくらいまで回復したのだが、段々嚥下《えんげ》が難しくなり、ふたたび点滴に戻ってしまった。同時に意識レベルも下がり気味で、見舞いに行ってもうつらうつらしていたり、途中で寝てしまったりということが多くなった。

そして二十六日になると「回復も転院も退院もできません。この病院で最期を迎えられることになるでしょう。口から栄養が取れないので、徐々に弱ってお亡くなりになります」と宣告されてしまった。

ショックではあったが、最初に「延命の期間を決めてくれ」と言われた経験もあり、心のどこかでは覚悟ができていた。そして、こんなに最新設備の整った看護サービスの行き届いた病院で、眠るように最期を迎えられるなら、諦めるしかないと自分を納得させた。

入院中、私は用事がある場合を除いて、毎日午前と午後の二回、母を見舞いに病院に行った。家から遠くないのが幸いした。行きは東西線の葛西駅から一つ先の浦安駅へ行き、駅からタクシーで病院へ。帰りは病院から自宅までタクシーを使うこともあった。タクシーを利用する度に、今の自分にタクシー代を惜しまなくて済むだけの収入があることを、しみじみとありがたいと思った。

翌日、仕事の帰りに病院に行くと、母はぱっちり目を覚ましていて、意識もしっかりしていた。私は仕事用に着物を着ていた。ネット通販で買った黄八丈〝風〟(本物の黄八丈は高くて手が出ない)の単衣《ひとえ》だった。母はそれを見て「良い着物だね」と褒めてくれた。「なんちゃって黄八丈だよ」と指さすと、分かるようだ。「愛してるよ」と言うと「お互いにね」と答えた。

母と少し話ができるので、兄に電話して「今ならママ、起きてるから」と知らせると、すぐ来るという。

兄を待っていると、理学療法士さんが部屋にやってきた。病院では毎日、ベッドサイドで軽いリハビリをしてくれるのだ。「リハビリ用にパジャマのズボンを持ってきて下さい」と言われたので、リハビリがあることは知っていたが、実際に見るのは初めてだった。

まだ若い、なかなかの好青年で、母をベッドに腰掛けさせて手足を動かしたり、立ち座りをさせたりと、熱心に取り組んでくれる。年寄り相手に大変な仕事だと思う。感謝しかない。

私は心の中で「ママ、こんなイケメンにリハビリしてもらって良かったね」と呼びかけた。そして、この病院でこんな手厚い看護を受けられるのだから、以て瞑《めい》すべしなのだと自分に言い聞かせた。

翌日も午前中に病院へ行ったが、母は昨日とは一変して眠り込んでいた。呼びかけても寝ぼけている。仕方ないのでしばらく手足にローションを塗ってマッサージしてから「また夕方来るからね」と耳元で囁き、病室を出た。

帰宅して、連載中のエッセイを二回分書いた。夜は江戸川乱歩賞のパーティーに出る予定だったので、着物を着て、兄の車で一緒に病院へ行った。

母は寝ていたが私と兄が部屋に入って行くと目を覚ました。「これは何て言うの？」と私の着物を見て訊《き》く。「これは銀通しって生地の単衣でね……」説明が終わると母は兄の頭を指さして「毛を植えなさい」。前にも同じことを言った。

薄くなった兄の頭頂部を本気で心配しているのだ。兄が苦笑すると私の方を見て「ヒロちゃんが毛を植える時は、一緒に付いていってあげなさいね」と言う。私も笑って「大ヒット飛ばしたら、私も整形してシワ取るよ」と言ったら「何処のシワ？」と真顔で言う。お世辞を言ったわけではなく、老眼でシワが見えないらしい。それでも「ママ、ありがとう。嬉しいよ」と言って抱きしめた。

病院を出てパーティー会場の帝国ホテルへ向かいながら、私は母は本当にもうダメなのだろうかと訝《いぶか》っていた。確かに波はあるが、今日はとてもしっかりしていた。冗談だって分かる。

もしかして、もう一度持ち直してくれるのではないか……私の心にはまたしても希望的観測が芽生えようとしていた。

しかし、そんな甘い考えは翌日病院を訪れた時、見事に打ち砕かれた。母は自力で排尿する力がなくなり、導尿されていた。やはり衰弱は進んでいるのだ。

それでも母は私と兄に気付いて目を開けた。話しかけると返事もしてくれた。看護師さんが「何か食べたい物はないですか？」と訊くと「お餅」と答えた。家にいた時は餅なんか食べたがらなかったのに。

その時は不思議だったが、今になって思い出した。母はおでんの餅巾着が好きだった、と。

十月十日、事件は起きた

母が亡くなった日から今に至るまで、私は一度も泣いていない。正確に言えば、死は避けられないものだと覚悟した瞬間、私の心から嘆き悲しむという気持ちは一掃され、「ちゃんと看取らなくてはいけない」という使命感が取って代わった。

そして、母が旅立ってからは、遠くへ行ってしまったという喪失感ではなく、いつもそばにいてくれるという一体感のようなものに包まれている。

本当に辛かったのは、二〇一八年の九月二十六日に「回復も転院も退院もできません」と宣告されてから、死を受け容れるまでの期間だった。その間、何度か新たな希望を抱いたが、ことごとく打ち砕かれた。

その度に私は自分の甘さを思い知らされた。にもかかわらず、また性懲りもなく、新たな希望を見つけてはそれにすがりついた。

それほどまでに、母が死ぬという事実は受け容れがたかった。

✿

母が自力で排尿ができなくなり、導尿の措置を受けたのは九月二十九日だった。しかし幸いなことに、十月初めにはふたたび自力排尿ができるようになった。

備忘録を読み返すと「ご飯を朝一口、昼三口食べた」とか、「兄と見舞いに行くと『嬉しいよー』と言った」という記述がよく出てくる。眠っている時間が長くなったが、私が行けば必ず目を覚まして「エイコ」と名前を呼んでくれた。

私は事情が許す限り、午前と午後、一日二回は母の見舞いに行くようにしていた。夕方は兄が一緒だったが、午前中は一人で行ったので、病室で母と二人きりになった。余命宣告を受けても、母にそんなことを知らせるわけにはいかないから、私も兄二人も母の前ではなるべく明るく振る舞っていたのだが、二人きりになると、話しているうちにどうにも悲しくなって、泣いてしまうことがあった。

入院当初は毎日のように「いつ帰れるの？」「早く帰りたい」と言っていたのに、十月に入るとピタリと言わなくなった。母はもう退院できないと分かっているのかも知れない……そう思うと悲しくて堪らなかった。

そんな中、大事件が起きた。十月十日のことだ。

その日、私は午後から「婦人公論」のインタビューを自宅で受けることになっていた。

兄は早い時間に外出の予定があり、前日「目覚ましを一個貸してくれ」と頼んできたのに、八時近くになっても起きてこない。部屋へ行って声をかけると、答えた口調が、少し呂律《ろれつ》が怪しかった。しかし、私は寝ぼけているのだろうと気にしなかった。

午前中に病院へ行くと、母はしっかり目覚めていて、意識もハッキリしていた。発語がない日もあったのだが、この日はきちんと話ができた。

私は「婦人公論」のインタビューのことや猫たちのことをあれこれ話した。母は私に「病気しないでね」と言った。「うん、しないよ。大丈夫だよ」と答えると、じっと私を見て「宝石はみんなあんたにあげるよ」と言った。

その時、ああ、母は死期が近いことを悟っているのだと分かった。堪《たま》らずに私は母に抱きついて泣いてしまった。

「ママ、私、幸せだからね。ママのお陰で、とっても幸せだからね」泣きながらそう言い続けた。母も私の髪を撫でながら、涙を流していた。

自宅に戻り、午後から「婦人公論」のインタビューを受けた。終了する頃に兄が外出から帰ってきて、今度は二人揃って母を見舞いに行った。

昼間しっかり話ができると、午後はぐったりして眠っていたり寝ぼけていたりすることが多かったのに、この日の母は夕方になってもはっきり目を覚ましていた。記憶も確かで「『婦人公論』はどうだった？」と尋ねるので、ビックリしてしまった。

「すごい！　覚えててくれたんだ」

母は「うん。覚えてるよ」と答え、兄に「あんたの方はどうなの？」と訊いた。

兄は「ママは元気だね。俺は呂律が回らなくて困るよ」と、少し呂律のおかしい口調で言った。

その瞬間、私は「もしかしたら……」と戦慄した。

兄が二〇一七年の六月と十二月、二度にわたって脳梗塞の発作に襲われたことは以前書いた。二度目の入院中、私が「何か前兆のようなものはなかった？」と尋ねると、兄は「今にして思えば、足が攣《つ》った。それと、少し呂律が回らなくなった」と答えたのだ。

「きっと、三回目が来たんだよ。今からすぐ、昌医会へ行こう！」

兄は二回とも葛西昌医会病院の脳神経外科にお世話になったので、私にはそれしか思い浮かばなかった。よく考えればこの順天堂大学医学部附属浦安病院にも脳神経外科があったのに。

ともあれ、昌医会に連絡すると救急で受け容れてくれるという。

私は兄と二人ですぐ向かうことにして母に言った。

「ママ、ヒロちゃんは三回目の梗塞が起こった。これから二人で病院に行ってくるからね。しっかりしてね。死んでる場合じゃないわよ！」

母は「気をつけてね」と手を振って見送ってくれた。

昌医会に到着してCTを撮ると、脳幹部に小さな梗塞が写っていた。脳梗塞は時間との闘いだ。初期なら開頭手術なしに、薬剤で治療できる。兄は危ういところで最悪の事態を免れたのだ。

そのまま入院の手続きを取り、私は帰宅することになった。

その時、困ったことに気が付いた。兄の車で順天堂から直接昌医会へ来たので、車は病院の駐車場に駐めたのだが、実は私はペーパードライバーで運転ができない。いったん家に戻ってタクシーで昌医会に行くべきだった。人間、あわてると的確な判断ができない。

入間の次兄に電話で報告すると、たいそう驚いたが、とにかく早めに見つかって軽い症状で済んだことに安堵していた。そして「土曜日にママとヒロちゃんの見舞いに行くから、その時俺が運転して家の車庫に入れるよ」と言ってくれた。

翌日、午前中に母の見舞いに行くと、母は昨日とは別人のようにウトウトしていて、話もできなかった。もし昨日この状態だったら、私は兄の脳梗塞に気付かなかっただろう。

母は最後の力を振り絞って、兄の命を守ってくれたのだ。

怒りと快感が半分ずつ

兄が三回目の脳梗塞を発症した翌日、午前中に順天堂大学医学部附属浦安病院へ母を見舞いに行き、その足で葛西昌医会病院へ兄を見舞いに訪れた。

母が昨日とは打って変わって意識レベルが低く、うつらうつらしていたと話すと、兄は「ママが大変な時に、こんなことになってしまって情けない」と言った。そして「俺の方は良いから、ママの病院へ行ってくれ」と。

大変非人情な話だが、私は三度目の災難に襲われた兄に対する同情心が希薄だった。いや、まるで湧いてこなかった。

脳梗塞は一度発症すると、二度目、三度目の発作に襲われる例が少なくない。兄も最初の発作で入院中、医師・看護師・栄養士さんから「二度目は怖いですよ」

と警告され、主に食生活の細かい注意を受けていた。ところが、本人は結構いい加減で、注意事項をきちんと守ってはいなかった。

兄は昔からある種の健康オタクで、私は食堂に勤めている頃、頼まれて野菜ジュースやゴボウ茶を作った。当時は兄の収入が家計の中心だったので、依頼は命令と同義語だった。作家専業になって私は手を引いたが、反対に兄は仕事が暇になり、自分で作る時間はあったのに、自ら動こうとはしなかった。

最初の脳梗塞を起こした後、塩分と糖分を控えるように何度か注意したが、まるで聞く耳を持たない。大の大人にガミガミ言うのも虚しくて、私も注意をしなくなった。

そして、最初の発症から半年後に二度目の梗塞を発症し、十ヶ月後には三度目を起こした。私の気持ちとしては「自業自得」だった。

もちろん、食事や運動に細心の注意を払っていても、二度目の発作に襲われる人はいる。しかし、ベストを尽くしてそれでもダメだったら、結果は同じでも私の気持ちは大いに違っていただろう。

夕方、ふたたび母の見舞いに行くと、いくらかハッキリ目覚めていて、私を見て「エイコ」と言った。続いて「愛してるよ」と。

私は枕元に座って手を握り、「ママ、昨日は大活躍だったね。ママのお陰でヒロちゃんは命拾いしたよ。ママがヒロちゃんを助けたんだよ」と話した。母は内容を完全に理解していなかったかも知れない。しかし、とにかく「良かったね」と言ってくれた。

その後、母の担当医である消化器内科のI先生から話があるとのことで、別室に呼ばれた。

「今のところ容体は安定していますので、転院を考えて下さい。この病院は急性期の患者さんを回復させる所なので、山口さんの場合は療養型の病院へ転院なさるのがよろしいと思います。今、病院のケースワーカーに転院先を探してもらっています」

九月二十六日に「回復も転院も退院もできません。この病院で最期を迎えられることになるでしょう」と言われたばかりなので、短い間に随分話が違ってきたなと思ったが、ともかく黙って拝聴した。

「転院先ですが、末梢血管点滴の場合は受け入れ先がほとんどありません。中心静脈点滴にすれば沢山あるんですが、どうします？」

「末梢血管点滴」とは腕や足の静脈に針を刺す点滴で、私たちが普通に病院で見かける点滴はこれになる。「中心静脈点滴」というのは胸の太い血管に針を刺す点滴のことで、「ポート」という装置を皮下に埋め込む手術が必要とのことだった。

末梢血管点滴は生理食塩水か薄いブドウ糖液しか投与できないが、中心静脈点滴なら高濃度の栄養剤を投与できるという。

その説明を聞いて、私は「胃瘻に近いのではないか？」という印象を持った。すると即座に胃瘻を嫌悪した母の言葉が思い出され、「いいえ、中心静脈点滴は希望しません」と答えてしまった。

患者とその家族にとって医者の言葉は絶対だ。私の頭には「回復も転院も退院もできません」という医者の宣告が焼き付いていた。まるで洗脳に近い状態で、それ以外の可能性を探ろうとする意思を持てずにいた。

二日後の昼、入間の次兄と母の病院で落ち合った。母は起きていて、三人で少し話もできた。

浦安から葛西に向かう途中で、次兄に転院の話が出ていることを話すと、取り敢えずは喜んでくれた。

入院中の兄は順調に回復しているようだった。昨日からすでにリハビリを始めているという。

三十分ほどで面会を終え、次兄と共に病院の駐車場に向かった。兄の車は中古のジャガーだ。昔から外車好きで、日本車は買ったことがなかった。次兄は車体の後部を指さして顔をしかめた。こすった跡が無数にある。

「実は、車庫入れとか下手になってるのよ。うちのガレージの外枠にぶつけて壊したことがある。ヒロちゃんはよその車が方向転換する時にぶつけたとか言ってるけど、自分でやったんだよ」

「前はすごく運転が上手かったのになあ」

ともあれ駐車代を支払いに行った。二日分で一万二千五百円！　ああ、代行業者を頼めば良かった！　今更嘆いても後の祭りだった。

次兄は車を家まで運転し、無事にガレージに入れてくれた。

次兄が帰ると、私の中には猛々しい気持ちが燃え上がり、二階に駆け上がって兄の部屋を片付け始めた。そこは文字通り「足の踏み場もない」状態にあった。

人間には「捨てる派」と「溜める派」がある。私は「捨てる派」で、洋服でも何でも、新しい物を一つ買ったら古い物を一つ捨てる。兄は完全な「溜める派」で、捨てることができない。

鬼の居ぬ間に洗濯ならぬ、兄の居ぬ間に片付けだった。床に積み上げられた段ボールを空け、中の衣類をチェックして捨てる物と保存する物に仕分けた。荷物だらけで一歩も足を踏み入れることができなかったウォークインクローゼットに分け入り、荷物を引っ張り出して仕分けし、抽斗《ひきだし》の中身も全部入れ替えた。

翌日は朝三時に起きて、片付けを続けた。古い衣類をゴミ袋にぶち込みながら、私は怒りと快感を半分ずつ感じていた。ゴミばかり溜めるから金が貯まらないんだと、本気で頭にきていた。

45リットルのゴミ袋三十袋近い衣類ゴミを捨てると、部屋は別人ならぬ別部屋のようにきれいになった。

私は部屋の真ん中で「私、エライ！　良くやったよ！」と叫んだ。うちの猫たちは孤軍奮闘する私を不思議そうに眺めていたっけ。

私を変えた一本の電話

土・日と二日がかりで兄の部屋を片付け、月曜日の午前中に母を見舞うと、目を覚ましていて、何も説明しないうちに「毎日大変だね」と言ってくれた。それだけで嬉しくて、疲れも吹っ飛んだ。

看護師さんが「今朝は朝食を七割くらい食べられましたよ」と教えてくれた。

この日はベッドで母の手の爪を切った。明日は足の爪を切るつもりだった。そして、私は切った母の爪をビニール袋に入れて家に持って帰った。やはり「まだ大丈夫」と思う一方、「もう長くない」という気持ちも大きくなっていたのだろう。爪はチャック付きの保存袋に移し、私の部屋の小箪笥の抽斗にしまった。

午後に『開運！なんでも鑑定団』の正月スペシャルから出演依頼が来た。過去に一度出演したことがあって、そのご縁だろう。私もだが、亡くなった父は私以上にこの番組が好きだった。

夕方もう一度母を見舞いに行くと、母はやはり元気でぱっちり目を開けていた。鑑定団の件を話し「正月スペシャルだから、うんと良い着物を着ないとね」と言うと、「振り袖で行けば？」と。私が還暦だと分かってるのだろうか？　いや、多分、幾つになっても母親にとって、子供は若い頃の面影のままなのだ。

それから母は「来た早々だけど、早く帰った方が良いよ」「夜は電気は二つ点けて寝なさい」と、細々と心配してくれた。

その日の備忘録には「ママを家に帰らせることはできないのだろうか？」と書いてある。

そして今更だが、兄が退院するまでの三週間近く、私は生涯初めての一人暮らしを体験した。それまで生まれてからずっと家族と一緒だったし、母が入院しても兄はいた。誰もいない家に一人というのは初めてなのだ。

その夜作った俳句「独り寝に　猫の添いきて　秋深し」。

二日後、病院のソーシャルワーカーさんから連絡があり、転院先が決まったという。末梢血管点滴の患者を受け容れてくれる病院はそこしかなかったそうだ。同じ江戸川区で家からも比較的近いKという病院だった。これなら一日三度は見舞いに行けるだろうと考えていると、「ただ、こちらではベッドサイドのリハビリがありますが、K病院ではそれがありませんので」と、気の毒そうに言われた。しかし私は深く考えず、「リハビリは私が見舞いに行く度にやれば良いのだから」と思って承諾した。翌週の月曜日に見学に行く話も決まった。

私の意識に大革命を起こす電話があったのは、次の日のことだ。

母と兄を見舞って家に帰る道すがら、スマホが鳴った。画面には見知らぬ番号が表示されている。不審に思いながらも応じると「突然ですみません。魚政の鈴木です」と、若い男性の声が言う。

「実はずっとツイッターを拝見して、お母様のことを知りました」

私は二〇一七年の暮れに雑誌「クロワッサン」の体験企画で、ガラケーからスマートフォンに切り替えた。その際、ツイッターやインスタグラムにも挑戦し、その後も続けていたので、今回も当初から母の病状をツイッターに上げていた。

「どうしてもお伝えしたいことがあって、お電話しました」

魚政は平井にある鰻料理の名店で、私はそれまで三回ほど行ったことがあった。二回は接待で、一回は母と兄と三人で。

実はご主人の鈴木さんは、お世話になっている某出版社の編集者と長年の友人で、そんな関係もあってお店で冗談を言い合ったこともある。とは言え、それまでに三回しか会ったことはなかった。

「実は、私の父は三年前に食道癌で亡くなりました。病院ではなく在宅で看取りました。その時の訪問医療チームの方たちは、医師も看護師も皆さん素晴らしいプロフェッショナルで、父も私たち家族も、本当に素晴らしい時間を過ごすことができたと思います。山口さんはお母様を在宅で介護なさるお気持ちはありませんか？」

正直、突然のことで、私には母を退院させて自宅で介護するという想定がなかった。医師に「退院はできません」「療養型病院へ転院」と言われ、そこで思考がストップしてしまったのだ。病院でないと母の命は引き受けられないと思い込んでいた。

「もし、そういうお気持ちがおありなら、父が世話になった医療チームをご紹介します」

私は、わずか三回しか会ったことのない他人のために、そこまで熱意と誠意を示して下さった鈴木さんには感謝しかなかった。

この電話が転機になった。鈴木さんのお陰で、私はそれまでの「病院でないとダメ」という固定観念から解放された。

在宅介護については、身近で実践した人を知らなかったので、訪問医が何処にいるかも知らず、お金や設備や人手がどのくらい必要なのかとか、具体的な知識が皆無だった。しかし鈴木さんの話は、具体的なイメージを与え、新しい選択肢を示してくれた。

翌日、午前中に病院へ行くと、母は「こんなに早くどうしたの?」と尋ねた。

私は転院先が決まったことを伝え「家から近いから、毎日三回は会いに行くからね」と言った。母は黙って頷いた。

それから二人で、持ってきたアルバムを眺めた。子供の頃の、家族旅行や正月や七五三のお祝いの写真を眺めながら、私が「この時はこうだった、あの時はああだった」と解説する。母は理解しているようだった。昔の母の姿、母の着物、全て良く覚えている。写真を見ていると胸が締め付けられた。

帰りに九月分の入院費を支払った。四日から三十日まで二十七日間個室に入って手厚い看護を受けていたにもかかわらず、金額は八万二千円弱だった。私は日本の国民皆保険制度に深く感謝した。

十月二十二日月曜日、私は転院先であるK病院へ家族面接に赴《おもむ》いた。家からタクシーで千百円くらいの近さだった。

病院は古くて小さめであまりきれいではなかった。ソーシャルワーカーさんは「うちは順天堂さんとは比べものになりませんから」と仰ったが、そんなことは気にならなかった。大切なのは入院生活の実態だ。

まず院長と面談し、次に病棟を見学した。

入院患者のいる階に上がると、フロア全体に微かな尿臭が漂っていた。四人部屋を覗くと、ひどい言い方で申し訳ないが、「姥《うば》捨て山」のように見えた。家族に見捨てられた人たち……。

私の頭の中を白い閃光が走った。光が消えると、全身の血が逆流して脳天から噴き上がるような感覚に襲われた。

こんな所で母を死なせるわけにはいかない！　母には絶対に寂しさと惨めさ、恐ろしさを感じさせたくない！

私は母を自宅へ連れ帰る決心をした。

そうだ、家に帰ろう

私はK病院を出ると兄の入院している昌医会病院へ直行し「あんな所でママを死なせるわけにはいかない！　私はママを退院させて家で面倒を見る！」と息巻いた。

兄は私の剣幕に恐れをなしたのかも知れないが「それができたら一番良い」と答えた。

さすがに私も母がリハビリして回復できるとは思わなかったが、少なくともあの病院に入れた途端に「死」が迫るような気がした。それくらいK病院には死の気配が濃厚に漂っていた。

帰宅してから母の訪問医だった山中先生に電話して、在宅介護が可能かどうか尋ねた。先生は大勢の在宅の患者さんを診ているので、自信を持って「病院でできることは在宅でもできますから、大丈夫です」と即答してくれて、私は大いに安心した。

本来ならまず最初に山中先生の意見を聞いて、それから在宅介護を決断すべきなのだが、K病院で頭に血が上った私は、後先の考えもなく、「家に連れて帰る！」と決めてしまったのだ。

ちなみに、魚政の鈴木さんが紹介してくれた医療チームは墨田区を中心に活動しているため、私の家は範囲外で訪問できないが、別の信頼できる医療チームを紹介して下さるとのことだった。しかし、引き続き山中先生が母を診て下さることになったので、断られて却って良かったのかも知れない。

その夜、入間の次兄にも電話して、在宅介護のことを話した。次兄は「大丈夫かよ？　大変だぞ」と言ったが、私は「大変だろうがなかろうが、とにかくママをあんな所で死なせるわけにはいかないのよ！」と押し切った。結局次兄も納得して、翌日には兄嫁と一緒に病院に来てくれることになった。

一度退院を決めると物事があっという間に進んだ。

翌日、次兄夫婦と共に順天堂のソーシャルワーカーさんと面談し、円満に退院と在宅介護が決まった。親切にもソーシャルワーカーさんの方からK病院に断りの連絡をしてくれるとのことだった。

その日はケアマネジャーの大石さんからも電話があり「三十日に電動の介護ベッドを搬入します」と。一週間後だ。早い！

翌日には担当医のI先生と退院の相談をした。

山中先生からは「在宅介護に関しては中心静脈点滴が必要なので、順天堂でポート手術をしてもらって欲しい」と指示されていた。そのことを言うとI先生は「以前は中心静脈点滴は希望されないという意向でしたが？」と不審な顔をした。

だが、あの時は「退院できない」と言われていたのだ。大嫌いな病院で、栄養を送り込まれて長く生かされるのは母も望まないだろうが、家に帰れるなら話は別だ。母だって少しでも長く、家で私や兄や猫たちと暮らしたいと思うに違いない。

とにかく退院は十一月五日と決まった。退院に間に合うようにポート手術も行われることになった。

その後、看護師さんから「申し訳ないが、差額ベッドに移っていただきたい」と告げられた。否も応もない。それより、退院までこの病院に置いてもらえることがありがたかった。

看護師さんが病室を出て行くと、私は何度も「ママ、来月の五日に退院するからね。あと十日とちょっとで、うちへ帰れるんだよ」と言った。母は分かっているのかいないのか、はかばかしい反応を示さなかったが、それでも私は嬉しかった。

母のポート手術は翌週の水曜日と決まり、金曜日には執刀医の消化器外科H先生と術前面談をした。

H先生はまだ若い先生だったが、老人医療を専門とする病院にも勤務しているそうで、思いも掛けないことを口にされた。

「私は外科医ですから、手術をするのはやぶさかではありません。しかし、果たしてそこまでする必要があるのでしょうか？」

H先生の診るところ、母は普通の九十一歳の衰弱した老人で、ポート手術をしてもそれほどの延命効果があるか疑問だという。口からの栄養補給も点滴もできなくなり、自然に衰弱して亡くなるご老人を大勢診てきたが、それは決して悲惨な死に方ではなかった。むしろ、自然で安らかな最期だった……。

私は外科でありながらこんな話をしてくれたH先生は素晴らしい医者だと思う。正直、先生のお話には感動した。しかし、赤の他人なら納得できるが、家族となると〝正しい〟かどうかは問題ではない。

「口から物が食べられない、点滴もできない、死ぬのを待つだけというのは、家族感情として耐え難いものがあります。ポート手術をしても、年単位の延命は望めないかも知れません。でも、たとえ一ヶ月が三ヶ月に延びるだけでも、生きていてもらいたいんです」

「そのお気持ちは良く分かります。ご家族なら当然です」

H先生との話が終わり、私が帰ろうとすると看護師さんが病室に入ってきて「山口さんは退院が決まってから、とてもお元気になりましたよ」と言った。やはり母は家に帰れると分かっていたのだ。

入院中の兄からも電話があって、「今日、いつでも退院して良いって言われた。ただし、平日の午前中だって」「そんなら来週の月曜日しかないわね」。

兄は十月二十九日に退院と決まった。翌日には母の介護ベッドが入る。私は今度はシャカリキに母の部屋を片付け始めた。兄の部屋ほどではなかったが、母も〝溜める派〟なので大変だった。

退院した兄は、私が三日がかりで片付けてゴミを捨てまくった結果、自分の部屋が見違えるようにきれいになっているのを見たが、とうとうそのことには一言も触れなかった。こっちも意地になって口に出さなかった。その分、腹にたまった憤懣《ふんまん》は膨張した。

翌日はケアマネジャーの大石さんと福祉用具のAさんたちが訪れた。母の部屋のセミダブルベッドを撤去し、電動の介護ベッドを設置した。そして、母がいつもリビングで使っていたレンタルの電動ソファを運び上げた。

母はもう歩けない。二階からリビングに降りてきて、一緒にテレビを観ることもできない。部屋に運ばれた介護ベッドの上で死ぬ。母の残りの人生が、あの狭いベッドの中だけで終わってしまうなんて……。そう思うとたまらない気持ちだった。

それでも、病院ではなく、家で一緒に暮らせるのだ。住み慣れた家で、猫たちもいる。家に帰って来られるだけで、充分幸運なのだ。

私は無理矢理自分に言い聞かせた。

病院に行くと母は目を覚ましていて、私を抱きしめてくれた。

最終章
母を家で看取りました

母が家に帰ってきた

二十年来の友人にOさんという人がいて、介護の仕事に就いている。実は訪問医の山中先生に「母を家で介護することはできますか？」と訊《き》いた同じ日、Oさんにもメールを送って頼もしい返信をいただいていた。Oさんは余命三ヶ月と宣告されたお母様を在宅で介護し、一年以上延命させて看取った経験がある。

先日久しぶりにOさんと会って食事をした。自然とメールの件が話に出て、Oさんは「私はあんなにお母さんと仲の良かった山口さんに、どうして在宅介護の選択肢がないのか、その方が不思議だった」と言われた。

その原因は、一つは情報不足だろう。テレビ番組で観たことはあっても、私の周囲に現実に在宅で看取りをした人はいなかった。人は病院で死ぬものだという固定観念ができ上がっていた。

もう一つ、医師に「退院できない」と宣告されると、その考えが頭に刷り込まれ、別の可能性を探る力が削がれるような気がする。

母の訪問医の山中先生は、訪問診療で末期の癌患者さんを大勢看取ってきたスペシャリストなのだが、私がそれを知ったのは母の死後だった。それくらい、在宅診療の情報は不足していた。


二〇一八年十月三十一日、母のポート埋め込み手術は無事に成功した。それから十一月五日の退院に向けて、準備は加速した。

一日には区の認定調査員が母の病室を訪れた。要介護2の介護度を見直すための調査で、後に要介護5と認定された。

その次の日からは看護師さんに勧められて、オムツ交換の練習を始めた。入院するまで母はかろうじて歩けたので、自宅ではパンツ式のオムツを使っていた。ベッドの上でテープ式のオムツ交換をするのは、初めての経験だった。看護師さんは「山口さんはいつも手すりにつかまって身体を支えてくれるので、とてもやりやすくて、助かります」と言ってくれて、私はとても嬉しかった。

同じ日、母のために新しい掛け布団とシーツを買った。それまでのベッドはセミダブルなので、同じシーツは使えない。掛け布団は古くなっていたので、ニトリで高級羽毛布団を奮発した。

退院に際しては移動手段が問題だった。我が家は昔の建て売り住宅で、玄関の前に階段がある。更に母の寝室は二階で、階段を二つ上がる必要がある。私は「山岳部出身の人に負《お》ぶって運んでもらおうか？」と言って、次兄に失笑された。

結局は介護タクシーを頼むことで解決した。そういう事例もあるらしく、感心なことに事前に家まで下見に来てくれた。

退院前夜、私は兄とニトリへ介護用品を買い足しに行った。兄は店に着いた頃から「頭がふらつく」と言っていたが、買い物を終えて店から駐車場へ出た途端、よろめいて転倒してしまった。通りがかりの青年が助け起こしてくれたが、私は四度目の脳梗塞ではないかと恐怖を感じた。「すぐ病院へ行こう」と勧めたが、兄は「大丈夫だから、取り敢えず家に帰る」という。それでも翌日に昌医会病院の脳神経外科を受診することに決まった。

しかし、困ったことになった。翌日、私が母を迎えに行っている間に、我が家には訪問医やケアマネジャーをはじめ、訪問看護師、介護士、訪問入浴と福祉用具のスタッフさんなど、介護関係者たちが訪問し、必要書類の記入などを行う予定だった。その間、兄が病院に行っていたら、我が家は無人になってしまう。

思い余って次兄に電話すると「どうせ顔を見に行くつもりだったから、早めに着くようにする」と、代役を引き受けてくれた。

そしていよいよ退院当日、私が病室に行くと、母は看護師さんに寝間着《ねまき》の上から毛皮の付いたケープを着せてもらい、車椅子に乗って待っていた。

「ママ、退院だよ。家に帰るよ。猫も待ってるからね」

母は車椅子ごと介護タクシーに乗せられ、私は隣の席に座った。

車の中から、母は瞳の輝きが違っていた。車窓を流れる景色に目を留めては「あれは駐車場?」などと訊く。病院では発語がない日もあったのに、まるで別人のように生き生きしていた。

私は母の手をさすりながら「もうすぐ葛西橋通りに入るからね」「ほら、銚子丸が見えてきた」「この先の道を曲がれば、家まですぐだよ」と話しかけた。母はその都度はっきりと頷き、時折私の手を強く握り返した。

帰宅すると、まず母を二階の寝室に運び、一息ついてからリビングに下りた。そこでは次兄がすでに必要書類に目を通し、サインもしてくれていた。入間で特養老人ホームと老健施設を経営しているので、福祉関係には詳しいのだ。「最初が一番大変だから、できるだけ多くの時間帯にヘルパーさんを入れた方が良い。慣れてきて必要ないと思ったら、順に外せば良いんだから」と、貴重なアドバイスをしてくれた上、ケアマネの大石さんに「退院してから二週間は、介護ではなく医療保険で、毎日訪問看護師さんを入れられますよね?」と確認してくれた。

次兄は元来は昆虫少年で、結婚前も蝶の蒐集《しゅうしゅう》だけが生き甲斐という浮世離れした性格だったのだが、福祉の仕事に従事するうちに習熟したのだろう、本当に頼りになる専門家に成長していた。「立場が人を作る」という格言を、この日の次兄の姿を見て実感した。

ちなみに結婚前は自分でお湯を沸かしたこともないほど無精だったのに、数年前から休みの日は次兄が鍋を作るという。しかも昆布と鰹節で出汁を取って。兄嫁から「パスタもすごく上手よ。ボンゴレビアンコとか渡り蟹のトマトクリームソースとか」と聞かされた時は、驚きを通り越して感動してしまった。

兄が病院から帰宅し、お客さんたちも引き揚げると、兄妹三人で母の部屋に行った。

母は次兄を見て「良く来てくれたね」と微笑んだ。

そしてじっと私を見て「ママが入院すると、あんたが一番大変だね。すまなかったね」と言った。

母がそんな長いセンテンスを口にしたことは久しくなかった。私はまず驚き、次に胸がいっぱいになった。泣きそうだった。

「何言ってるの！　大変なことなんか全然ないよ！　ママが帰ってきてくれたんだから、嬉しくてたまらないよ！」

私はベッドの上の母を抱きしめた。今でもこの時の母のことを思い出すと、涙が溢れそうになる。

母に残された最後の快楽

母は二〇一八年九月四日、順天堂大学医学部附属浦安病院に救急搬送され、十一月五日に退院した。十月二十七日からは差額ベッドに移った。

ここで入院費について書いておきたい。

大部屋に空きがなく、母はずっと一人用の個室に入院していたが、九月分の入院費は八万二千円弱だった。それなら残りの入院費は三十五日分として、三十万円もあれば足りるだろうと思い、退院の日に持参したら、何と十月分だけで二十四万円強、十一月分は十四万円弱だった。たった五日で！　恐るべし、差額ベッド。

退院の翌朝、カボチャの軟らかい煮物とおかゆをベッドに持っていくと、母はペロリと完食した。子供用のお茶碗に半分くらいの量ではあったが、食欲が出たのは嬉しい驚きだった。

山中先生は「皆さん、退院すると食が進むんですよ」と仰っていたが、本当だった。

✿

入院するまでの母は要介護2で、何とか自分の足で歩き、トイレにも行けた。しかし退院した母は要介護5で、完全な寝たきりとなり、ポート(中心静脈点滴)で命をつなぐ身となっていた。

どちらも私には初めてのことだった。

まずは訪問看護師の下野さんに点滴の袋の交換の仕方、点滴装置の仕組みと電池の交換などについて教えてもらった。点滴に電池が要ることさえ、私は知らなかった。

ちなみに点滴の装置もレンタルで、専門の業者さんがいる。そして母の点滴薬は一週間分まとめて薬局から配達される。もし健康保険がなかったら、これらの費用はどのくらいになるのだろう。考えると空恐ろしくなった。

「お身体を拭きますので、タオルとバケツを用意して下さい」

介護用品売り場で買った「身体拭き」を出すと、「温かいもので拭いてあげましょう」。確かに、温かいタオルで拭いてもらった方が、ずっと心地良いに違いない。私は自分の不見識に恥じ入った。

タオルは身体用と「お下」用と二本欲しいとも言われた。母はタオルとガーゼが二面になった「おぼろタオル」を好んでいたので、使用した方を「お下」、未使用の品を身体用にした。

その日はもう一つ、五百ミリリットルのペットボトルの蓋にキリで穴を空け、中に湯を入れて、「お下」を洗う時に簡易シャワーとして使うことを教えられた。

後日、それを使って仰臥《ぎょうが》したままの母の髪をシャンプーしてくれた看護師さんもいて、本当にありがたかった。

退院の翌日は何事もなく乗り切ったが、次の日、私は大失敗をしてしまった。明け方起きてオシメに触った時は濡れていなかったので、そのまま八時まで熟睡した。すぐに母の部屋に行くと、寝間着もシーツもぐっしょり濡れて、おまけにポートの針も抜いていた。

私は「ママ、ごめんね」と何度も謝って、すぐ看護師さんに連絡した。その日は九時に訪問予定だったが、下野さんは早めに駆け付けて下さり「大丈夫ですよ。よくあることですから」と言って、手早く母の身体を拭き、寝間着（私も着替えさせたが、シーツが濡れていたのでまた濡れてしまった）とシーツを交換してくれた。

そして「このベッドだと体位交換ができないから、ケアマネさんに連絡して、替えてもらった方が良いですよ」とアドバイスしてくれた。順天堂ではマットが電動で持ち上がり、体重の掛かる部分を変えて、床ずれを防止するベッドを使用していた。

ケアマネの大石さんに連絡すると、翌日の朝、福祉用具さんとマット交換にきてくれるという。母が入院して以降、私は日本の福祉行政の手厚さに、何度救われたことか。

その日は「オムツに尿取りパッドを重ねた上、蛇腹に折ったパッドを尿道の下に当てておくと、蛇腹が尿を吸い取って尿漏れしにくい」という新知識も教えられた。実践してみたら蛇腹の威力は大したもので、それ以後尿漏れはほとんどなくなった。

翌日訪問してくれた看護師の北さんは男性だった。母は粉薬を何種類か処方されていたのだが、水で飲むことはできず、病院でも食事に混ぜて服薬させていた。でもそうすると、せっかくの料理がまずくなり、ますます食欲がなくなってしまう。すると北さんは持参のとろみ剤をメイバランスに混ぜて、簡単に服薬させてくれた。

それから母のお腹を触り、「ちょっとウンチがたまってますね」と言い、肛門に指を入れて便を掻き出してくれた。これは「摘便」という行為で、介護医療の現場ではごく普通に行われているらしい。

私が生まれて初めて母に同じ行為をしたのはその年の二月だった。急激に食欲が落ちて便秘がちになり、硬い便が詰まって出にくくなっていた。最初は母が自分でやっていたのだが、あまり上手く行かないので「私がやってあげる」と。母娘といえど結構な勇気が必要だったし、終わった時は大事業をやり遂げた後のような虚脱感さえ覚えた。しかし、北さんは当たり前のように、ゴム手袋をはめた手で淡々と作業をしていた。看護師も介護士も本当に大変な職業だ。私は心から感謝し、感心した。

しかし、同時に「ママは可哀想に」と思わずにいられなかった。看護師とは言え、見知らぬ若い男性にウンチを掻き出されているのだ。だが、ここは割り切るしかない。私は自分に言い聞かせた。看護師さんや介護士さんは任務を、それも大変な任務を果たしているのだ。介護を受けるなら、そこに俗世の見栄や羞恥心を持ち込んで任務を妨げてはならない……と。

様々な訪問サービスの中でも特筆すべきは訪問入浴だった。看護師さんと男女の介護士さんの三人で活動していて、ガス設備のある車でやってくる。車には浴槽が積んであり、二階の母の部屋へ運んで組み立てる。家の水道から車内にホースで水を引いて沸かし、別のホースでお湯を家の中に引き入れ、浴槽に満たす。そしてベッドメーキングと入浴の世話をしてくれる。

湯船にはハンモックのような布が張ってあり、身体が沈みすぎないようになっている。母は身体にバスタオルを掛けて湯船に浮かんでいた。二人の女性が湯の中で母の両手を優しくこすると、消しゴムのカスのような垢《あか》が水面に浮いてきた。病院でも毎日お清拭《せいしき》をしてくれていたが、お湯に浸かると違うのだった。

母は気持ち良さそうに、うっとりと目を閉じていた。母に残された最後の快楽が、この訪問入浴だった。その心地良さは健康な時と変わらなかったのではないかと思うと、ただ感謝しかない。

このいびき、普通じゃない

退院から一週間が過ぎ、私はやっと「母を介護する生活」に慣れ始めた。看護師さんに教えてもらって、ペットボトルで作った簡易シャワーを使って排便後の下半身をきれいに洗うことや、オムツ交換や寝間着の着せ替えも、それなりにできるようになった。

たまに失敗してしまうこともあったが、毎日午前九時にはヘルパーさんか看護師さんが来て、キチンとフォローしてくれるので心強かった。

母は家に戻ってからも、一日の大半はうつらうつらとまどろんでいたが、日曜日に次兄夫婦が見舞いに来てくれた時は意識もハッキリしていて、短いながらも会話があった。そして私に「手は足りてる?」と尋ねた。「大丈夫だよ」と答え、私は胸がいっぱいになった。寝たきりになっても母は私のことを心配してくれている。それが本当に嬉しく、ありがたかった。

しかし、その日の状態が良いと、ほとんどの場合、次の日には意識レベルが下がってしまう。

翌日の月曜日も朝からずっと眠った状態で、ヘルパーの松本さんがオムツ交換、服薬、口の中をきれいに拭いてくれている間も、半分寝たままだった。「絢子《あやこ》さん、いびき大きいね」と、松本さんはちょっと怪訝《けげん》な表情で言った。彼女は経験豊富なベテランのヘルパーさんで、思えばこの時、母の異変はすでに始まっていたのだ。

午後二時に来てくれた訪問看護師の下野さんが母の血圧を測ると、二〇〇を超えていた。通常一三〇台なのに。そして母のいびきを聞いて「ちょっとこれ、普通じゃないですよ」と言い、懐中電灯を当てて母の瞳孔を調べ、山中先生に連絡するように指示した。

幸い山中先生は近くの訪問先にいらして、すぐに駆け付けて診察してくれた。

先生の診断も「脳梗塞を起こしている可能性があるから、救急車を呼んだ方が良い」だった。

私は思わず「母はやっと家に帰ってきてすごく喜んでいるんです。また病院に入れたら、ショックで気落ちして、一気に体調が悪くなるかも知れません」と訴えた。先生は説得の言葉を探して考え込んだが、下野さんは「そんなこと言ってる場合じゃありません！」と私を一喝した。先生も丁寧に説明してくれた。それで私はやっと急を要する事態になっていることを理解し、救急車を呼んだ。

ちなみに下野さんは「訪問看護ステーションつぐみ」の責任者で、山中先生も感心するほど優秀な看護師だ。

母はわずか一週間前に退院したばかりの順天堂大学医学部附属浦安病院へふたたび搬送された。点滴を受け、ＭＲＩをはじめいくつかの検査を受けた。

以前も書いたので恐縮ですが、とにかく病院は待たされます！　母の場合はＭＲＩの検査をするまでと、検査が終わってから診断が下るまでの間、もの凄く待たされた。その間、私はずっとそばに付き添っているのだが、私にはするべき用事もなく、できることも何もない。最初に書類に記入したら、後はただ座っているだけだ。

そして待たされている間に、母の症状が重篤でないことも分かってきた。医師も看護師もそばにいなくて放っておかれたから。

それなら、付き添いは一時的に病院を離れられないものか。「結果が出るまで〇時間掛かりますから、その間、連絡が取れるようにして下さい」とでも指示してくれたら、可能だと思うのだが。

この時、私は取る物も取り敢えず病院に来てしまったので、家に戻って尿取りパッドの替えを取ってきたいし、台所も片付けたい。何より、二時間もあればその間にエッセイ一本くらい書けるのだ。十二月は年末進行で締め切りが早まるから、原稿を書きたかった。

検査の結果が出て、医師から「異常はない」と告げられたのは午後十時頃だった。意外な結果だった。午後二時の時点では脳梗塞に近い症状はあったはずだ。経験豊富な医師と看護師が脳梗塞を疑ったのだから。どういう経緯で症状が消えたのか、私には分からないが、とにかく母が無事に家に帰れることになって、大いに安堵した。

しかし、喜んだのも束の間、母を家まで運ぶ手段を考えて困惑した。もう救急車は頼めない。まさに「行きは良い良い、帰りは怖い」である。看護師さんに相談すると「介護タクシーを頼んで下さい」とパンフレットをくれた。ついでに「尿取りパッドを一つもらえませんか？」とお願いして、オシメのパッドを交換した。家から当てていたパッドは尿でぐっしょり濡れていた。

病院が紹介してくれた介護タクシーは、退院の時に頼んだのとは別の会社だった。「我が家には階段が二つあります」と事情を説明すると、「補助を一人付けます。夜間割り増しと合わせて料金は一万七千円です」と言う。否も応もない。ここにお願いしなければ母を家に連れて帰れないのだ。

帰宅したのは十一時過ぎだった。母もくたびれただろうが、私もクタクタだった。その夜は疲れ切って熟睡した。

しかし、この「事件」のせいで、私の気持ちはより引き締まった。それまでは朝、オムツに大量にウンチやオシッコがしてあると、オムツ交換だけでなく、お尻を洗ったり、時には寝間着も着替えさせねばならず、正直いささか億劫だった。だが、ウンチやオシッコがいっぱい出るのは、元気な証拠なのだ。朝晩のオムツ交換の時にドッサリ排尿・排便がしてあると「ああ、良かった！」と、改めて安堵と感謝の気持ちが湧いてきた。

翌日来てくれた訪問看護師の青亀さんは、ベッドに仰臥したままの母の髪をシャンプーしてくれた。枕の上にオシメを広げて洗ってくれたのだが、その見事な手際に息を呑む思いだった。介護の世界は用具や機器も進歩しているが、技術の進歩も著しいのだろう。

昨日の今日なのに、母は自分が救急搬送されたことも忘れていた。しかし私が事情を話すと「大変だったねえ」とねぎらってくれた。

週末には下野さんとケアマネの大石さんが来訪して、来週からの介護プランを相談した。お二人とも「症状の差が激しいので、毎日ケアを入れた方が良い」というご意見だった。他人の目が入ることで予防できる病気がある。私もまったく同感だった。

その日の母のお昼は茶碗蒸し、夜は餡《あん》かけ豆腐にした。母はどちらも完食してくれた。そして兄に「恵以子の茶碗蒸し、美味しかったから、お食べ」と言ったそうだ。

その日の備忘録に「ママはいつも子供のことを考えてる。鬱にならないのもありがたい。ママ、大好き！」と書いてある。

その気持ちは母が亡くなった今も少しも変わらない。

上を向いて歌おう

二〇一九年、約二十年ぶりに町会の当番の役が回ってきた。主な仕事は回覧板を回すことと、年四回募金を集めることだ。

そして九月下旬、「秋の交通安全運動」の一環として、見守りの仕事をした。各地域の当番が詰め所に集まって交通安全の黄色いタスキを掛け、横断歩道の脇に立って信号が青になると黄色い旗を横に出す……というのを三十分ほどやって帰ってきた。

詰め所は環七沿いのコンビニの駐車場に立てられたテントなので、それなりに交通量もあり、通行人もあったが、前回は……。

二十年前の当番の時、私は派遣店員として働いていたので、代わりに母に行ってもらった。方向音痴の母のため、前日に詰め所のテントへ案内したら、そこは細い路地に面した駐車場で、車の往来はもとより人っ子一人通らない場所だった。役目を終えた母に「どうだった？」と訊いたら「お菓子食べてお茶飲むよりすることなかった。犬を連れてきた人がいて、みんなで犬と遊んだわ」と答えた。

私が呆れて「意味ねーじゃん！」と言ったら、兄は「車がいっぱい通るとこで年寄りがウロウロしてたら危ないだろ」と。ごもっとも。

母の想い出のほとんどが、愉快で楽しい。私は一人で思い出し笑いをしてしまう。

✿

母は退院一週間後に脳梗塞を起こしかけたが、事なきを得た。

それからしばらくは平穏な日が続いたのだが、一つだけ困ったことがあった。母がポートの針を何度も抜いてしまったのだ。一度抜いたら、看護師さんか医師でないと刺し直せない。

母は病院で前合わせの寝間着を着ていたのだが、訪問看護師さんに「これは胸元に手が入りやすいので、針を抜いてしまう。抑制着みたいな、手の入りにくいパジャマを売っているから、そっちに替えた方が良い」とアドバイスされ、アマゾンで注文した。

後日届いたそのパジャマは、つなぎのような上下一体型で、縫い目がファスナーになっていた。全部開けると一枚の布になるデザインだ。襟元にはマジックテープで開閉する「隠し」のような布が付いていて、簡単にはファスナーを開けられないようになっていた。それでも「襟ぐりが広すぎる」というので、狭めに縫い縮めた。確かに介護する側には便利なのだが、着心地はどうだったのだろう。母は昔から「前合わせの寝間着」と「ネグリジェ代わりのロングTシャツ」を愛用していて、そうしたパジャマは着たことがなかった。それを思うといささかやりきれない気持ちになる。

そして、服薬も問題だった。ただでさえ食欲が衰えているので、ゼリーに薬を混ぜて食べさせると、もうそれだけで何も食べられなくなってしまう。

山中先生に「薬は点滴に入れてもらえないでしょうか？」と相談すると、すぐに対応して下さった。その日の備忘録には「夜はプリン完食！　これで行こう！」と書いてある。その後も「シュークリームのカスタードクリームを完食！」などの記述が続いた。

母が入院中も、退院してからも、私は原稿書き以外に取材その他で外に出掛ける仕事も多く、毎日けっこう綱渡りだった。約束の日付と時間を間違えたら信用問題になるし、私と兄の二人が家を留守にしたら、介護スタッフさんは家には入れない。だからリビングの壁掛けカレンダーと私の卓上カレンダー、備忘録の三箇所に毎月の予定を書き込んであって、訪問介護の時間も全部明記していた。

それなのに、ヘルパーさんの訪問時に兄の車で買い物に出てしまったことがある。メールが入ってあわてて気が付く始末だった。翌日、無駄足をさせてしまった松本さんに平謝りしたが、松本さんは「気にしないで」と笑顔で仰り、「大変ですね」と同情して下さった。

そんなある日、兄が「ママが『歌、歌おう』って、口を動かすんだよ。俺、あんまり声が出なくてさ」と言った。

母は女学生時代コーラス部に入っていて、声楽家を夢見ていたが、扁桃腺の手術で声質が変わってしまったので諦めたと言っていた。

私は「昔の唱歌のCDを買って、毎日一緒に歌おう！」と思い付いた。山中先生に訊いたら、歌を歌うのはとても良いそうだ。気分が上向くだけでなく、口腔リハビリにもなるという。

早速アマゾンで唱歌のCDと小さなラジカセを注文した。

その週末、兄は「お客さんに呼ばれたから」と外出した。その年の五月で整骨院は閉めたのだが、馴染みの客に個人的に治療を頼まれることがあるようだった。

それでハッと気が付いた。自宅にプロの整体師がいるのだから、母のリハビリをしてもらおう、と。

順天堂大学医学部附属浦安病院に入院中、母は毎日ベッドサイドでリハビリをしてもらっていた。ベッドに腰掛けて腕を上げたり下ろしたり、足を伸ばしたり曲げたりと、簡単なメニューではあったが、理学療法士の先生が付きっきりで二十分くらいやってくれた。どんなに軽い運動でも、やるのとやらないのでは血行その他が違うはずだ。

帰宅した兄にリハビリの件を頼むと、「俺は今、自分の身体のことだけで精一杯で、とてもママの面倒まで見られない」と答えた。

私は本当に、もう少しでブチ切れそうだった。

「ふざけんじゃないわよ！」「客の治療に行ったくせに、自分の母親のリハビリができないとはどういうことよ！」「甘ったれるのもいい加減にしろ！」「もう生きてる資格がない！」「死んだ方が良いわよ！」。

容赦ない言葉が次々と頭の中で炸裂した。口に出したらもう後戻りはできない。一緒に暮らすのも無理だろう。そんなことになったら、母がどんなに悲しむか。それが分かっているので、何とか無言を貫くことができた。

今にして思えば、兄も可哀想だと思う。若い頃から多くの責任を背負い、私と次兄にとっては父親代わりだった時期もある。人一倍の努力で次々襲いかかるトラブルを克服してきた。それが七十を過ぎて病に倒れ、一生を懸けた仕事を失い、最愛の母親との別れも近づいているのだ。心細くもあるだろうし、焦りも悔しさもあるだろう。

だが、その時の私に兄の気持ちを思いやる余裕はなかった。こんなに一生懸命やっているのにまるで協力する気がないと、恨みつらみばかり募らせていた。

その日の備忘録には「私はママとヒロちゃんを抱えて、この家を維持できるのだろうか？」と不安な気持ちを吐露している。

ふたたびの入院

父が亡くなってしばらくしてから、母は自宅で腕時計をはめるようになった。出掛ける予定があるわけでもないのに、どういう心境の変化だったのだろう。もしかして、母は腕時計をはめることで「社会と繋がっている」気分になったのかも知れない。

八年前、従弟夫婦に第一子が誕生した際、家族でお祝いを贈った。お返しに商品カタログが送られてきて、母は婦人物の腕時計を選んだ。母は老眼で、文字盤が大きくないと見えず、家では兄のお古の男物の腕時計をはめていたので、「どうせなら男物にしたら?」と勧めたのだが、どうしても婦人物が欲しいという。

家に届いたその腕時計を母はとても気に入っていた。しかし、文字盤は読めな

くて、時間を知りたい時は私に「今、何時？」と尋ねた。ちなみに、昔の人らしく、いつも文字盤を手首側にしてはめていた。

二〇一八年の六月、母を風呂に入れた時、私は外した腕時計をエプロンのポケットに入れた。そして自分も入浴した後、腕時計を入れたのを忘れ、エプロンを洗濯機に放り込んでしまった。気が付いたのは脱水が終わった後で、腕時計は動かなくなっていた。

私は平謝りしてすぐに別の腕時計を買ってきたが、母は怒りもガッカリもせず、新しい腕時計を「見やすいね」と気に入ってくれた。

動かない母の腕時計は、今も私の机の抽斗《ひきだし》に入れてある。

✿

退院してから一ヶ月に満たない間に、母は何度かポートの針を抜いてしまった。

その対策に介護パジャマを着せ、普段から注意してはいるのだが、二十四時間見張っているわけにもいかない。

十一月最後の木曜日も、山中先生が訪問してくれた際、ポートの針がズレていて、皮下点滴状態になっていた。すぐに処置していただいたが、右の鎖骨周辺が少し腫《は》れて熱を持っていた。

「可哀想だけど、目の離れている間は拘束が必要かも知れない」

先生にそう言われて、胸が苦しくなった。入院中は点滴を外さないように、ミトンや腕カバーをされていることも多く、それを見る度に可哀想でたまらなかった。やっと楽になれたと思ったのに。

その日は母の大好きな訪問入浴の日だったが、風邪気味で患部に腫れもあったので、清拭だけに留めてもらった。

客観的に見れば、今の母は寝たきりで口から満足に物が食べられず、点滴が煩《わずら》わしくて何度も針を抜く。この状態でも生きていてもらいたいと思うのは、私のエゴなのだろうか。

金曜日、母は風邪の症状は治まったようだった。午後一番で訪問看護師の下野さんが来てくれて、針交換などの他、浣腸してくれた。

下野さんは母がポートの針を何度も抜いてしまうので「別の方法を考えた方が良いんじゃないですか?」と言う。「別の方法って?」と訊くと「胃瘻《いろう》とか」と答えが返ってきた。

胃瘻と聞いただけで私には拒否反応があった。「意識のない植物状態の人にいっぱい管をつないで無理矢理延命させる」というイメージが頭にこびりついていたからだ。落ち着いて考えれば、母は意識もあるのだから、胃瘻も選択肢の一つだったかも知れないのに。

そして翌日の土曜日、午後三時半に下野さんが「昨日、点滴に降圧剤を入れるのを忘れた」と、予定外の訪問をしてくれた。

部屋で母のパジャマのファスナーを開けると、鎖骨周辺の肉が赤く腫れて、熱を持っていた!

「針がズレて、点滴の液が漏れてるんです」

パジャマの上から見て針が抜けていなかったので、油断してもっと早くに皮膚の状態を確かめなかった私の落ち度だ。

すぐに山中先生に連絡し、救急車を呼んで順天堂大学医学部附属浦安病院に救急搬送することになった。

「ママ、ごめんね。やっと家に帰ってきたのに。こんなつもりじゃなかったのに。ごめんね、ごめんね」

私は母の傍らに付き添いながら、心の中でくり返した。

順天堂で運ばれた先は消化器外科で、担当の外科医はポート造設の手術をしてくれたH先生とは別の人だった。

「ポートの溶液が皮下に漏れて感染症を起こしています。栄養価の高い溶液なので、症状も重篤です。〝ジブリ〟と言うんですが、それを引き起こした場合は、感染した肉をごっそり除去しないと……」

その説明を聞いた途端、私はもう少しで「そんなことするくらいなら、いっそ安楽死させて下さい！」と叫び出すところだった。

医師としては「最悪の場合」を説明しなくてはならないのだろう。それは分かるが、本当に私は生きた心地がしなかった。

とにかく母は入院することになった。部屋は四人部屋が空いていて、そこに案内された。この日、私が順天堂大学医学部附属浦安病院に着いたのは午後四時半、帰宅したのは十一時半だった。

次の日、午前中に病室に行くと、母は意識があって、私を分かってくれた。主治医は前回お世話になった消化器内科のI先生で「数値は改善してきて、熱も引きました」と、少し希望の持てる話をしてくれた。昨夜から消炎剤などを点滴しているはずなので、その効果があったのだろう。

家に帰るとアマゾンで注文した唱歌のCDと小型ラジカセが届いていた。母と兄と三人でこれから毎日歌うつもりで買ったのに、四人部屋ではそれもできない。せっかく母を家に連れて帰ったのに、私の不注意のせいで病気をひどくして、もう一度入院させてしまった。私はひたすら「ごめんね。ごめんね」と心の中で謝り続けた。

それでも病室に行くと、母は意識があり、「辛かったよ」と私に抱きついた。

もう一度母を家に帰したい。一緒に暮らしたい。そう思うと、不意に「胃瘻」の可能性が気になった。

山中先生に相談すると「基本的には勧めないが、ポートの針を何度も抜くのは良くない。知り合いに出張の歯科医がいて、嚥下《えんげ》のリハビリもやってくれる。二つを併用して最終的に経口栄養を主、胃瘻をサポートに持って行ければ良いのだが」と話してくれた。

私はまさしく目から鱗の落ちる思いだった。

そうだ、ポートと胃瘻の違いは、理論的には血管か、胃か、それだけだ。二十四時間管でつながれるポートより、栄養摂取時だけ管をつなぐ胃瘻の方が、きっと負担が軽いだろう。そして、胃瘻と口腔リハビリを併用すれば、母はもう一度口から物を食べられるかも知れない。それならきっと、今より生活が楽しくなるはずだ。

この時、すでに母の死期は迫っていたのだが、私は希望的観測に取り憑かれ、現実が見えていなかった。

最期は我が家で

十二月九日は日曜日で、入間から来た次兄と病院で落ち合い、同居の長兄と三人で母を見舞った。母は次兄を見ると「Mちゃんは？」と兄嫁のことを尋ねた。母は最期まで次兄夫婦のことを認識していて、誰だか分からないことは一度もなかった。

病室を出てから次兄に胃瘻の件を話した。「最近は老人医療の現場でも、以前ほど胃瘻は奨励されない。でも、家に帰るのを優先するならやむを得ない選択だと思う」という意見だった。

三人で食事をして次兄と別れた後、私は「もう一度病院へ行こう」と、兄を引っ張って病院に引き返した。母は兄の顔を見て「疲れた？」と訊いた。兄は苦笑して「うん、疲れたよ」と答えた。

母はちゃんと分かっている。子供たちを心配している。母と一緒に暮らすために胃瘻は必要な手段だと、私は自分に言い聞かせた。

翌日の夕方、その日二度目の見舞いに行くと母の鎖骨の周辺がパンパンに腫れ上がっていた。午前中は何ともなかったのに、いったい何故⁉

母は「辛かったよ〜」と私に訴えた。私はショックで狼狽したまま、母を抱きしめることしかできなかった。看護師に事情を訊いたが「明日、担当医から直接説明があります」としか答えてくれない。母の容体も心配だったが、病院に対する不信感と怒りもあった。病院にいるのに、どうして急にこんな状態になったのだろう。

翌日、担当のI先生から「皮膚を筋肉から剝がして膿《うみ》を排出した。傷口は縫合せず、ポケット状に開放して洗浄する」と説明を受けた。その程度のことなら看護師さんが代理で説明してくれても良いのに……というのが正直な気持ちだった。

せっかくの機会なので、私は胃瘻の件を提案した。するとI先生は「口からの栄養摂取ができない状態で胃瘻の手術をすれば、かなりの確率で肺炎を起こします。そんな危険な手術はできません」と、きっぱり断言した。

「もうポートも作れません。このままの状態で待つだけです。多分、二、三ヶ月で眠るように亡くなるでしょう」

これまで母は余命宣告に近いことを何度か言われたが、その度に何とか乗り越え、命を永らえてきた。だから私は希望的観測を持ち続けて来たのだが、さすがに今度ばかりは気力が萎えた。

次兄に電話すると、しばらく沈黙していたが「手術したのは可哀想だったけど、それ以外はほとんど『痛い、苦しい』無しでやってこれたのだから、諦めるしかない」と答えた。

私も理性ではそう思っていた。しかし、心は諦めきれなかった。母はまだ意識があって、私の手を握り返してくれるのに。

翌日、病室に行くと、母は意識がはっきりしていて、新作の小説の構想を話すと、所々で頷いてくれた。話している途中で、私は涙が溢れてベッドに突っ伏してしまった。母は黙って私の頭を撫でてくれたが、もう自分の運命を悟っていたのかも知れない。

私は山中先生に電話して事情を打ち明けた。すると先生は「ハッキリ言いますが、末梢血管点滴は延命には繋がりません。二週間くらいで血管がダメになります。とても二、三ヶ月は保《も》ちませんよ。今年中か、お正月までの命だと思います」と仰った。

その言葉を聞いた途端、何故か私は背筋がシャンと伸びたような気がした。もう、くよくよ悩んでいる時間などない！

「母を家に帰すことはできますか？」

「できますが、その場合は、お看取りのための帰宅になります」

点滴の管を全部抜いて自宅で看取ることになるという。

「口から栄養が補給できない状態で点滴もやめて、それで本人に苦痛はありませんか？」

「ありません。皆さんとても安らかに、穏やかに逝かれます」

「大体、どのくらい命が保ちますか？」

「人によりけりですが、平均して二週間です。ただ、急変する可能性はありますので、それはご承知置き下さい」

それで私の心は決まった。母を家で看取ろう、と。

頭の中でスケジュールを調整した。年内は二十七日まで外出を含めた仕事の予定が立て込んでいるから、退院は二十八日しかない。それに山中先生に「二週間」と言われたことも効いていた。母には年末年始をゆっくり我が家で過ごさせたい。

翌日、午前中に病院へ行くと、母は採血をされていた。もう死ぬと分かっているのに、何故？　血管が出にくくて痛がっているのに。

私は山中先生に電話して、もう採血はやめて欲しい旨、担当医に話して下さいと頼んだ。先生は快く承知して、ついでに母を家で看取る件も話して下さるという。

最初I先生は「自宅で家族の死を見守るのは大変ですよ」と渋っていたそうだが、山中先生は「山口さんの娘さんは非常に強い意思を持っているので大丈夫です」と説得して下さったそうだ。

翌日、I先生は病室を訪れて「もし退院が難しい状況でも二十八日の退院を希望されますか？」と尋ねた。私は「希望します」と即答した。私には分かる。母は病院ではなく、家で死にたいのだ。

二十八日の退院が決まると、ケアマネさんに連絡を取り、ヘルパーさんや看護師さんたちの訪問スケジュールを決めた。

母は自力で排尿ができなくなり、二十日から導尿されていたが、二十一日には個室に移った。これでやっと買ってきた唱歌や懐メロのCDを母に聴かせることができた。

小林旭の歌を聴いている時、母がCDジャケットを見て「この人誰？」と訊いたので「小林旭」と答えると、私を見て「痩せたね」と言った。「私は小林旭じゃないわよ」と笑ったが、母は私の心労を心配してくれたのかも知れない。

退院の前日「明日は退院だからね」と言うと、母は「家に……」と答えた。弱々しい声だったが、嬉しそうに何度も頷いた。

二十八日、いよいよ母は退院した。病院を出る前に、点滴も全部抜いた。導尿だけはされたままだったが。

その日、早速訪問してくれた山中先生は「思ったよりずっと良い状態です。正月、迎えられますよ」と太鼓判を押してくれた。

夜は介護ベッドを床まで下ろし、隣にマットを敷いて並んで寝た。夜中に母が咳き込んだので「寒い？」と訊くと、半身を起こした私を見て「寒くないけど、あんた、その格好じゃ寒いよ」。私は「大丈夫だよ、布団被《かぶ》ってるから」と答えた。続けて「家だよ」と言うと、母は「ずっと居たいね」と答えた。

そうだよ、ママ、ずっと居ようね。

私は胸に溢れる思いを噛みしめながら、母の手を握っていた。

母がこの世を旅立った日

暮れに退院して自宅に戻ると、母と一緒に過ごす時間は格段に増えた。昼間は何度も母の部屋に行って話しかけ、ゲラ直しやアイロンかけなどは母の部屋でやり、夜は介護ベッドを最下段に下ろし、床にマットを敷いて並んで寝た。

だから夜中に母が目を覚まして何か言うと、すぐに「どうしたの？」と声をかけられたし、手を握ったり抱きしめたりもできた。すると母は安心して、ふたたび眠りに落ちた。夜、母を一人にしないで済んだだけでも、病院から連れて帰って本当に良かったと思う。

大晦日には矢部さんという理容師さんに顔剃りに出張してもらった。母とは五十年来の馴染みで、我が家が別の町に引っ越した後も、母は他の店に行かずに通い続けたくらいお気に入りだった。丁寧に顔を剃ってもらって、母は気持ちよさそうにうっとりしていた。

矢部さんは私に「奥さんは呼吸が楽で本当に良かったですね。うちの姉は肺をやられて、大変でした」と語り、帰っていった。

丸の内新聞事業協同組合の社員食堂を退職してからも、私は毎年元日の新年会にはシャンパン持参で出席していたが、二〇一九年だけは暮れに会社に挨拶に行き、欠席する旨を伝えていた。だから久しぶりにゆっくりと大晦日の夜を過ごすことができた。

その夜は三時と五時に目が覚めた。母はけっこう大きないびきをかいていたが、息苦しくはなさそうだった。そして五時に自分のいびきで目を覚ました。「ママ、明けましておめでとう」と言うと、回らぬ舌で「明けましておめでとう」と挨拶を返した。

これが母と迎える最後の正月になる……。

私の心にこみ上げたのは悲しみや寂しさではなく、感謝と喜びだった。山中先生も仰っていたように、退院してから平均二週間は生きられるようだが、急変の危険は否めなかった。しかし、母は私に二人の最後の正月を与えてくれた。苦痛も悲嘆もない、穏やかで心安らかな正月を。

もう口からは水も飲めなくなっていたが、朝、私が「お雑煮のおつゆ、飲んでみる？」と訊くと、こくんと頷いた。そして、無理してやっと一口だけ飲み込み、「美味しいね」と言ってくれた。

午後、手足に保湿クリームを塗ってマッサージをしようとしたら、左足の甲がかなりむくんでいる。ビックリして山中先生に電話すると、元日だというのに訪問してくれた。ちなみに先生は大晦日と元日で二十五軒往診したという。診察の結果は、心臓の動きで左右差が出ているだけで心配ないとのことだった。血圧も脈拍も呼吸も安定していて、終末に向かってとても良い状態だという。

「お母さんは残された水分と油分を上手に使って心臓を動かし、ゴールに向けてゆっくり進んでいます。苦痛はなく、自然の流れに身を任せて水の上を漂っているような状態です。だから最期の時が来ても、決してあわてずに、落ち着いて見守って下さい」

先生の言葉は、母を看取る上で力強い支えになってくれた。

三日になると、夜中のいびきが少なくなった。もう母にはいびきをかく体力もなくなってしまったのかも知れない。

五日には最後と思ってお願いした訪問入浴さんが来てくれた。次兄は入浴は体力を消耗するからとあまり賛成しなかったが、私はどうしても最後に、大好きなお風呂に入れてあげたかった。

訪問看護師さんは、清拭やシャンプーの際に「山口さんも手伝ってみますか？」と声をかけてくれた。私は看護師さんと一緒に母の世話をしながら、母が痩せて軽くなってしまったのが悲しかった。

しかし、家で看取ると決めてから、私の心はとても穏やかで、嘆き悲しむようなことは一度もなかった。むしろ、最期の時を一緒に過ごせる幸運に感謝しながら、一日一日を過ごしていた。

母は少しずつ、穏やかに衰弱していった。十二日の夜中、小さく呻《うめ》き声を上げたので、私は母のベッドに潜り込み、抱きしめてから添い寝した。「ここは家だよ。私がずっとそばにいるからね。大丈夫だよ」と耳元で囁くと、母は「嬉しいよ」と言った。

それが母の発した最後の言葉になった。これ以降、意味のあるセンテンスを口にすることはなくなった。母の最後の言葉が「嬉しいよ」だったことに、私はいつも救われる思いがする。

退院後、母は点滴も経口栄養もなく、水分を摂取していなかった。にもかかわらず、十二日まで毎日排尿があった。量は二百ミリリットルから百五十、百二十、九十……と、徐々に減っていったが。

そして十三日に尿が止まった。岐阜県で在宅医療をしている医師の書いた『なんとめでたいご臨終』には「旅立ちの日が近づいたサイン」として、死の四日前に尿が出なくなることが多いと書いてあり、私はいよいよ別れが近づいていることを覚悟した。

それでも、母が声を上げる度に私が手を握ると、ギュッと握り返してくれた。

母はまだ私が分かるのだ。

私は母の生命力の強さと愛情の深さに感じ入った。この二つがあるからこそ、年を越し、正月も松の内を過ぎてなお、この世に留まって私のそばにいてくれる。

その後も排尿がないまま時間は過ぎ、十六日には肛門が開いて、夜に入れた座薬がオムツの上に出るようになった。これは末期の症状だという。ただ幸いなことに、母は苦しむ様子もなく、穏やかに眠り続けていた。

この日は入間から兄嫁が見舞いに来てくれた。何度も次兄を誘ったのに、グズグズ言って来なかったという。兄嫁は「男の子って母親に対する愛情が深いから、それでお母さんの顔を見るのが辛いのかも知れないわね」と言った。そして兄嫁が生きている母を見たのも、この日が最後になった。

翌日、私は山中先生に電話して「もう尿が出ないから、導尿は外して下さい」とお願いした。午後に代理の看護師さんが来て、処置をしてくれた。

「良かったね、ママ。もう煩わしいものは全部外したからね」

私は枕元で母に言った。それからベッドの脇の椅子に座って、映画『砂の器』

のパンフレットを音読した。耳は最期まで聞こえると聞いたことがある。母は昔一緒に観たこの映画が大好きだった（特にテーマ音楽が）ので、映画化にまつわるエピソードを語って聞かせれば、楽しんでくれるかも知れないと考えた。

パンフレットを読み終えると、手元にあった雑誌を音読した。たとえ意味は分からなくても、私の声が聞こえていれば安心するだろうと思ったのだ。

夜になり、いつものように床にマットを敷いて並んで寝た。私には今夜が最期かも知れないという予感があった。尿が止まって四日目とか、肛門が開いたとか、客観的な事実もあったが、それ以上に理屈では説明できない雰囲気を感じていた。

明け方に目が覚め、母を見た。息づかいがそれまでと違う。明らかに呼吸が浅い。いよいよ最期なのだと分かった。

私は母の手を握り、額《ひたい》に手を置いてそっと髪を撫でた。そして耳元で「大丈夫だよ。そばにいるからね」と囁いた。

その朝、午前六時三十五分に、母はこの世を旅立った。悲しみではなく、感謝の気持ちに満たされて、私は母を見送った。

介護の日々を振り返って

母を看取ってから十ヶ月が過ぎようとしている。

当初は気が張っていて心身共に元気だったのが、葬儀を終え、墓を買って一段落すると、風船から空気が漏れるように徐々に気力が衰えて、夏にはプチ鬱に近い状態に陥り、しばらく小説を書きたくなくなった。それでも何とか自分で自分の尻を叩いて執筆に漕ぎ着け、現在に至っている。

母の居ない生活にも慣れた。しかし、あの世とこの世に隔てられたという感覚はなく、隣の部屋にいるような気がしている。事実、母の遺骨は隣の部屋に置いてあるのだが。

私が本当の意味で母を「介護」したと言えるのは、二〇一八年九月四日に救急搬送されてから、退院と再入院を挟んで、二〇一九年一月十八日に亡くなるまでの四ヶ月半だと思う。何故ならその間は母はずっと寝たきりで、栄養補給も排泄も、他人の手を借りなくてはできなくなっていたからだ。

あの日々を振り返って思うことはいろいろあるが、一番強く心に残るのは、自分に医療知識が不足していたことだ。

例えば、胃瘻イコール植物状態という固定観念にとらわれていて、胃瘻と嚥下のリハビリを併用しながら、口から食物を摂取する割合を増やしてゆく方法もあるとは、夢にも思わなかった。もしそれを知っていたら、十一月に母を退院させる段階で、ポート（中心静脈点滴）ではなく、胃瘻を選択することもできたのではあるまいか。そうすれば母は、ポート漏れから感染症を起こして再入院することもなかったのに。

そして、介護度が要介護4か5になると、使えるサービスが格段に増えることも初めて知った。母は長らく要介護2だったので、本人がデイサービスを嫌って通わないと、他に利用できるサービスは福祉用具（車椅子や手すり等）のレンタルくらいしかなかった。ところが要介護5で退院すると、毎日二回ヘルパーさんを頼み、一日置きに訪問看護師さん、一週間に一度訪問入浴さんと訪問医さんをお願いしても、医療器具のレンタル代や薬代も含めて、月額約五万二千円の母の年金で充分まかなえる。これには本当に驚いた。

前節で紹介した『なんとめでたいご臨終』（岐阜県で在宅医療をやっている小笠原文雄医師の著書）には、家族が身体的な介護をできなくても、一人暮らしでも、様々な介護サービスを利用すれば最期まで自宅で過ごせると、多くの実例を挙げて書いてある。

正直、それを知って安心した。同居している十一歳年上の兄は、過去三度の脳梗塞に見舞われ、左膝骨折の後遺症があり、介護度は要介護2に上がってしまった。もしこの先兄が寝たきりになったら、とてもじゃないが、私には在宅介護する自信がない。母のオシメは平気で替えられたが、兄のオシメは無理だ。施設に入れるしかないと思っていたが、それなら在宅介護が可能かも知れない。

関係の悪い親を介護しなくてはならない人にも福音だろう。これを読んで下さった方に「山口さんはお母さんと仲が良いから良いけど、うち、仲が悪いから」と言われたが、嫌いな親でも直接身体介護をしないで済むなら、何とか面倒を見られないだろうか？

実は先日、若い編集者に「今高齢の人は大丈夫でしょうけど、私が高齢になる頃まで、手厚い介護保険制度が保つとは思えない」と言われ、胸を衝かれる思いがした。そう、日本は少子高齢化が進んでいる。今のような福祉制度が将来も続くとは限らない。

それなら、死ぬまで元気でいるしかないと思う。目標はピンピンコロリ、「丈夫で長生き、突然死」だ。

少なくとも、死ぬまで自分の足で歩ける身体でいないと、辛い思いをすることになる。ボケてしまえば何も分らなくて楽かも知れないが、頭がハッキリしたまま動けなくなったら、悲惨この上ない。

私は母が受けた手厚い介護サービスに心から感謝している。しかし、それでも自分が同じ世話を受けるくらいなら、その前に死にたいと思う。

母には私がそばにいた。だから多少不本意なこと（男性の看護師さんにオシメ交換や摘便をされたり、とか）があっても、絶望しないでいられたと思う。母は最期まで悲観的にならなかったし、家ではずっと機嫌良く、穏やかだったから。

でも、私には誰もいない。

母と同じ年まで生きるとしたら、兄はもちろん、次兄もこの世にいないだろうし、猫たちも死んでいるだろう。ひとりぼっちで、身動きできずにベッドに仰臥したまま生き続けるなんて、およそ耐えられない。延命なんてまっぴらだ。できるだけ早く、楽にあの世に行かせて欲しい。望ましいのは「尊厳死」だ。

もし自分の手で死を選び取れない状態だったなら、医師に手助けして欲しい。その場合は「安楽死」になる。しかし、日本では法律で認められていない。だが考えてみれば、自分の命の終わりを自分で決められないなんて、理不尽ではないか。

今の私は昔ほど死に恐怖感がない。年を取って、大好きだった人と猫がすでにあの世に行ってしまったせいだろう。別世界というより地続きの感覚だ。だから、ある程度納得できる年齢になって亡くなるのは、見送る側に悲しみだけではなく、想い出とか懐かしさとか、プラスの感情も残せるような気がする。

きっと、母が「天然ボケ」だったことも影響しているに違いない。内心は老いて哀しいこともあったはずだが、少なくとも認知症の症状が出てから、それを悩んだり嘆いたりはしなかった。何か失敗があっても、年齢による衰えと悲観的にとらえるのではなく、「ママ、昔からこうだから」と笑い飛ばしていた。母が最期まで明るくいてくれたことは、私にとっても二人の兄にとっても、大きな救いになっている。

くり返すが、私が母の年齢まで生きていたら、もう親族は誰もいない。いても棺桶に片足どころか、両足を突っ込んでいるだろう。だから、もし寝たきりになったら、尊厳死という選択肢を残して欲しい。老い先短い命なら、終わり方は自分で選びたい。

うちには兄と三匹のＤＶの激しい猫（七歳が二匹と五歳が一匹）がいる。彼らの最期を看取るまで、私には元気で生きている義務がある。

そのために食事はタンパク質とミネラルを豊富に取り、去年から「きくち体操」にも通い始めた。創始者の菊池和子先生は八十五歳。お元気で病気知らず。手本とするに相応《ふさわ》しい方だと思う。教室には七十代、八十代でお元気な生徒さんが何人もいらっしゃり、そういう方を身近で拝見するたびに私も励まされ、心強くなる。

目標は「丈夫で長生き、突然死」。

でも、お酒は毎日呑みます！

おわりに

『いつでも母と』は二〇一九年の一月末から十一月まで「女性セブン」に連載したエッセイ「母を家で看取りました。」に加筆修正を加えてまとめたものです。

連載の依頼を受けたのは昨年の一月四日、看取りのために母を病院から家に引き取り、最期の日々を過ごしている最中で、母の命の残り時間はすでにカウントダウンに入っていました。そんな時にもかかわらず、いえ、むしろそんな時だったからこそ、私は依頼を承る決心をしました。母がこの世を旅立ったあと、それまで二人で過ごしてきた日々、六十年の間に二人が出遭った様々な出来事を思い出し、文字に書き留めて行けば、それは消えることなく私の記憶に留まるだろう……そう思ったからです。これまで文章を書いてきた経験から、私には「記憶というのは書くことによってより強く脳裏に刻印されてゆく」という確信がありました。母の想い出をずっと記憶に留めるために、私は原稿を書き続けたのです。

私の決断は間違っていませんでした。過去のあれこれを振り返って書き進めるうちに、ずっと忘れていた出来事が次々と、まるで井戸から水が湧くように記憶の底から溢れてきて、自分でも驚き呆れました。私の半生がこれほど濃密に母と結びついていたなんて。

そして、気が付けば母を見送ってから一年が過ぎました。つい昨日のことのような気がするのに、時は人の心をまたいで通り過ぎてゆくのですね。

本文にも記しましたように、「エコちゃんが死ぬまでそばに置いといてね」という希望に添って、母の遺骨は壁一つ隔てた母の部屋に安置してあります。毎日、朝・昼・晩と、遺影を眺め、遺骨に手を合わせる日々です。母が遠くへ行ったのではなく、いつもそばにいるような気がするのは、そのせいかも知れません。

一月十八日は母の一周忌でした。その前日、お墓を買った小石川墓陵を訪れて、葬儀で使用した白木の位牌のお焚き上げと本位牌の魂入れをお願いしてきました。

その儀式が終わり、一段落したのだとしみじみ感じます。「一つの節目を超えた」という感慨でしょうか。

最近、自分の将来について考えています。同居している兄と猫三匹を見送るのは義務として、その後どうなるのか？

一番ありそうなのは独居老人になり、死後数日して発見されるケースです。マスコミではそれを〝孤独死〟と呼んで、さも気の毒なことのように扱いますが、一人で死んだから孤独死と決めつけるのは反対です。生前に豊かな人間関係に恵まれていれば、死ぬ時に誰かがそばに付き添っていなくても、一概に孤独とは言えないと思うのです。

私は生きている間は楽しい人間関係を保ちたいと願っていますが、死ぬ時は一人の方が気楽で良いように思います。余計な気を遣う必要がありませんから。どうせ助からないのに、赤の他人の医師や看護師に死に様を見守られるのは、鬱陶しい気がするのです。

今更ですが、人間、死ぬのは本人です。一人で川を渡って行かなくてはならないのです。代行業者は頼めません。

今、生涯未婚率が急上昇しています。五十歳までに結婚経験のない人は、二〇一五年に男性二十三・三七パーセント、女性十四・〇六パーセント。つまり男性は五人に一人、女性は七人に一人です。昭和の時代、日本人は男女とも結婚率九十五パーセント以上だったことを考えると、隔世の感があります。ただ、私としては九十五パーセントが結婚する社会の方に違和感を覚えますが。

熟年で婚活をなさる人が増えているそうです。その気持ちはよく分かります。良き伴侶に恵まれた生活は、心温かに満ち足りて、温泉に浸かっているような心持ちでしょう。伴侶を探している方たちには、心からのエールを送りたいです。ただ、どれほど良き伴侶を得ても、必ず別れは来ます。カップルの多くは、パートナーに先立たれて一人になります。その覚悟は必要だと思います。

母は献身的な訪問医・看護師・介護チームのお陰で、自宅で息を引き取りました。その経験から私も病院ではなく、住み慣れた家で死にたいと願っています。

多くの人がそう願っているでしょう。

実はうちの二軒お隣のお宅も、昨年暮れにご主人を在宅で看取られました。しかも、訪問医は我が家と同じ「しろひげ在宅診療所」の山中茂光先生でした。

在宅医療の輪は広がっています。一人暮らしでも、家族がいなくても、自宅で最期を迎えられるようなサービスを提供している医療チームが現実にあります。

皆さまがそれぞれに役に立つ情報を得て、満足できる生を全うされますように。

私と母の最期の日々を読んで下さって、ありがとうございました。

単行本化にあたっては、山中先生にお読みいただいた上で、内容を確認していただきました。山中先生には心から感謝申し上げます。

二〇二〇年一月十八日　母の一周忌に

山口恵以子

初出
本書は「女性セブン」の連載「母を家で看取りました。」
（2019年2月14日号～12月5・12日号）を再構成し、
単行本化にあたって大幅に加筆、修正したものです。

山口恵以子　やまぐち・えいこ

一九五八年東京都江戸川区生まれ。早稲田大学文学部卒業。会社勤めのかたわら松竹シナリオ研究所で学び、脚本家を目指してプロットライターとして活動。その後、丸の内新聞事業協同組合の社員食堂に勤務しながら小説を執筆し、二〇〇七年『邪剣始末』で作家デビュー。二〇一三年『月下上海』で第二十回松本清張賞を受賞。著作に「食堂のおばちゃん」「婚活食堂」シリーズや、『風待心中』『毒母ですが、なにか』『食堂メッシタ』『夜の塩』などがある。

いつでも母と

二〇二〇年三月十日　初版第一刷発行

著者　山口恵以子
発行人　川島雅史
発行所　株式会社小学館
〒一〇一-八〇〇一　東京都千代田区一ツ橋二-三-一
電話　〇三-五二八一-三五五五（販売）
〇三-三二三〇-五五八五（編集）
印刷所　大日本印刷株式会社
製本所　株式会社若林製本工場

販売　中山智子
宣伝　井本一郎
制作　長谷部安弘
編集　橘髙真也

©EIKO YAMAGUCHI 2020

ISBN 978-4-09-396547-7

造本には十分注意しておりますが、印刷、製本など製造上の不備がございましたら「制作局コールセンター」（フリーダイヤル〇一二〇-三三六-三四〇）にご連絡ください。

（電話受付は、土・日・祝休日を除く九時三〇分～一七時三〇分）

本書の無断での複写（コピー）、上演、放送等の二次利用、翻案等は、著作権法上の例外を除き禁じられています。本書の電子データ化などの無断複製は著作権法上の例外を除き禁じられています。代行業者等の第三者による本書の電子的複製も認められておりません。

JN0133349

紫式部の血脈と源氏物語

白石幸代

凡例

○本書各論の理解を深めてもらうため、系図を本文中に5枚入れた。
系図1は12～13頁、系図2は28～29頁、系図3は66頁、系図4は100～101頁、系図5は126～127頁である。

系図の□囲みは本書登場人物、（　）は重複している人物、天皇の右肩の数字は歴代数である。

はじめに

紫式部は歴とした藤原氏である。六代前は道長と同じ藤原北家の冬嗣にたどり着く。にもかかわらず、紫式部は『源氏物語』を「源氏の物語」と日記に書いて、源氏の物語を書いた。何ゆえに藤原氏である紫式部が源氏の物語を書いたのか。これは私の中で長いこと疑問であり、しかもなぜ桐壺帝を醍醐天皇に比定し（なぞらえ）たのか。醍醐天皇以外の天皇ではいけなかったのか。ずっと考えていたのは、紫式部が藤原氏の専横を見聞きし、それを良しとしなかったがゆえに、藤原氏に対峙する源氏、それも藤原氏を排斥して親政を行おうとした宇多やその流れの醍醐を物語の下敷きに、皇統の物語を書こうとしたのではないか、ということだった。

ところが、紫式部の出自を見ていくにつれ、外でもない紫式部の血脈に由来するということが見えてきた。紫式部は道長と同じ藤原北家の流れである。けれども、天皇家と結びついて、蔭で権力をほしいままにし邪魔者は情け容赦なく切り捨ててゆく藤原摂関家の中枢の流れとは違う、文事を好み権力欲とは関係ない北家傍流の流れの中に紫式部はいた、ということが見えてきて、それがしかも醍醐天皇に繋がっていく、ということがはっきりしてくると、外でもない、紫式部の血脈が『源氏物語』の人物造型の基本にあると考えるに至った。

物語は物語として読むべきだ、という論が学会で力をもって、作者の人生や歴史的な下敷きを考えるべきではない、という読み方があったらしいし、今もあるかもしれない。しかし私は、『源氏物語』の奥に、醍醐天皇や紫式部が透けて見えてしまって、どうしてもそうした読み方をしてしまう。そこで、ここでは、どこまでも物語の底に透けて見える作者や歴史上の人物にこだわって『源氏物語』を読んでいきたい。

そして言っておきたいのは、これは、研究書ではないし論文でもない。私個人の興味関心、ただそれだけのもので、したがって余計なことや間違い、重複もあるに違いない。けれども、本当に正しいことなどというものは、あるようで実はよくわからないところが多いものだと常々考えるので、私個人が面白がっているだけだと思って読んでいただければ幸甚です。

目　次

一　源氏の物語

㈠　光源氏の造型

『源氏物語』の主人公光源氏は帝の第二皇子である。母桐壺更衣の身分が低いので、源の姓を賜って賜姓源氏《しせいげんじ》つまり臣下として生きていく。物語には、母の身分が低いために賜姓源氏になったとは一切書かれていない。父桐壺帝が鍾愛の息子光源氏の将来を考え、観相させた結果そう決めた。歴史上の人物で賜姓源氏となったのは、嵯峨天皇の皇子の源融《みなもとのとおる》をはじめ、村上天皇の皇子 源高明《みなもとのたかあきら》がいる。いずれも母の身分が低い。この二人は光源氏のモデルとも言われている。また、宇多天皇も醍醐天皇も源氏だった。この二人は、思いもかけず天皇になった光孝天皇が、政治的な配慮で源氏にした。

物語の光源氏の母は桐壺更衣で身分が低い。入内しても、親が大臣級でなければ女御にはなれず、更衣はその下の位で親が納言級である。この身分が低い、ということが『源氏物語』の通奏低音のように物語を貫く一つのテーマであるといっていい。桐壺帝に比定されている実在の醍醐天皇の母は、宇治の大領・郡司である宮道弥益《みやぢのいやます》の娘列子と、藤原北家傍流の藤原高藤《ふじわらのたかふじ》との間に生まれた娘胤子である。したがって身分が低い。この胤子が後の宇多天皇と結ばれて醍醐天皇が生まれた。

この胤子と醍醐天皇の流れが、紫式部の血脈に繋がっている。紫式部の父方の祖母が、この胤子の弟定方の娘である。同時に、母方の祖母も同じ宮道氏の宮道忠用（宮道潔興とも）の娘である。

そこで胤子の祖父宮道弥益を調べてみると、宇治の郡司あるいは大領だということが出てくるが、受領だったとも出てくる。また、宮道潔興は、胤子の母列子の兄弟かあるいはイトコらしい。この人は、醍醐天皇が皇太子の時、帯刀舎人として仕え、その後内舎人として仕え、さらに内膳典膳になったが、紀貫之と交替して、越前権少掾となり地方官に転じた。また、勅撰歌人として『古今和歌集』に和歌一首がおさめられている。

（系図1）

ということで、紫式部は藤原北家の流れと、身分の低い宮道氏の流れを父方母方の両方から強く受けていることになる。

身分というものが大きい意味を待っていた時代、光源氏は母の身分が低いために臣籍に降下して臣下として生きていく。さらに敵対勢力右大臣方に左遷されながら、実際の歴史上ではありえなかった、つまり、都に返り咲いて臣下としてはあり得ないような繁栄を生きた。しかも一方で、亡き母桐壺更衣にそっくりだという父桐壺帝の后藤壺と密通し不義の子冷泉帝をなす。これは、決して表に出せない心の奥深くの秘密として、この苦しみを繁栄の陰に抑え込み抱えこみながら生きていく。『源氏物語』の心理描写は、光源氏に限らず様々な人物についても実に細やかであるが、このような光源氏の内面の奥深い人物設定が、うわべ華やかな、実は内面的に実に複雑な深い思いを持っている人物として、物語が展開していくことになる。さらに、光源氏の男としての出世や挫折なども描かれて、視野の広い深みのある物語が紡ぎだされたのであろうと考えられるのである。

系図1

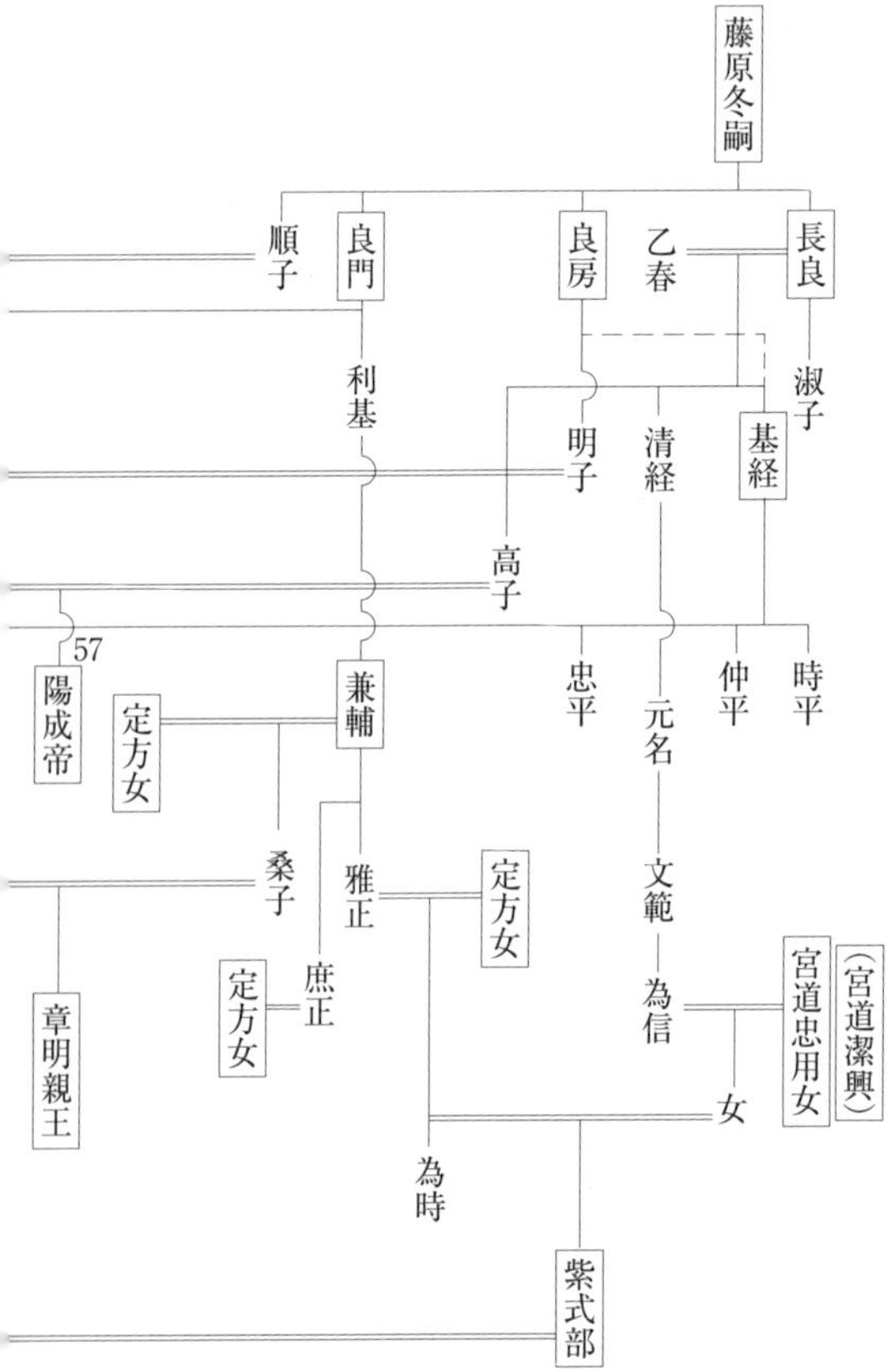
藤原冬嗣
長良
乙春
良房
良門
順子
淑子
基経
清経
明子
利基
高子
時平
仲平
忠平
元名
兼輔
57
陽成帝
定方女
文範
定方女
雅正
桑子
宮道忠用女
（宮道潔興）
為信
庶正
定方女
女
章明親王
為時
紫式部

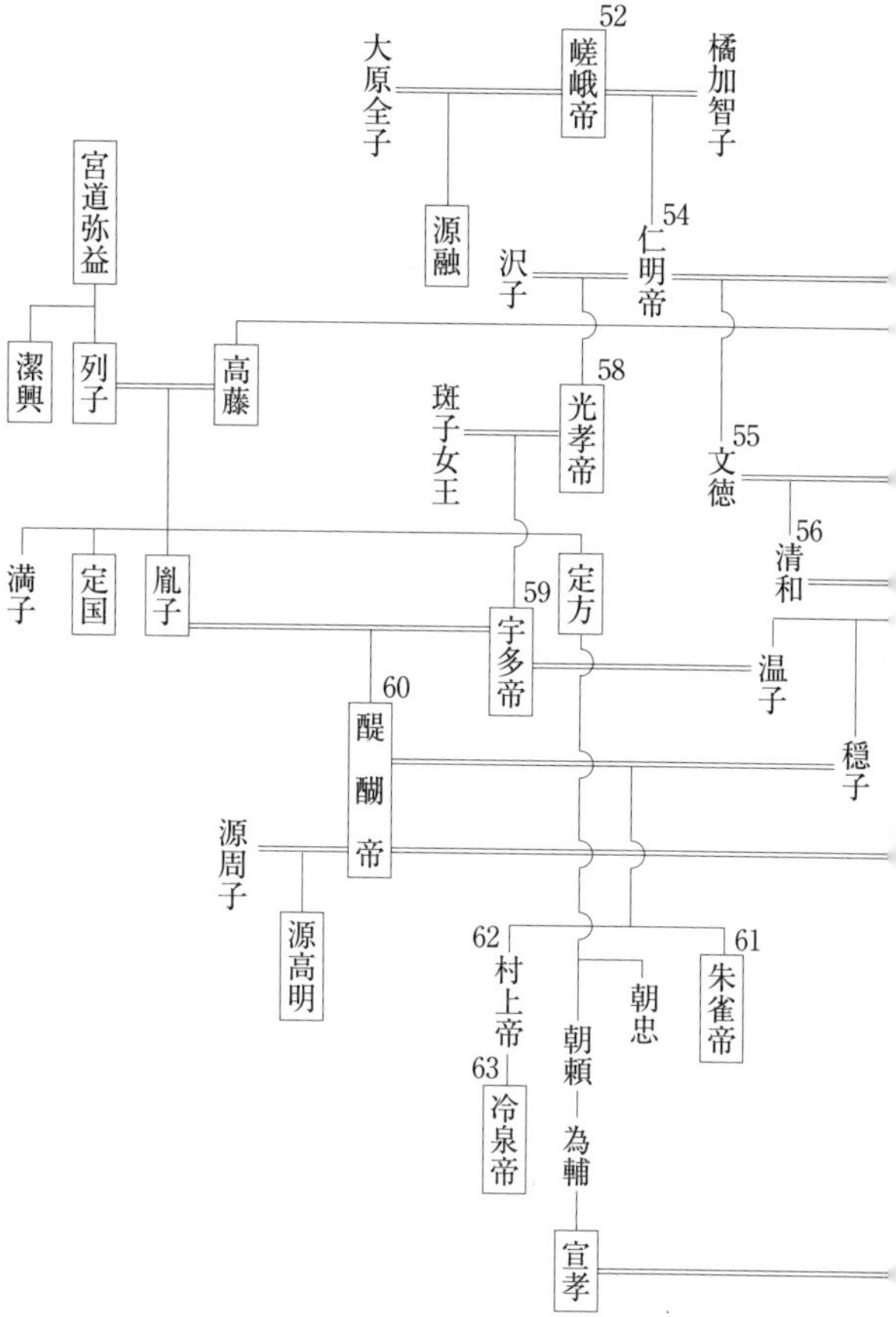
52
嵯峨帝
大原全子
橘加智子
源融
54
仁明帝
沢子
宮道弥益
潔興
列子
高藤
58
光孝帝
斑子女王
55
文徳
56
清和
満子
定国
胤子
定方
59
宇多帝
温子
60
醍醐帝
穏子
源周子
源高明
62
村上帝
朝頼
朝忠
61
朱雀帝
63
冷泉帝
為輔
宣孝

(二)「源氏の物語」と源氏について

紫式部は『紫式部日記』には『源氏物語』を「源氏の物語」と書いている。

紫式部が一条天皇の後宮に宮仕えしていた時、左衛門の内侍という女房がいて、妙に紫式部を快よからず思っているらしくて、いやな陰口がたくさん聞こえてきた。一条天皇が「源氏の物語」を女房に読ませてお聞きになっている時、「この人（紫式部）は日本紀をこそよみたるべけれ。まことに才《ざえ》あるべし」と褒められたところ、左衛門の内侍が紫式部の事を才がってると殿上人に言いふらしたので、日本紀《にほんぎ》の御局《みつぼね》とあだ名された。これをおかしがった紫式部が、実家の召使いの女の前でも慎んでいるのに、なんであのような所で才がったりしますか、ということろ。ここに「源氏の物語」と出てくる。

左衛門の内侍といふ人はべり。あやしうすずろによからず思ひけるも、え知りはべらぬ心うきしりうごとの（いやな陰口が）おほう聞こえはべりし。

うちの上の（一条天皇が）、源氏の物語、人に読ませたまひつつ聞こしめしけるに、

「この人は、日本紀をこそ読みたるべけれ（読んでいるにちがいない・講座をするべきだ）。まことに才あるべし」と、のたまはせけるを、ふと推しはかりに、「いみじうなむ才がる（学問を鼻にかけている）」と、殿上人などにいひちらして、日本紀の御局とぞつけられたりける。いとをかしくぞはべる。このふるさとの女（実家の召使の女）の前にてだに、つつみはべるものを、さる所にて、才さかし出《い》ではべらむよ。

そこで、「源氏の物語」というときの「源氏」というのはいったいどういうものか、ということについて考えてみたい。

源氏というのは、嵯峨天皇の御代、大勢の皇子に経済的に同じ待遇ができなくなり、母の身分が低いものには親王宣下をせず姓を賜って臣下に下した、それが源氏である。光源氏のモデルの一人と言われている源融はその第一号で、河原左大臣と言われ、その別荘は河原の院や宇治にもあり、また、大堰《おおい》にもあって、『源氏物語』では、そこがモデルと思しい場所がいろいろある。（系図1）

親王というのは皇太子候補である。ただし、皇太子候補として親王宣下をされた者でも、位が一品《いっぽん》から四品《しほん》まであって、この位をもらえない者は無品親王《むぼんしんのう》である。光源氏の場合は親王になったとしても、母の身分が低く無品親王にしかなれない。いくら寵愛を専《もっぱ》らにしている桐壺更衣との間の鍾愛の息子であっても、母が更衣となると、親王宣下したりすると世間が許さない。そうした当時の貴族社会の現実には触れられることもなく、物語では鍾愛の息子の将来を考えた桐壺帝は、光源氏を高麗《こま》の相人や大和の相人に観相させた結果として語られる。ここで、高麗の相人も大和相《やまと》も同じような観相をするのである。

帝になるべき至貴の相があるが、そうなると「(国が)乱れ憂う」ことがある。朝廷の柱石の臣となって国政を補佐する方面で判断すると、その相もまた違う。

「国の親となりて、帝王の上なきくらいにのぼるべき相おはします人の、そなたにて見れば、乱れ憂ふることやあらむ。おほやけのかためとなりて天下を輔《たす》くるかたにて見れば、またその相違ふべし」(桐壺)

この観相に光源氏の生涯が暗示されている。光源氏は賜姓源氏として臣下として生きていくが、後に、藤壺との不義の子冷泉帝が、実の父が光源氏だと知って譲位しようとする。しかし、光源氏はそれを固辞し、そのために准太政天皇としての待遇を受け、臣下でありながら退位した帝と同じ「院」と呼ばれるのである。

桐壺帝は考える。

この君をこれまでまだ親王宣下をしていなかったが、相人は賢いことだ、親王宣下をしたところで無品親王で、しかも外戚の支持も無い不安定な状態だ。そうはさせまい。自分の帝位も、まことに不安定であるので、臣下として朝廷の後見をするのが、将来も頼もしそうである。そこでいよいよ諸道の学問をおさせになる。とびぬけて聡明で臣下とするにはまことに惜しいけれど、親王にしたら、もしや皇太子に立てるのではないかという世の疑いを負うことになる。宿曜《すくよう》の達人も高麗《こま》の相人と同じように言うので、臣籍降下させて、源氏にすることをお決めになったのである。

今までこの君を、親王にもなさせたまはざりけるを、相人はまことにかしこかりけり、とおぼして、無品の親王の外戚《げさく》の寄せなきにてはただよはさじ。わが御世もいと定めなきを、ただ人（臣下）にて朝廷の御後見をするなむ、行く先も頼もしげなめることとおぼし定めて、いよいよ道々の才をならはさせたまふ。きはことにかしこくて、ただ人にはいとあたらしけれど、親王となりたまはば、世の疑ひ負ひたまひぬべくものしたまへば、宿曜のかしこき道の人に、勘《かんが》へさせたまふにも、同じさまに申せば、源氏になしたてまつるべくぼしおきてたり。（桐壺）

ということで、「源氏の物語」が語り始められる。

ここで、高麗の相人に観相させるにあたって、相人を「宮の内に召さむことは、宇多の帝の御誡《いましめ》あれば、いみじう忍びて、この御子を鴻臚館《こうろくわん》につかはしたり（桐壺）」というのがある。桐壺帝は、「宇多の帝の御誡」に従って行動している。歴史上の宇多天皇は、十年で退位し息子の醍醐天皇に「寛平の御遺誡《ごゆいかい》」を残す。したがって、この御遺誡に従って行動するのは醍醐天皇ということになる。ということで、桐壺帝は醍醐天皇に比定されているのだ。物語の系図は史実と同じように、桐壺帝（醍醐天皇）の次の帝は朱雀帝である。朱雀帝の弟が光源氏である、という設定で物語が語り始められる。

このように「源氏の物語」が、宇多帝、醍醐帝にかなり意味を持って語り始められる。しかも、史実の宇多帝も醍醐帝も、後述すように源氏だったのである。

紫式部はこの宇多天皇や醍醐天皇に血脈的につながっている。紫式部の祖母が、醍醐帝の母胤子の弟・定方の娘なのである。こう見てくると、どうしても、『源氏物語』つまり「源氏の物語」は紫式部の血脈に繋がっていることに意味があると考えざるを得なくなってくる。

二　藤原氏について

(一)　藤原氏の祖・天の児屋命（『古事記』による）

紫式部は一方で藤原氏北家の流れの一人である。藤原氏は、遡《さかのぼ》ると『古事記』の天岩戸《あまのいわと》で「ふと詔戸言禱《のりとことほ》ぎ白《まを》した（太祝詞《ふとのりと》をあげた）」天《あめ》の児屋《こやね》の命《みこと》にたどり着く。これが事実であるかどうかは解らない。けれども、藤原氏の家伝にそう書かれているらしい。そこから藤原氏を見てゆくと、天の児屋の命は、『古事記』（新潮日本古典集成）の頭注に、中臣連らの祖神、とある。さらに解説では、小屋根とも表記され、参考になるものとして沖縄地方の神アシャギーがあげられている。アシャギーというのは、母屋に対して離れ座敷の意味があるらしい。神アシャギーと言うのは、四本の柱に屋根を葺《ふ》いた小さな小屋で、そこに籠って託宣を下す、そうしたものの神格化ではないか、というようなことがある。

すなわち、その小屋に籠って「ふと詔戸言禱き白し」たのが「天の児屋の命」の命名の由来である。託宣の神の居所は、身を折れ屈《かが》ませて入れるほどの小さな建物であると定まっていたことを示す。

天照大神《あまてらすおおみかみ》が天《あめ》の石屋戸《いわやど》隠《ごも》りをしたので、それを招きだす一つの方法として、鹿木《ろくぼく》（雄鹿の肩骨を、ははかの木で焼いて、その亀裂で事を占う。奈良時代後期に「亀卜《きぼく》」に変わる）をし、「ふと詔戸言《のりとごと》」を申し上げて天照大神の出現を祈願し、それに成功する。天孫の番能邇邇芸命《ほのににぎのみこと》の降臨に際し、五伴緒《いつのとものお》の筆頭として随伴する。中臣連《なかとみむらじ》等《ら》の祖先神。さらに、「中臣」とは中臣氏系図が引く延喜本系に「皇神之御中、皇孫之御中執持」とあるように、神と神々、神と皇族との中をとりもつ（天児屋命は、神代紀上に「中臣神」ともある）ことに基づく氏族名となった。このような、言ってみればたいへんな存在が「中臣」（「中つおほみ」で、中に存在する偉大な霊的な人、の意）であり、その神意の表現を「ふと詔戸言」という言語によって行使したのである。神代上紀では、天児屋命の父を興台産霊《こごとむすび》としているが、この神名も「言言《ことごと》の生成の霊力」の意である。この氏族は、神意を表す祝詞を奏することによって、宮廷祭祀の管掌者となり、最有力氏族となった。（概略）

やはり藤原氏は、もともと言葉の力に優れていたことから有力氏族となったらしい。紫式部も定家もこの流れ、言葉の力に優れていた流れを受け継いでいる。

(二) 中臣氏から藤原氏へ

藤原氏は中臣氏から藤原氏になった。中臣氏が藤原氏になったのは、あの大化の改新と一般には言われている乙巳《いっし》の変以来である。乙巳の変というのは飛鳥時代に、中大兄皇子《なかのおおえのおうじ》・後の天智天皇、と中臣鎌足《なかとみのかまたり》（鎌子）が共謀して、宮中で曽我入鹿《そがのいるか》を殺した政変で、これに続いて行われた政治改革を大化の改新という。六四五年を「蒸し米《645》で祝う大化のご改新」などという語呂合わせで、大化の改新などと最近覚えたような。首をはねる役の者は決まっていたのだけれど、怖がってできなかったので、中大兄皇子自らが首をはねたらしい。首がぴょーんと宙に舞っている絵がある。ただし、これは後に描かれた絵に拠っているわけで、事実は屋外で行われ、この絵とは違うらしい。

『今昔物語』には、鎌足が中大兄皇子の信認を得たきっかけが蹴鞠《けまり》だったとある。当時、曽我入鹿が専横を極めていた。まだ皇太子の中大兄皇子を軽く見て、沓《くつ》が飛んだのを、嘲《あざけ》って入鹿がさらに外へ蹴出した。それを鎌足が拾って皇子に差し出したことから信認を得たとある。

御子の鞠蹴給ひける御沓《くつ》の、御足に離れて上がりけるに、入鹿誇りたる心にて、宮の御事を何とも思わずして、嘲《あざけ》りて其の御沓を外様《よそざま》に蹴遣《けや》りてけり。御子此《こ》の事を極めて半無《はしたな》しと(無礼な仕打ちだと)思食《おぼしめし》しければ、顔を赤《あから》めて立たせ給へるを、入鹿、事とも思はざる気色にて立てりければ、大織冠《たいしょくくわん》(鎌足の後の位)其の御沓を、迷《まど》ひ取るとて「我れ悪しき事を翔《ふるま》ひつ」とも思はざりけり。御子は、入鹿が此く半《はした》無く為《し》つるに、我と沓を取りて履かせつるを、「有難く喜しき志なり。此の人は我れに心寄せ有りて思ふなりけり」と心得させ給ひて、其の後は事に触れて昵《むつま》しき者になむ思食したりける。大織冠も、見給ふ様や有けむ、取分き殊に御子に仕り給ひけり。

この後、入鹿は「誇りの余り、後後には天皇の仰せ給ふ事をも、動《やや》もすれば承け引かず、亦《また》、仰せもなき事をも行ひなど」するようになって、飛鳥板蓋宮《あすかいたぶきのみや》で殺される。

それまで中臣氏だった中臣鎌足は、その時とその後の功績によって、臨終に際して天智天皇から大織冠という最高の冠位と大和三山に囲まれた藤原の地にちなんで藤原氏を賜った。藤原氏の祖である。『藤氏家伝』には、鎌足は「偉雅、風姿特秀」とある。また、中国の史書に関心を持って『六韜』を暗記、南淵請安の塾で儒教を学んだとき、入鹿と共に秀才とされたらしい。『六韜』は、中国の有名な兵法書である。

家業の神祇官になることを要請されたとき、固辞して摂津の三島の別邸に籠り、ひそかに蘇我氏の討伐を考えていたらしい。やはり、神祇官には納まらない政治家としての資質が強かったのだと思われる。

さて、『万葉集』（巻一　九五）に鎌足の有名な歌がある。

吾はもや安見児《やすみこ》得たり　皆人の得難《えかて》にすとふ　安見児得たり

臣下は手に入れることがほとんどできない采女《うねめ》を、天智天皇の配慮で娶ることができた喜びがあふれている歌である。ちなみに藤原氏を継いだ次の人物は、鎌足の次男不比《ふひ》等《と》であるが、天智天皇の御落胤だとも言われているのは、こうしたところからだろう。

藤原不比等は、不比等などという並ぶ者もいない人物であるかのような名前を持っているが、「史《ふひと》」とも表記される。史は、古代朝廷の書記官、史生である。『古事記』編纂の折、旧辞、帝紀を暗誦していた稗田阿礼《ひえだのあれ》は不比等だ、という説がある（桑原武）。鎌足が藤原姓を賜ったのは死ぬ間際だった。息子の不比等は、文武天皇二年（六九八）、不比等一統のみが藤原氏を名のることができ、太政官の官職につくことができること、不比等の従兄弟たちは、鎌足の元の姓・中臣朝臣姓とされ神祇官として、祭祀《さいし》のみを担当することと明確にしたことによって、本当の藤原氏の祖は不比等といわれている。（系図2）

三　藤原氏と天皇家

㈠　不比等の四人の息子

不比等の四人の息子は同じ七三七年に天然痘で亡くなっている。当時皇位継承権も強く、権力を持っていた天武天皇孫の長屋王を襲撃し、自殺に追いやって滅ぼした祟りだといわれた。

不比等はまた四人の息子のほかに二人の娘、文武天皇に入内した宮子と、文武と宮子の息子つまり不比等の孫にあたる聖武天皇に入内した光明皇后がいる。

聖武天皇は母が藤原宮子なので、史上初めて臣下を母に持つ天皇である。こうして藤原氏は娘を次々に天皇に入内させ、幼い孫を天皇にして摂政となり、更に天皇長じては関白となって、外戚として権力を振るい摂関政治を行った。その摂関政治の頂点に立ったのは、紫式部の時代の道長である。ちなみに関白は光孝天皇の創設である。

不比等の四人の息子はそれぞれ南家、北家、式家、京家の四家に分かれ、中でも北家の房前《ふささき》の流れが末永く繁栄した。権力中枢の流れは不比等、房前、房前に続くのは、曽孫冬嗣。冬嗣に続くのは、冬嗣の次男良房。良房には男児がいなかったので、兄長良《ながら》の息子基経を猶子にした。また良房の妹順子が仁明天皇に入内して文徳を生み、さらに文徳に良房の娘明子《あきらけいこ》を入内させ清和が生まれる。清和に基経の妹高子が入内して陽成天皇が続くのである。文徳、清和、陽成は、母がそれぞれ摂関家なので、藤原氏主流の天皇の系列である。（系図2）

(二) 陽成天皇と母高子

摂関家主流の天皇も、陽成天皇に至って問題が生じる。

陽成天皇の母高子は、時の権力者基経の妹高子である。二条の后と後に呼ばれた高子が、まだ若くただ人（臣下）だった頃、とても美しかったので、あの在原業平《ありわらのなりひら》が恋して盗んで負ぶって逃げたのを、兄の基経や国経に連れ戻された。そこのところが、在原業平の歌物語であるといわれる『伊勢物語』六では、こんな話になっている。（系図2）

系図2

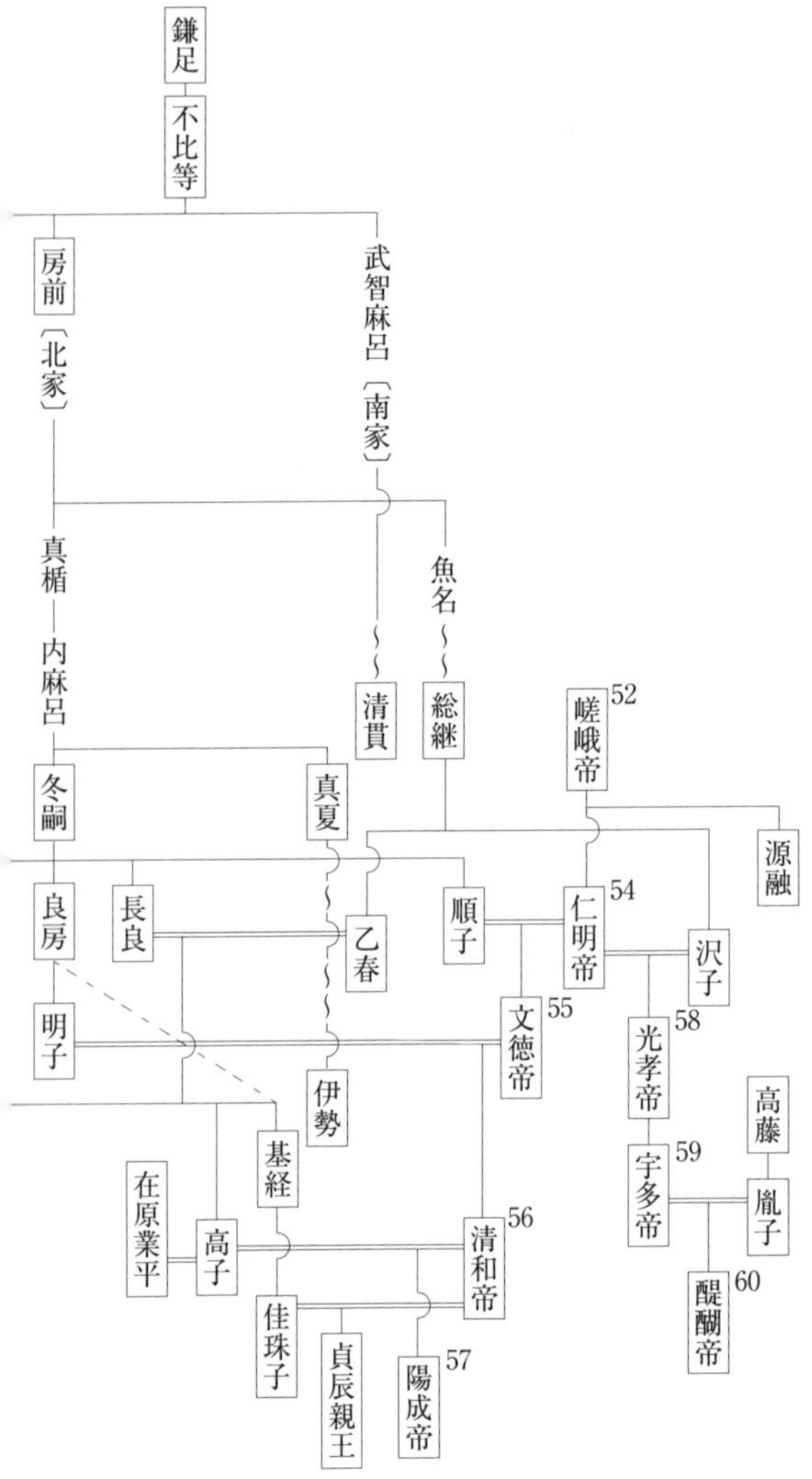
鎌足
不比等
房前〔北家〕
武智麻呂〔南家〕
真楯
魚名
内麻呂
清貫
総継
52 嵯峨帝
冬嗣
真夏
源融
良房
長良
乙春
順子
54 仁明帝
沢子
明子
伊勢
55 文徳帝
58 光孝帝
高藤
基経
59 宇多帝
胤子
在原業平
高子
56 清和帝
60 醍醐帝
佳珠子
貞辰親王
57 陽成帝

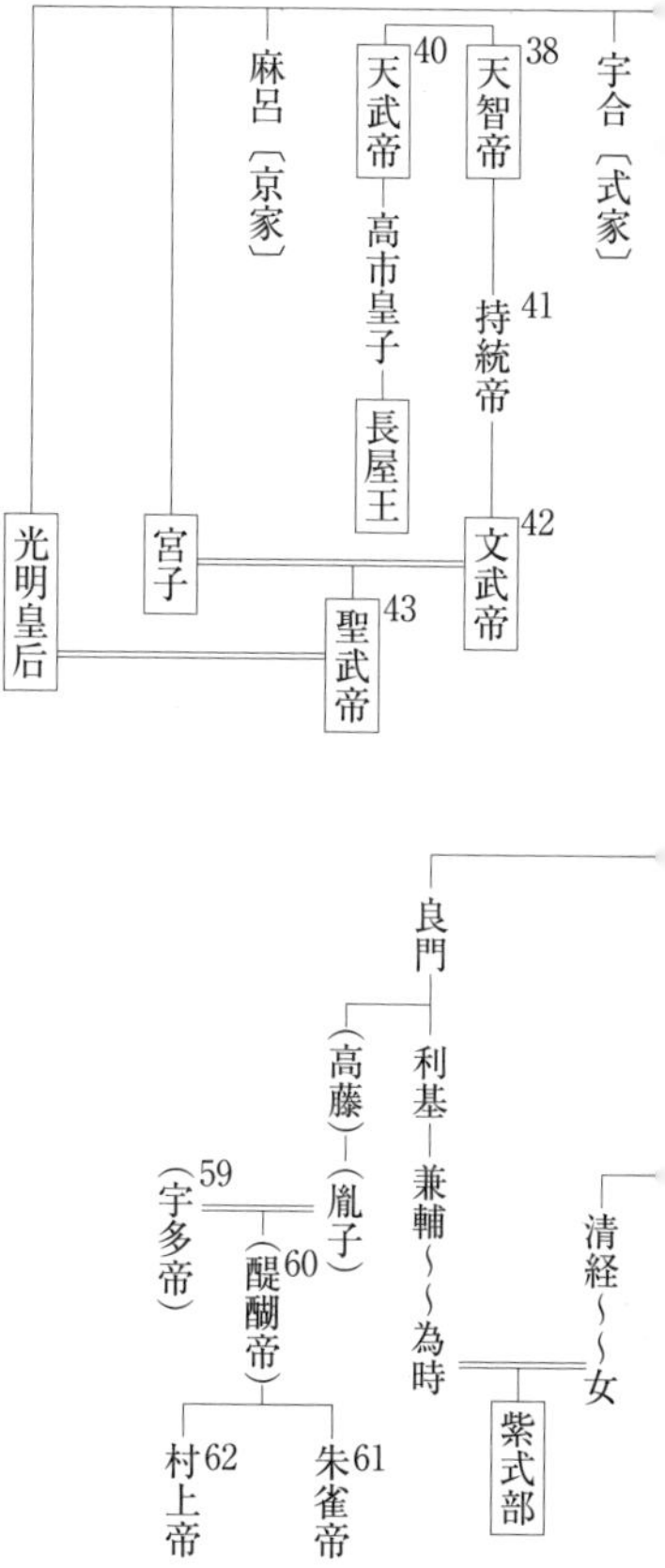
宇合〔式家〕
38 天智帝
40 天武帝
麻呂〔京家〕
41 持統帝
高市皇子
長屋王
42 文武帝
宮子
43 聖武帝
光明皇后
良門
利基
(高藤)
兼輔
為時
(胤子)
59 (宇多帝)
60 (醍醐帝)
清経
女
紫式部
61 朱雀帝
62 村上帝

むかし、おとこありけり。女のえ得まじかりけるを、年を経てよばひわたりけるを、からうじて盗み出でて、いと暗きに来けり。芥川といふ河を率ていきければ、草の上にをきたる露を「かれは何ぞ」となんおとこに問ひける。ゆくさき多く夜もふけにければ、鬼ある所とも知らで、神（雷）さへいといみじう鳴り、雨もいたう降りければ、あばらなる蔵に、女をば奥にをし入れて、おとこ、弓を負ひて、戸口に居り。はや夜も明けなんと思つつゐたりけるに、鬼はや一口に食ひてけり。「あなや」といひけれど、神鳴るさはぎにえ聞かざりけり。やうやう夜も明けゆくに、見れば率《ゐ》て来し女もなし。足ずりをして泣けどもかひもなし。

白玉かなにぞと人の問ひしとき露と答へて消えなましものを

実は、兄基経は妹高子を業平ごときと結婚させるのをよしとしないで、清和天皇に入内させた。入内した時、清和天皇十六歳、高子二十五歳。九歳の年上である。清和天皇と高子の子陽成天皇は九歳で即位し、良房が摂政となる。しかし十七歳で退位。陽成十六歳の時、宮中で乳母子が殴り殺され、犯人は陽成ではないか、というような事件があり、そのほかにも目に余るようなことが多かったらしく、基経に廃帝された。しかし、事実は陽成天皇の悪童ぶりだけが廃帝の原因ではないらしい。陽成帝の母高子が、国母《こくも》として政治的権力を持っていたので、基経と高子の仲がよろしくなかったらしく、そのことに原因があると考えられる。（系図2）

倉本一宏『藤原氏—権力中枢の一族』に、次のようにある。

角田文衛氏が説かれたように、これは殺人事件ではなく過失致死程度のことだったのであって、（しかも、陽成が犯人であったとはどこにも書かれていない）、陽成が、母后高子を後ろ盾に親政を断行する懼れが強かったという理由で、基経が陽成の廃位を実行に移したと考えるべきであろう（角田文衛「陽成天皇の廃位」）。

この「殺人事件」をはじめ、後世には数々の陽成の乱行説話が生まれてくるのも、本来は天皇家嫡流でありながら、無理やり皇位から降ろされ皇統を継ぐことが出来なかった陽成に対し、基経を祖とする摂関家と、光孝を祖とする天皇家が、説話を作り上げた結果であろう。

事実は、そういうことなのだろう。基経が次に担ぎ出したのは光孝天皇である。

㈢　光孝天皇と基経　母沢子

光孝天皇の母沢子は基経の母乙春と姉妹で（系図2）、したがって基経と光孝天皇は従兄弟関係である。そのため基経は幼いころから、光孝天皇の人品の優れているのを見ていたからだ、という（藤原克己『菅原道真』）。

このことについては『大鏡』にこんな逸話がある。

太政大臣基経　昭宣公

小松の帝（光孝天皇）の御母、この殿（基経）の御母同胞《はらから》におはします（姉妹でいらっしゃる）。さて、児《ちご》より小松の帝をば親しく見奉らせたまうけるに、事に触れ、景迹《きやうざく》（頭がよく気が利いて人柄も立派）におはしますを、「あはれ君かな（ああ、この御方は優秀だな）」と、見奉りけるが、良房のおとどの大饗《だいきょう》にや、昔は親王《みこ》たち必ず大饗につかせたまふ事にて、渡らせたまへるに、雉《きじ》の足は必ず大饗に盛る物にて侍るを、いかがしけむ、尊者（ご正客）の御前に取り落としてけり。陪膳の（給仕の者が）、親王の御前のを取りて、惑ひて尊者の御前に据うるを、いかがおぼしめしけむ、御前の御殿油《おんとなぶら》（燭台の灯）をやをら搔い消たせたまふ。このおとど（基経）その折は下﨟にて、座の末にて見奉らせたまふに、「いみじうもせさせたまふかな」と、いよいよ見めで奉らせたまひて、陽成院おりさせたまふべき陣の定め（評議の席）にさぶらはせたまふ。

光孝天皇は少年の頃、至貴の相があると観相されたにもかかわらず、五十四歳まで天皇になれず、五十五歳で即位した。文徳、清和、陽成の流れで、摂関家中枢と皇統の流れだった。しかし光孝は摂関家中枢と皇統の流れではない。基経としては、高齢の光孝天皇の後には、女《むすめ》の佳珠子《かずこ》の産んだ清和天皇の外孫貞辰《さだとき》親王を擁立し（系図2）、自らは摂政として再び嫡流の皇統に戻そうとしていた（倉本一宏『藤原氏』）。それを光孝天皇も察して、自らの子女をすべて源氏にしたのである。しかし、流れはそうはならず、光孝天皇の次には宇多天皇が即位した。この流れが、紫式部に繋がっていくのである（系図1）。

さらに、光孝天皇の母沢子についてはその卒伝が『源氏物語』の桐壺更衣に似ているらしい。日向一雅『源氏物語の世界』に、次のように書かれている。

宇多の尊崇した仁明天皇の女御藤原沢子の伝記が桐壺更衣の経歴にたいへんよく似ていることが指摘されている。沢子は藤原総継《ふさつぎ》の娘で、仁明天皇の寵愛を一身に受けて三皇子一皇女を生むが、突然病んで小車《こぐるま》で退出し急逝する。天皇はこれを哀悼して三位を追贈し葬儀を監護させた。『続日本後紀』の沢子の卒伝（四位・五位の貴族の略歴）は次のように記す。

女御四位藤原朝臣沢子卒す。故紀伊守従五位下総継の女《むすめ》なり。天皇これを納め三皇子一皇女をむ。寵愛の隆《さかん》なること、独り後宮に冠たり。俄《にわか》に病みて困篤し、これを小車に載せ禁中より出で、纔《わず》かに里第に到り便《すなわ》ち絶ゆ。天皇これを聞き哀悼し、中使を遣わし従三位を贈らしむ。左京太夫（略）藤原朝臣文山、少納言（略）藤原朝臣秋常等、並びに喪事を監護す。（丞和六年（八九三）六月三十日条）

桐壺更衣は桐壺帝の寵愛を独占しながら、光君三歳の夏、急に病が重くなり輦車で退出し、その夜のうちに亡くなった。帝の悲しみはいうまでもなく、葬儀に当たり三位を追贈した。この更衣の経歴は沢子の場合とそっくりである。異例なことであるが、更衣の葬儀も桐壺帝の遣わした使者が「監護」したと思われる。桐壺更衣の卒伝を書けばほとんど沢子と同じような記事になったであろう。

さらに、『源氏物語』の桐壺帝は醍醐天皇に比定されているけれども、桐壺帝が右大臣家と厳しく対立する物語は、醍醐天皇との類似よりもむしろ、親政に意欲を示した宇多天皇との共通点が目立つ、と述べられている（日向一雅『源氏物語の世界』）。

光孝天皇は帝になってからも宮中で煮炊きをしたので、部屋が黒くなった、という話がある。不遇だったころを忘れないように、というのらしいけれど、趣味だったのではないかと思う。百人一首に納められている歌は「君がため春の野に出でて若菜摘むわが衣手に雪は降りつつ」で、何か人柄がしのばれる。

ところが光孝天皇は、五十七歳で亡くなってしまう。基経は光孝の内意が子の源定《みなもとのさだ》省《み》（宇多天皇）にある、と、源氏だった宇多を親王に戻して宇多天皇が即位する。宇多天皇は政治を基経にまかせる。その故に宇多が関白を創設したといわれている。

四　醍醐天皇の母胤子と紫式部

㈠　藤原高藤と胤子

皇統は摂関家中枢から離れて宇多天皇の子の醍醐天皇へと続いていく。『源氏物語』で桐壺帝が醍醐天皇に比定され、宇多―醍醐（桐壺）―朱雀―冷泉帝の流れが史実の皇統の流れに重なっている。しかも、史実としても、紫式部と醍醐天皇とはかなり近い繋がりがあるのである。

醍醐天皇の母胤子は『今昔物語』によると、雨宿りで一夜を契った北家傍流の藤原高藤と宇治郡司宮道弥益《みやぢのいやます》の娘列子との娘である。胤子の弟定方の娘の一人が紫式部の祖母に当たる。また、紫式部の母方の祖母も宮道氏である。さらに、曽祖父兼輔も定方女《むすめ》と結婚し、その娘桑子を醍醐天皇に入内させている。生まれた章明親王は、おそらく桑子の里兼輔の邸《やしき》で成長し、紫式部が少女のころ接点があったのではないかと思われる。ただ、兼輔が定方女方に通っていたなら話は違ってくるが。いずれにせよ、紫式部はこの雨宿りに遡ることができる。ただし、雨宿りの話が、どこまで史実かどうかはわからない（系図1）。

(二) 雨宿りの恋　高藤の内大臣の語《こと》

ここで、『今昔物語』概略で、藤原高藤の雨宿りの恋物語を見てみたい。

「今は昔、閑院の右の大臣と申す人御《おは》しましけり。御名をば冬嗣《ふゆつぐ》となむ申しけり」世評も高く「身の才《ざえ》極めて賢く御《おは》しけれども、御年若くして失せ給ひけり。其の御子数《あま》た御《おは》しけり」。兄をば長良《ながら》の中納言、次をば良房《よしふさ》の太政大臣、次をば良相《よしみ》の左大臣、次をば内舎人良門《うどねりよしかど》と申しけり。昔はかく止事無き人《やむごとな》（名門の人）も、初官《うひかうぶり》には内舎人にぞ成りける。しかるに、その良門の内舎人の御子に高藤と申す人御《おは》しけり（系図1）。幼く御しける時より鷹（鷹狩）をなむ好み給ひける。父の内舎人も鷹を好み給ひければ、この君も伝へて好み給ふなるべし。しかる間、年十五、六歳許《ばかり》の程に、九月許《ばかり》の比《ころ》、この君鷹狩りに出で給ひにけり。南山科《やましな》と云う所、渚《なぎさ》の山辺りで鷹狩りをしていたところ、「申《さる》の時許《ときばかり》に（午後四時ごろ）掻き暗がりて、雨衆《しぐれ》降り大きに風吹き、雷電霹靂《らいでんへきれき》しければ、共《とも》の者共《ものども》も各《おのおのは》馳せ散りて行き分かれて、雨宿りをせむと皆向きたる方に行きぬ」。高藤が行き着いた宿主は、高藤の身分を知って丁重にもてなす。給仕に出てきた娘は、「年十二三許《ばかり》なる若き女の、薄色の衣一重《きぬひとえ》、濃き袴《はかま》着たるが、扇を指し隠して片手に高坏《たかつき》を取りて出で来たり。恥《はぢ》しらひて遠く喬《そば》みて居たれば（恥ずかし気に遠く脇に寄って座っていたので）、君「こち寄れ」と宣《のたま》ふ。和《やは》ら居ざり寄りたるを見れば、頭《かしら》つき細やかに、額《ひたひ》つき髪の懸かり、此《か》く様《やう》（こんな身分の者）の子と見えず。極めて美麗に見ゆ。高坏、折敷《をしき》を据ゑて、坏《つき》に箸を置きて来たるなり。前に置きて返り入りぬ。其の後手《うしろで》（後姿）、髪房《ふさ》やかに生ひ」やっと膝のくぼみを過ぎるほどかと思われた。様々供されたものを、下衆《げす》の許《もと》なりとても何《いか》がはせむ（ままよ、かまうまい）と全部食べ、酒も飲んで夜深く寝たところ、先ほどの少女のことが「心に付きて思《おぼ》え給ひければ、独り寝たるが怖《おそ》ろしきに、『有りつる人ここに来て有れ』と宣ひければ、参りたり。『こち寄れ』とて引き寄せて抱きて臥しぬ。近く寄りたる気はひ、外に見るよりは娥《うるは》しく労たし（かわいい）。哀れに（いとおしく）思《おぼ》え給ひければ、若き心の内にも実《まこと》に行末《ゆくするゑ》までの事を絡《く》り返し契りて、長月《ながつき》の、夜も極めて長きに、露寝《つゆい》ねずして、哀れに契り置きてけり。有様も、極《いみ》じく気高き様《やう》なれば、奇異《あさま》しく（不思議に）思えて、契り明かして夜も暁《あ》けぬれば、起きて出づとて、帯《は》き給ひたりける太刀を、『これを形見に置きたれ。祖《おや》心浅くして男などに合はすとも、努努《ゆめゆめ》人に見ゆる事なせそ（他の男に会いなどするなよ）』とて、出でも遣《や》らず言ひ置きて出で給ひぬ」

ところが、父良門は、鷹狩りから帰らない高藤を心配して、帰ってきたのを喜んだものの「かかることの有れば」気がかりだと「今よりは、幼なからむ程は此《か》かる行き速《ありすみや》かに止《とど》むべし」と、鷹狩りを禁じた。そのため鷹狩りもできず、一緒に行った供人たちの誰もあの家を知る者は無い。ただひとり、共に行った舎人《とねり》の男だけは知っているが、暇をとって田舎に行ってしまって居ないので、高藤は「彼《か》の有《あ》りし女を恋しく破無《わりな》く思ひ給ひけれども、人を遣《つか》わすべき様《やう》も無し。然れば、月日は過ぐれども、恋しき事は弥《いよい》よ増さりて、心に懸かりて思ひ詫び給ひける程に、四五年にも成りにけり。

「しかる間に、父の内舎人《うどねり》、年若くしてはかなく失せ給ひにけり。しかればこの君は伯父の殿原（良房）の御許に通ひつつなむ過ごし給ひけるに、この君（高藤）は形も美麗に心ばえも微妙《めでた》くありければ、伯父良房の大臣『これは止事無《やんごとな》かるべき者なり（大した者になるだろう）』と見給ひて」心を尽くして世話をしたが、高藤は父も亡くなって心細く「彼の見し女の事のみ心に懸かりて恋しく思え給ひければ、妻をも儲け給はざりける程に六年許《ばかり》を経ぬ」。

そうこうするうちにあの舎人が戻ってきて、あの家を覚えていたので高藤は出かけて行く。「二月の中の十日の程（二十日）の事なれば、前なる梅の花所々散りて、鶯木末《こずゑ》に哀れに鳴く。遣水《やりみず》に散り落ちて流るるを見るに、極《いみ》じく哀れなり。家主の男を呼び出せば、思ひかけず此《か》く御《おは》したるが喜《うれ》しさに、手迷《てまどひ》をして（うろたえ、おろおろして）出で来たり。『有りし人は有るか』と問ひ給へば『候ふ』と答えて、喜びながら有りし方に入りて見れば、几帳の喬《そば》に鉉《はた》隠れて（身をなかば隠すようにして）居たり。寄りて見れば、見し時よりも長《ね》び増さりて非《あら》ぬ者に微妙く（大人っぽくなって、別人かと思うほど美しく）見ゆ。世には此かる者あり（こんな美しい人もいるのか）とまで見るに、その傍《かたはら》に五六歳許《ばかり》なる女子《をみなご》の、艶《えもいは》ぬ厳《いつく》し気なる（かわいい子が）居たり。「此れは誰《た》そ」と問ひ給へば、女うつふして泣くにや有らむと見ゆ。はかばかしく答ふる事も無ければ、心も得で、父の男を呼べば、出で来たりて前に平がり居たり（平伏した）。君宣《のたまは》はく「この有る児《ちご》は誰《た》そ」と。父答へて云はく。『一とせ御《おは》せましたりしに、其の後人の当《あたり》に罷《まかり》寄《よ》る事も候はず。本よりも幼く候ひし者なれば、人の当《あたり》に寄る事も候はざりしに、御《おは》しまして候ひし程より、懐妊し候ひて、産みて候ふになむ』と。これを聞くに、極めて哀れに悲しくて、枕上の方を見れば、置きし太刀有り。『然《さ》は此く深き契も有りけり』と思ふに、弥《いよい》よ哀れに悲しき事限無し。この女子《をみなご》を見れば、我が形に似たる事、露許《つゆばかり》も違わず」

高藤は、五、六歳になる女の子をまさしく自分の子だと認めるのである。家主は何者かと調べると「其の郡《こほり》の大領（郡の長官）宮道弥益となむ云ひける。『かかる賤しの者の娘なりと云へども、前世の契深くこそ有らめ』と思い給ひて、亦《また》の日、筵張《むしろば》りの車に下簾《すだれ》懸けて、この母娘を連れ帰り「その後は亦《また》他の人の方に目も見遣《や》らずして棲《す》み給ひける程に、男子二人打次《うちつづ》けて産みけり」。

この男子が定国、定方で、この定方の娘が紫式部の父方の祖母に当たる。紫式部は、したがって胤子の姪の孫になるのだ（系図1）。

さて、胤子の父は、注によると、陽成・光孝天皇の頃、漏刻頭・主計頭、越後介、伊予権介などを歴任して、従五位下であった。『源氏物語』で、光源氏が身分の低い受領の娘明石君《あかしのきみ》と結ばれて物語が展開するが、この身分差の関係を、藤原北家高藤と宮道弥益の娘列子を匂わせていると見る向きがある。「かかる賤《いや》しの娘なりと云へども、前世の契深くこそ有らめ」と、高藤が考える、それである。

㈢　宇多天皇と胤子

「然《さ》て、この高藤の君や止事無く御しける人にて、成り上がり給ひて大納言まで成り給ひぬ。かの姫君をば、宇多院《うだのいん》の位に御《おは》しける時に女御に奉り給ひつ。その後、幾程を経ずして醍醐の天皇をば産み奉り給へるなり」と『今昔物語』にある。

この事については注に、「宇多天皇は即位前の一時臣籍にあった時（名は源定省《みなもとのさだみ》）に胤子と契り、仁和元年（八八五）敦仁《あつぎみ》（後に醍醐天皇）の誕生を見る。即位の翌仁和四年胤子は更衣となり、寛平五年（八九三）女御（従四位下）となったのが事実である。高藤の昇任もこれを機としている」とある。さらに『今昔物語』は、「その後、弥益が家をば寺に成して、今の勧修寺《くわじゅうじ》これなり。向《むかひ》の東の山辺《やまほとり》に其《そ》の妻《め》、堂を起《た》てたり。その名をば大宅寺《おおやけでら》と云ふ。この弥益が家の当《あたり》をば哀れに睦じく思食《おぼしめ》しけるにや有りけむ、醍醐の天皇の陵《みささぎ》、その家の当《あたり》に近し。これ思ふに、はかなかりし鷹狩の雨宿に依りて、此《か》く微妙き事も有るは、これ皆前生《ぜんしやう》の契《ちぎり》なりとなむ、語り伝へたるとや」とある。

宇多天皇が臣籍にあった時、というのは宇多天皇の父光孝天皇が藤原基経によって擁立され即位した時、基経の外孫で先代陽成天皇の異腹の弟貞辰《さだとき》親王を憚り（系図4）、二十六人の皇子皇女を臣籍に降下させ源氏にして、子孫を天皇にする意思がないことを表明したので、宇多は賜姓源氏だったからである。しかも、先代陽成天王の家人だったらしい。

これについても、『大鏡』にちょっとした話がある。

「この帝の、ただ人（臣下）になりたまふほどなど、おぼつかなし。よくも覚え侍らず。御母『洞院の妃（皇太后班子女王・桓武天皇の孫）』と申す」「この帝の、源氏ににならせたまふ事、よく知らぬにや。「王侍従」とこそ申しけれ。陽成院の御時、殿上人にて、神社行事には、舞人せさせたまひたり。位に即かせたまひて後、陽成院を通りて、行幸ありけるに、「当代は家人にあらずや」とぞ仰せられける。さばかりの家人持たせたまへる帝も有り難き事ぞかし」。

ただ人（臣下）だったとき「王侍従」だった、というのは、皇孫で侍従だったということで、陽成院の御代、神社行事の折には神前での舞を務めたりしていた。即位してから、陽成院を通って行幸があった時、陽成院が「当代は家人にはあらずや（今の帝はうちの家人じゃなかったか）」と言われた。十八歳で廃帝になった陽成院が、源氏（臣下）から帝になった宇多天皇に対して言ったこの言葉は、含むところ多くて面白い。陽成天皇は宇多天皇より一歳下で、十七歳で廃帝となり、八十一歳まで長生きしている。ちなみに宇多天皇は六十四歳で亡くなった。

宇多天皇の即位は藤原基経に負うところが多い。光孝天皇が危篤に陥った時、後継を指名していなかった。その時基経が、天皇の内意が定省（宇多）にあるとして事を運んだ。基経は、陽成の母高子と不和で、というか高子が権力を持つのが面白くなかったらしく、陽成天皇の時も出仕拒否をしたらしい。宇多天皇は二十歳そこそこで即位、当時五十歳の基経は再び出仕拒否をして宇多天皇を手こずらせた。世に阿衡《あこう》事件という。

左大弁　橘　広相《たちばなのひろみ》が起草した詔勅「宜しく阿衡《あかう》の任をもって卿の任とせよ」の文言に基経が立腹して政務を拒んで自邸に引きこもったため、政治が滞ったのだという。阿衡というのは、中国の殷代の賢臣伊尹《いいん》が任じられた官で、これを広相が引用した。ところが、これを文章博士藤原佐世が「阿衡は位貴くも、職掌なし（地位は高いが職務を持たない）」と基経に告げたので、基経がつむじを曲げたという。宇多天皇は心ならずも広相を罷免しなければならなかった。藤原佐世が、起草した左大弁橘広相を嫉妬したという説もあるらしい。それでも紛争が解決しないとき、これを説得したのは当時讃岐守《さぬきのかみ》の菅原道真《すがわらのみちざね》だった。これ以上紛争を続けるのは藤原氏のためにならない旨の書を基経に送り、基経が怒りを収めたので、ようやく紛争は収まった。この事件によって、天皇が事実上藤原氏の傀儡《かいらい》である事を世に知らしめた。

基経が陽成天皇を廃した折、嵯峨天皇の皇子で初めての源氏である源融《みなもとのとおる》、光源氏のモデルの一人だとも言われている融が「近き皇胤を尋ねば融らも侍るは」と立候補した。それを却下して、すでに五十四歳の、宇多天皇の父光孝天皇を担ぎ出して天皇にした。母同士が姉妹で従兄弟だったので、光孝天皇の人品を若い時から知っていたからだというこらしい。光孝天皇の母は、房前曽孫房継の女《むすめ》沢子で、基経の母はその同母妹の乙春である（系図2）。

こうして帝位についた光孝天皇は三年で病没。亡くなる時皇太子は決まっていなかったが、天皇の内意は宇多にあると宇多を天皇にしたのも基経の思いと考えられる。実は、陽成天皇の異腹の弟貞辰《さだとき》が基経女《むすめ》佳珠子（系図2）の子であったので、そちらに流れを繋ぎたかったらしいけれど、そうすると再び陽成上皇と高子皇太后が復権するので、やむなく（倉本一宏『藤原氏』）、宇多にしたらしい。阿衡事件は、基経がまだ若い宇多天皇に牽制をかけて、自身の権力を誇示したのだとも考えられる。

倉本一宏『藤原氏―権力中枢の一族―』には、こうある。

> 基経に屈服した宇多は、基経存命中内裏に入ることができず、東宮（雅院）で過ごしたという（目崎徳衛「阿衡問題の周辺」）。宇多は苦悩の日々を、その日記に、「万機を念う毎に、寝膳《しんぜん》が安らかでない。以来、玉茎は発《おこ》らず、ただ老人のようである。精神の疲極によって、この事にあたっている」と書き付けている。なお、この時は源融が献上した露峰（蜂の巣の外側の薄い膜）を服用して回復したようである（『宇多天皇御記』）。

そして、寛平三年（八九一）正月十三日、基経は死去した。五十六歳。死の床にあった基経を、宇多は九日に見舞に行こうとしていたのであるが、突然　勅を出して停止した（『日本紀略』）。宇多の脳裏に去来した思いは、いかなるものだったのだろうか。なお、基経には正一位が贈られ、越前に封じて昭宣公と諡《おくりな》された（『日本紀略』）。

かくして、基経亡き後、宇多天皇は関白を置かず、菅原道真など藤原氏以外の者を重用し親政を目指した。『源氏物語』がこの辺りを時代設定しているのにも、こうした藤原氏の専横を排除して、親政を目指した源氏の物語を構想した意味合いもあるのだろう。紫式部が『源氏物語』を日記に「源氏の物語」と書いている理由が、醍醐天皇につながる紫式部の血脈と共に、藤原氏に対峙する皇統つまり源氏の物語を書こうとしたのだろうと考えられる。物語の桐壺帝は、藤原氏の後見の居ない桐壺更衣を寵愛し、藤原氏の弘徽殿女御・右大臣方を忌避し、さらに桐壺更衣にそっくりな藤壺女御は皇統で、藤原氏の後見を持っていない。つまり、皇統・源氏の物語なのである。

さて、宇多天皇は在位十年にして、まだ十三歳の醍醐天皇に譲位した。譲位について道真ただ一人に相談したと『寛平御遺誡《かんぴょうのごゆいかい》』にある。「寛平御遺誡」は、宇多天皇が譲位するにあたって、十三歳の皇子・醍醐天皇に書き置いた戒めの書である。『源氏物語』

では、桐壺帝が「宇多の帝の戒め（『寛平御遺誡』）」によって行動している。ということは、桐壺帝は宇多天皇の皇子の醍醐天皇ではないか。ということで、桐壺帝を醍醐天皇に比定していると考えられるのである。『源氏物語』（桐壺）のその部分はこうなっている。

そのころ、高麗人《こまうど》の参れるなかに、かしこき相人ありけるをきこしめして、宮の内に召さむことは（宮中に相人を召し呼ぶことは）、宇多の帝の御誡《いましめ》あれば、いみじう忍びて、この御子を鴻臚館《こうろくわん》につかはしたり。

ところが、実際の『寛平御遺誡』には、宮の内に召すことは禁じていない。

「外蕃《がいばん》の人（異国の人、大陸から来朝した人）必ず召し見るべき者は、簾中《れんちゅう》にありてこれを見よ。直《ただ》に対《むか》ふべからざらくのみ。李環《りかん》、朕《ちん》すでにこれ失《あやま》てり。これを慎め」（『家訓集』山本眞功　編注）。

来朝した人に接見するときは、直接会ってはいけない、御簾の中から見よ。自らは直接接見して失敗したので、それを慎め、と戒めている。こうした、物語と実際との些末な違いを云々することは土台おかしい。『源氏物語』は、歴史を書いたわけではないのだから。

四 御遺誡　藤原時平

1　御遺誡　時平

この御遺誡には他に人物評などもある。基経の息子時平についてのこんなこともある。

左大将藤原朝臣（時平）は、功臣（基経）の後（子孫）なり。
其の年少《わか》しと雖《いへ》ども、巳《すで》に政理に熟す。
先年女事に失する所有れども、朕、早く忘却して心に置かず。
朕、去《い》んぬる春より激励を加へ、公事《くじ》を勤めしむ。

又巳《すで》に第一の臣為《な》り。能《すなは》ち顧問に備へて其の輔道《ほだう》（補導）に従へ。新君慎め。

2　時平　国経大納言の妻を取る

時平が女問題で失敗をしたが、宇多天皇は早く忘れて問題にしていない、というくだりがあるが、これについても『今昔物語』に面白い話がある。

今は昔、本院の左大臣と申す人御《おは》しけり。御名を時平とぞ申しけり。昭宣《せうせん》公と申しける関白（基経）の御子《みこ》なり。……年は僅《わづか》に三十許《ばかり》にして、形美麗に、有様微妙《めでた》き事限無し。然れば、延喜の天皇（醍醐天皇）、この大臣を極《いみ》じき者にぞ思食《おぼしめ》したりける。……

この大臣は、色めき給へるなむ、少し片輪に見え給ひける。その時に、この大臣の御伯父にて、国経《くにつね》の大納言と云ふ人有りけり。その大納言の御妻《め》に在原棟簗《ありわらのむねやな》と云ふ人の娘有りけり（系図5）。大納言は年八十に及びて、北の方は僅に二十《はたち》に余る程にて、形端正《たんじやう》にして色めきたる人にてなむ有りければ、老いたる人に具したるを頗《すこぶ》る心行かぬ事にぞ思ひたりける。甥《をひ》の大臣色めきたる人にて、伯父の大納言の北の方美麗なる由を聞き給ひて、見ま欲しき心御しけれども、力及ばで、過ぐし給ひけるに、その比《ころ》の好き者にて、兵衛佐《ひょうえのすけ》平貞文《たひらのさだふみ》と云う人有りけり。御子の孫《むまご》にて賤《いや》しからぬ人なり。字《あざな》をば平中《ぢう》とぞ云ひける。その比《ころ》の色好《いろこのみ》にて、人の妻・娘・宮仕人《づかへびと》、見ぬは少くなむ有りける。

そこで時平は、もしや知っているのではないかと聞いてみる。「近頃《ちかごろ》女の微妙きは誰《た》れかある」と。平貞文は「藤大納言の北の方こそ、実《まこと》に世に似ず微妙き女は御すれ」と答えるので、時平は何とか我が物にしたいと思うようになってくる。

然《さ》て、心の内に「何《いか》で此の人を見む（何とかして我がものにしたい）」と思ふ心深く成りにければ、それより後はこの大納言を、伯父に御《おは》すれば、事に触れて畏《かしこ》まり給ひければ、大納言は有難く忝《かたじけな》き事になむ思ひ給ひける。妻取り給はむと為《す》るをば知らずして、大臣、心の内には可笑《をか》しくなむ思ひ給ひける。

……かくて正月になりぬ。前々《さきざき》は然《しか》らぬに、大臣、「三日の間に一日参らむ」と大納言の許《もと》に云ひ遣《や》り給ひければ、大納言これを聞きてより家を造り瑩《みが》き、極《いみ》じき御儲《まうけ》をなむ営みけるに（饗応の万端を整えていると）、正月の三日になりて、大臣、然《しか》るべき上達部《かんだちめ》・殿上人《てんじょうびと》少々引き具して、大納言の家に御しぬ。大納言物に当りて喜び給ふ事限り無し。御主《あるじ》（饗応）など儲けたる程、現《げ》に理《ことわり》と見ゆ。

申時《さるのとき》うち下《さ》がる程（午後四時を過ぎる頃）に渡り給へれば、御坏《つき》など度々参る程に、日も暮れぬ。歌詠《うた》ひ遊び給ふに、言慈《おもしろ》く微妙《めでた》し。その中にも、左の大臣の御形より始め、歌詠ひ給へる有様世に似ず微妙ければ、万の人目を付けて讃《ほ》め奉るに、この大納言の北の方は、大臣の居給へる喬《そば》の簾《すだれ》より近くて見るに、大臣の御形・音《こゑ》・気はひ、薫《たきもの》の香より始めて世に似ず微妙きを見るに、我が身の宿世《すくせ》心疎《う》く思え、

「何《いか》なる人かかる人に副《そ》ひて有るらむ。我れは年老いて旧臰《ふるくさ》き人に副ひたるが事に触れて六借《むつか》しくに思《おぼ》ゆるに、弥《いよい》よこの大臣を見奉るに、心置き所なく侘びしく思へ、大臣詠《うた》ひ遊び給ひても、常に、この簾の方を尻目に見やり給ふ眼目《まみ》などの恥かし気なる事言はむ方なし。簾の内さへ破無《わりな》し（簾ごしでさえどうしようもなく切ない）。大臣の頬笑《ほほえ》みて見遣《みおこ》せ給ふも、何《いか》に思ひ給ふにか有らむと恥かし。

さて、夜も更けて、ひどく酔ってしまったので、暫《しばら》くこの殿で休ませてもらって、酔いが醒めてからお暇《いとま》しようということになり、車を寄せている間に「曳出物《ひきでもの》に極《いみ》じき馬二匹を引きたり。御送物《おくりもの》に箏《しやうのこと》など取り出でたり」。ここで、時平はとんでもないことを、伯父に所望することになる。

大臣、大納言に宣《のたま》ふ様、「かかる酔の次《ついで》に申す、便無き事なれども、家礼《けらい》の為にかく参りたるに（伯父上への敬意を表して、かく参上しましたからには）、実《まこと》に喜《うれ》しと思食《おぼしめ》さば、心殊《こと》ならむ（尋常一様でない）曳出物を給へ」と。大納言極《きわ》めて酔《ゑ》ひたる内にも「我れは伯父なれども大納言の身なるに、一の大臣の来給ひつる事を極《いみ》じく喜《うれ》しく」思ひけるに、かく宣へば、我が身置所無くて、大臣の尻目《しりめ》に懸けて簾の内を常に見遣《みや》り給ふを煩《わずら》はしと思ひて、「かかる者持たりけりと見せ奉らむ」と思ひて、酔ひ狂ひたる心に、「我れはこの副《そ》ひたる人を極《いみ》じとは思へ。極じき大臣に御しますとも、かく許《ばかり》の者をば、否《え》や持ち給はざらむ。翁《おきな》の許《もと》にはかかる者こそ候へ。これを曳出物に奉る」と云ひて、屏風《びょうぶ》を押し畳みて、簾《すだれ》より手を指《さ》し入れて、北の方の袖を取りて引き寄せて、「ここに候ふ」と云ひければ、大臣「実に参りたる甲斐有りて、今こそ喜《うれ》しく候へ」と宣ひて、大臣寄りて引きかへて（近寄って袖を握って）居給ひぬれば、大納言は立ち去《の》きぬ。「他の上達部・殿上人は今は出で給ひね。大臣は世も久しく出で給はじ（そう早くはお出になりますまい）」と手掻けば、目を食はせて、或いは出でぬ、或いは立ち隠れて「何《いか》なる事かある（どうなることか）」とて、「見む」とて有る人も有り。大臣は、「痛く酔ひたり。今は然《さ》は車寄せよ。術《ずつ》なし」と宣ひて、……。大納言寄りて、車の簾持上げつ。臣この北の方を掻抱きて車に打入れて、次《つづ》きて乗り給ひぬ。その時に大納言術《ずつ》なくて、「やや、嫗共《おうなども》（をみな・女よ）、われをな忘れそ」とぞ云いける。「……酔ひ心とは言ひながら、かかる人や有りける」嗚呼《をこ》にも有り、亦堪《また》へ難くも思《おぼ》ゆ。取り返すべき様もなければ、女の幸《さいはい》の為すなりけりと思ふにも、亦我れ老いたりと思ひたりし気色の見えしも妬《ねた》く、悔しく、悲しく、恋しく、人目には我心としたる事の様に思はせて、心の内には、破無《わりな》く恋しくなむ思ひける。

時平のこのようなことは、都の大きな話題になったであろう。当然宇多天皇の耳にも入ったはずである。御遺誡にある、女のことで云々、というのがこのようなことだったに違いないと考えられるのである。

3　時平と大納言国経妻との息敦忠

時平が奪い取ったこの女は、在原棟簗《ありわらのむねやな》の娘で業平の孫にあたる。業平は『日本三代実録』の卒伝に「体貌閑麗、放縦不拘」とあるように、名うての美男だったことを考えると、その孫も美しかったのだろうと推測される。時平夫人になって儲けた時平の三男敦忠は、四歳の時三十九歳の父時平に先立たれた（系図5）。二人の結婚生活は、ほんの四、五年にすぎない。敦忠は両親に似て美しかったらしい。山下道代『歌語りの時代』によると、母に似てかがやくばかりの美貌、しかも和歌管弦ふたつながらに秀でた貴公子であったという。敦忠が亡くなったのち、宮中管弦の遊びに、博雅三位《はくがのさんみ》がたびたび召されて参内するのを見た古老たちは、「世も末こそあわれなるものよ。敦忠中納言ご在世ならば、管弦の道に博雅三位ごときがかく重用されることはなかったろうに」と嘆いたという話を、『大鏡』は伝えている。博雅三位は、醍醐天皇の孫にあたる人で、琵琶・箏・笛・篳篥《ひちりき》の名手として名をとどめているが、その人でさえ敦忠に比べてはものの数ではなかった、というのである（系図5）。

五　宇多天皇と褒子

(一) 時平女《むすめ》褒子と宇多天皇

宇多天皇自身も、息子の醍醐天皇に入内するはずだった藤原褒子、この人は時平の娘である（系図4）。この褒子が醍醐天皇に入内というまさにその時、自らの妻とした。しかしこれは宇多院が五十歳過ぎてからのことである。宇多天皇の最愛の后はやはり胤子だった。しかし胤子は息子醍醐天皇が天皇になる前に亡くなっている。宇多天皇は胤子が亡くなって一年後、醍醐天皇に譲位し、二年後には自らは出家して霊地を巡ったらしい。その間、時々住まいだった亭子院に戻ったらしいけれど、温子はじめ、女を近づけなかったということである（山下道代『歌語りの時代』）。胤子を失ったのは宇多の三十歳前のことであったことを思うと肯ける。それからずいぶん年月が経ってから、宇多帝の女君たちも年を取ってしまっている中で、うら若いこの褒子だけの曹司を河原院に設けて寵愛したらしい。ちなみに褒子は尚侍となっているが、宇多の三人の御子を設けていて、京極御息所とも言われている。

(二) 河原院での宇多と褒子　源融の霊

1　川原院の融左大臣の霊を宇陀院見給ふ

宇多と褒子が河原院で夜を過ごしていた時、源融《みなもとのとおる》の霊が出た話が『江談抄』や『今昔物語』にある（系図1）。『今昔物語』から、

今は昔、川原院《かはらのゐん》は、融《とほるの》左大臣の造りて住み給ひける家なり。陸奥国《むつのくに》の塩竈《しおがま》の形を造りて、潮《うしほ》の水を汲み入れて、池に湛《たた》へたりけり。様々に微妙《めでた》く可咲《をか》しき事の限りを造りて住み給ひけるを、その大臣《おとど》失せて後は、その子孫にて有りける人の（が）、宇陀院《うだのいん》に奉りたりけるなり。然れば、宇陀院、その川原院に住ませ給ひける時に、醍醐天皇は御子《みこ》に御《おは》しませば、度々《どど》行幸有りて微妙かりけり。然《さ》て、院の住ませ給

ひける時に、夜半許《やはんばかり》に西の台《たい》の塗籠《ぬりごめ》を開きて、人のそよめきて参るけしきの有りければ、院見遣《や》らるるに、日の装束直《うるは》しくしたる人の、大刀《たち》帯《は》きて笏《しゃく》取り、畏《かしこ》まりて二間許去きて居たりけるを、院、「彼《あ》れは何人《なにびと》ぞ」と問はせ給ひければ「此《こ》の家の主《あるじ》に候ふ翁なり」と申しければ、院、「融大臣か」と問はせ給ひければ「然《さ》に候ふ」と申すに、院、「それは何《な》ぞ（何の用か）」と問はせ給へば「家に候へば住み候ふに、此《か》く御しませば、忝《かたじけな》く所せく思ひ給ふるなり（気づまりに存ずるのでございます）。何《いか》が仕るべき（いかが致しましょうか）」と申せば、院、「それは糸異様《いとことやう》なり。我れは人の家をやは押し取りて居たる（他人の家を奪い取って住んでいるとでもいうのか）。大臣の子孫の得させたればこそ、住め（住んでいるのだ）。者《もの》の霊なりと云へども、事の理《ことわり》をも知らず、何《いか》でかくは云ふぞ」と高やかに仰せ給ひければ、霊かき消つ様に失せにけり。その後、亦《また》現はるる事無かりけり。其の時の人、この事を聞きて、院をぞ忝く申しける。「猶《やはり》、只人《ただひと》には似させ給はざりけり。この大臣の霊に合ひて、此様《かやう》に痓《すく》やかに異人《ことひと》は否《え》答へじかし」とぞ云ひけるとなむ、語り伝へたるとや。

2 『江談抄』での融の霊

『江談抄』は、赤染衛門と大江匡衡《おおえのまさひら》との曽孫大江匡房《おおえのまさふさ》の談話を記録したものである（系図5）。

融大臣の霊、寛平法皇の御腰を抱く事

寛平法皇、京極御休所（褒子）と同車して、川原院に渡御し、山川の形勢を観覧せらる。夜に入りて月明らかなり。御車の畳を取り下《おろ》さしめて御座《おまし》と為《な》し、御休所と房内の事を行はしめたまふ。殿中《でんちゅう》の塗籠《ぬりごめ》に人有り、戸を開きて出で来る。法皇問はしめ給ふ。対《こた》へて云はく。「融にて候ふ。御休所《みやすどころ》（褒子）を賜らんと欲《おも》ふ」と。法皇答へて云はく、「汝《なむぢ》、在生《ざいしやう》の時、臣下為《た》り。我は主上為《な》り。何ぞ猥《みだ》りにこの言を出だすや。退《まか》り帰るべし」といへれば、霊物恐れながら法皇の御腰を抱く。御休所（褒子）半ば死して顔色を失う。御前駆《ごぜんく》ら皆中門の外に候《さぶら》ひて、御声達すべからず。ただ牛童すこぶる近く侍《はべ》る。件《くだん》の童を召し、人々を召して御車をさし寄せ、御休所を扶《たす》け乗せしむ。顔色なく、起立すること能《あた》はず。扶け乗せしめて還御《かんぎょ》し、浄蔵大法師《だいほふし》を召して、加持《かぢ》せしめたまふ。わづかにもって蘇生すと云々。法皇先祖の業行《ぎょうやう》に依りて、日本国王と為り、宝位を去るといへども、神祇《じんぎ》守護し奉り、融の霊を追ひ退け了《おは》んぬ。

3　夕顔と某院の怨霊

河原の院での宇多帝と褒子の話、融の霊が出て褒子が失神する話は、『源氏物語』で夕顔が某院《なにがしのいん》で亡くなってしまうときの話に匂ってくる。（夕顔）

宵過ぐるほど、すこし寝入りたまへるに、御枕上《まくらがみ》に、いとをかしげなる（美しい）女ゐて（座り込んでいて）、「己がいとめでたしと見たてまつるをば（私がたいそう御立派な方だとお慕い申しておりますのを）尋ね思ほさで、かくことなることなき人（こんな取柄もない女）を、率ておはして時めかし（寵愛）たまふこそ、いとめざましくつらけれ」とて、この御かたはらの人（夕顔）をかき起こさむとすと、見たまふ。ものにおそはるるここちしておどろきたまへれば（はっとお目覚めになると）、火も消えにりけ。うたておぼさるれば、太刀を引き抜きて、うち置きたまひて、右近を起こしたまふ。これも恐ろしと思ひたるさまにて、参り寄れり。「渡殿《わたどの》なる宿直人《とのゐびと》起こして、紙燭《しそく》さして参れと言へ」とのたまへば「いかでかまからむ。暗うて」と言へば、「あな若々し（子供っぽい）」とうち笑ひたまひて、手をたたきたまへば、山彦の答ふる声、いとうとまし。……この女君（夕顔）、いみじくわななきまどひて、いかさまにせむと思へり。汗もしとどになりて、われかのけしき(正気を失ったふう）なり。……いとか弱くて、昼も空をのみ見つるものを、いとほし、とおぼして、「われ、人を起こさむ。手たたけば、山彦の答ふる、いとうるさし。ここに、しばし、近く」とて、右近を引き寄せたまひて、西の妻戸に出でて、戸を押しあげたまへれば、渡殿の火も消えにけり。……帰り入りて探りたまへば、女君はさながら臥して、右近はかたはらにうつぶし臥したり。「こはなぞ、あなもの狂ほしの物懼《ものおぢ》や。荒れたる所は、狐などやうのものの、人おびやかさむとて、け恐ろしう思わするならむ。まろあればさやうのものにはおどされじ」とて、引き起こしたまふ。（右近）「いとうたて、みだりごこちのあしうはべれば、うつぶし臥してはべるや。御前（夕顔）にこそわりなくおぼさるらめ」と言へば「そよ。などこうは」とてかい探りたまふに、息もせず。引き動かしたまへど、なよなよとして、われにもあらぬさまなれば、いといたく若びたる人にて、ものにけどられぬる（魔性のものに、魅入れられた）なめりと、せむかたなきここちしたまふ。紙燭持て参れり。……召し寄せて見たまはば、ただこの枕上に、夢に見えつる女面影に見えてふと消えぬ。昔物語などにこそかかることは聞けと、いとめづらかにむくつけけれど、まづこの人いかになりぬるぞと思ほす心騒ぎに、身の上も知られたまはず。添ひ臥して「やや」と、おどろかしたまへど、ただ冷えに冷え入りて、息は疾く絶えはてにけり。

夕顔が死んでいくこの場面は、怨霊に取り殺されたような感じがある。この場面が始まるすぐ前に、光源氏が六条御息所について、今頃どんなにか思い乱れて恨んでおいでか、それも当然だ、と忸怩《じくじ》たる思いを持っていることがある。六条御息所のあまりにも思慮深く気づまりなところを「取り捨てばや」と、目の前の夕顔と比べている。その続きなので、御息所が髣髴として、その生霊かと読者は感じてしまう。よく読むと、光源氏の夢に現れているだけであるのが分かるが、こうした古い邸の暗い不気味な雰囲気は、いかにも怨霊が出て来そうで、川原院に融のような怨霊が出たというような話が下敷きにあったと思われる。光源氏が夕顔を連れ出した「某院」は川原院がモデルだといわれている。

六　紫式部と遠祖倭建命

㈠　倭建命から宮道氏へ

紫式部は父方の祖母も母方の祖母も宮道氏である。つまり、紫式部は藤原氏だけではなく宮道《みやぢ》氏の流れを、父方からも母方からも受け継いでいることになる。

宮道氏をさらにさかのぼると倭建命《やまとたけるのみこと》にたどりつく。倭建命の父は景行天皇、母は吉備《きび》氏である。母の父は若建吉備津日子《わかたけきびつひこ》で、その兄が大吉備津日子《おおきびつひこ》。この兄弟の父は七代孝霊天皇で、したがって吉備氏は皇統だということになる。あの黍《きび》（吉備）団子のお話の桃太郎のモデルはこの兄弟が吉備の国を平定したことによるらしい（系図3）。

倭建命の妻の一人は、倭建命の蝦夷討伐に随行した吉備武彦の娘吉備健比売で、その子に建貝児王《たけかいこのきみ》（『日本書紀』では建卵王）がいる。建貝児王は、讃岐《さぬき》の綾の君などの祖で、それに並んで宮首《みやぢ》（道）の別《わけ》等の祖がある。綾ということから、貝児は蚕を意味し、養蚕業に関わっているようだ。

その建貝児王の流れに宮道氏がいる。倭建命の異母兄弟の一人成務天皇の母は崇神天皇の孫、もう一人の仲哀天皇の母は垂仁天皇の娘である。これに比べて倭建命の母は吉備氏で、倭建命は母も妻も吉備氏で吉備氏とのゆかりが深い。

倭建命と吉備氏との子である建貝児王は、讃岐《さぬき》の綾の君などの祖で、それに並んで宮《みや》首《ぢ》（道）の別《わけ》等の祖がある。景行紀には、成務天皇と倭建命と五百木之入日子《いほきのいりひこ》の三柱以外の王は「悉《ことごと》く国々の国造《くにのみやつこ》、また和気《わけ》および稲置《いなぎ》、県主《あがたぬし》に別け賜ひけり」とある。「ワケ」は皇族の子孫で、とりわけ軍事的指導者（王族将軍）で、地方に領地を得た者の称号として用いられた。というようなことがあるので、宮道氏も地方領主などになったのであろう（系図3）。

ところが、宇治の宮道神社では、祭神は日本武尊《やまとたけるのみこと》と建貝児王ではなくて、日本武尊（倭建命）と稚武王《わかたけおう》（若建王《わかたけるのおほきみ》）である。『先代旧事本紀』の「天皇本紀」によると、宮道君の祖は、第二皇子稚武《わかたけ》王とし、第三皇子は武卵《たけかいこ》王で讃岐綾君等の祖とある。山科一宮の山科神社も同じく倭建命と稚武王を祭神として祀っている。『古事記』によって系図を作ると分かる（系図3）。

若建王の母は、倭建命の后の一人である、あの走水の海で入水した弟橘比売《おとたちばなひめ》である。紫式部の祖母の宮道氏は宇治の郡司だということから、宇治の宮道神社の祭神の稚武王《わかたけ》の流れの方が繋がりが深い。同じ祭神を祀る山科神社の創建が宇多天皇による、という説があるのも納得がいく。宇多天皇は胤子と結ばれて醍醐天皇が生まれ、皇統が続いたことで、胤子の祖の宮道氏を大切に扱ったのだろうと考えられる。

胤子の祖父宮道弥益は『今昔物語』によると宇治の大領あるいは郡司とあるが、また、清和朝に薩摩守《さつまのかみ》、主計助を歴任したのち、漏刻博士在任中内位の従五位下に叙せられ、陽成朝から光孝朝にかけて主計頭を務める一方、越後介、伊予権介を兼帯し、この間従五位上に昇叙されている。さらに、娘（一説に妹）列子が藤原高藤の室になり儲けた藤原胤子が、源《みなもとの》定省《さだみ》（後の宇多天皇）と結婚、源《みなもとの》維城《これざね》（後の醍醐天皇）を生む。宇多天皇が即位したことから、弥益も従四位下に至り、刑部大輔や宮内大輔も務め、その後醍醐天皇が即位したため、弥益は天皇の外曽祖父となった。また、『今昔物語』では、宇治軍の大領と記されているが、郡司としての記録はなく、京官として漏刻博士など任官の記録があることから、正しくは山科を本貫地とする中下級貴族であったと考えられる。

系図3

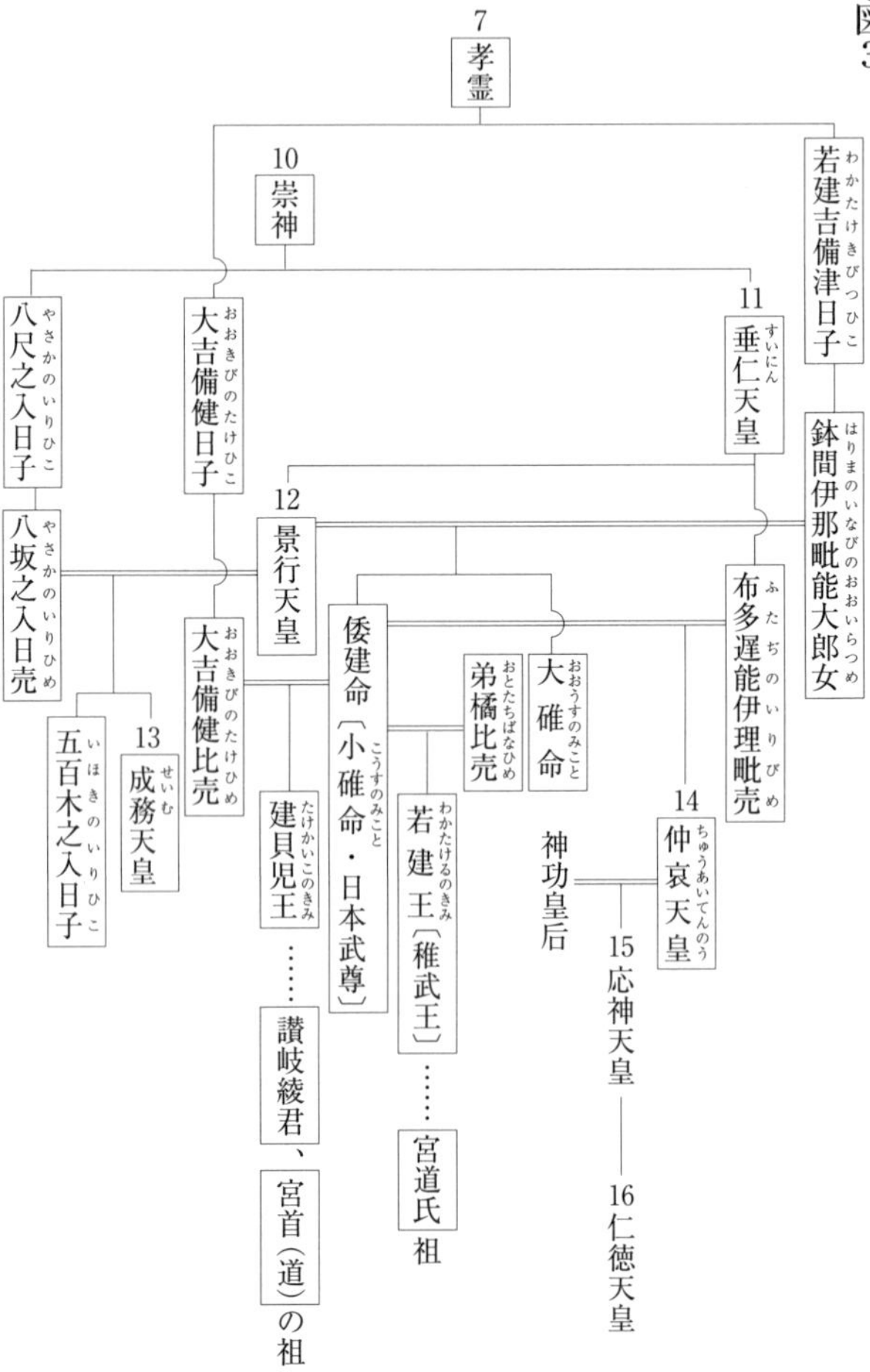
7 孝霊
10 崇神
若建吉備津日子《わかたけきびつひこ》
鉢間伊那毗能大郎女《はりまのいなびのおおいらつめ》
11 垂仁《すいにん》天皇
八尺之入日子《やさかのいりひこ》
大吉備健日子《おおきびのたけひこ》
八坂之入日売《やさかのいりひめ》
12 景行天皇
布多遅能伊理毗売《ふたぢのいりびめ》
倭建命〔小碓命《こうすのみこと》・日本武尊〕
大碓命《おおうすのみこと》
弟橘比売《おとたちばなひめ》
大吉備健比売《おおきびのたけひめ》
13 成務《せいむ》天皇
五百木之入日子《いほきのいりひこ》
建貝児王《たけかいこのきみ》
若建王《わかたけるのきみ》〔稚武王〕
14 仲哀天皇《ちゅうあいてんのう》
神功皇后
15 応神天皇
16 仁徳天皇
讃岐綾君、宮首（道）の祖
宮道氏祖

また交野《かたのの》少将物語では、狩場として有名な交野郡の大領とある。交野少将物語は散逸物語であるが、『源氏物語』帚木巻には、交野少将が登場する。奔放な恋愛遍歴を重ねた人として有名な人物らしく、さすがの光源氏も「交野の少将には笑はれたまひけむかし」と出てくる。『枕草子』や『落窪物語』にも見えて、当時流行した物語らしく、光源氏が登場する前までは交野少将が光源氏のような人物だったらしい。しかもこの交野が狩場だったので、交野少将物語には『今昔物語』の高藤の雨宿りの話と似た話があるらしい。交野の少将が狩に行って大領の娘と一夜を契るが、少将はいつまで経っても訪れて来ないので娘は入水しようとする、というような話で、そういう話があったのだろう。

紫式部の父方の祖母は、醍醐天皇の母胤子の弟・定方の娘である一方、母方の祖母も宮道氏で、宮道潔興（潔樹とも）という人の娘らしい。潔興は平安時代前期の官人、歌人で、修理少進の宮道真継もしくは主計頭の宮道弥益の子であるとする系図がある。そうなると、宮道列子とは兄妹（姉弟）か、イトコということになる。やはり敦仁《あつぎみ》親王（醍醐天皇）の帯刀舎人として仕え、醍醐天皇即位後は、内舎人に任じられた。その後内膳典膳に遷り、七年後、紀貫之と交替して越前権少掾となって、地方官に転じた。『古今和歌集』に和歌一首がおさめられている。やはり醍醐天皇の周辺の人物であって、紫式部の曽祖父藤原兼輔や、紀貫之らと近いところにいたようだ（系図1）。

こう見てくると、紫式部は、宮道氏の流れをくむ醍醐天皇との繋がりが深く、醍醐天皇の事を『源氏物語』に大切に書いていることの意味も、実に納得できるのである。

(二) 倭建命（『古事記』概略）

倭建命は、神話の中の英雄として様々な逸話がある。まず兄大碓命《おおうすのみこと》を殺した。父景行天皇は、その「建《たけ》く荒き情《こころ》を惶《かしこ》みて（恐れて）西の方の熊曾《くまそ》建《たける》兄弟を討ち殺すよう」に命じた。

倭建は、父の妹の倭比売命《やまとびめのみこと》の「御衣御裳《みそみも》」を給わり、女装して楽《うたげ》の日を待ち、すっかり童女になりきって紛れ込む。まだ少年の倭建は女装して美しかったのだろう、熊曾建兄弟は「その嬢子《をとめ》を見めでて、おのが中に座《いま》せて盛りに楽《うたげ》しき」。そこで、宴酣《たけなわ》なるときに、まず兄の方を殺す。次に弟を殺そうとするとき、倭建という名が熊曾建から献上された。「西の方にわれ二人（熊曾建兄弟）を除《お》きて、建《たけ》く強《こは》き人なし。しかるに、大倭の国に、われ二人に益《まさ》りて強き男《を》は座しけり。ここをもちて、われ御名を献らむ。今より後は、倭建の御子と称《たた》ふべし」ということになったのである。

さらに「山の神・河の神・穴戸の神（河口の入海・瀬戸内航路の要衝）を言向《ことむ》け和《やは》して、出雲健《いずもたける》も征伐し帰参すると、父景行天皇は重ねて「東の方十あまり二つの道の荒ぶる神、またまつろはぬ人等を言向《ことむ》け和平《やは》せ」と下命する。この時随行させたのが吉備の臣《おみ》等が祖で、建貝児王の母大吉備建比売の父である（系図3）。倭建命は姨《をば》倭比売命《やまとひめのみこと》に向かって嘆く。「父天皇は、すでに（全く）あを死ねと思ほすゆゑにか、何とかも西の方の悪しき人等を撃ちに遣わして、返り参上《まゐのぼ》り来し間、いまだいくだもあらねば（いくらも経っていないのに）、軍衆《いくさびとら》を賜はずて、今さらに東の十あまり二つの道の悪しき人等を平らげに遣わすらむ。これによりて思惟《おも》はば、なほ、あれにすでに死ねと思ほしめすぞ」と、患《うれ》え泣きて罷《まか》ります時に、倭比売命は、草薙《くさなぎ》の劔と、何かあった時にと火打石の入った御嚢《みふくろ》を賜う。倭建命が父に疎まれていると泣いて訴える姿は、哀れで人間臭さを感じさせる。

さて、倭建は尾張の国から東《あづま》の国に幸《いでま》して、ことごとく山河の荒ぶる神、伏《まつろ》はぬ人等を言向け和平し、さらに、相模の国に至る。相模の国の造《みやつこ》は偽って、この野の中に大きい沼がある。そこに住む神は「いと道速振《ちはやふ》る神ぞ」という。「道速振る」とは、「霊威速《ち》振る」で、神威のはげしいことを意味する。倭建命は、その神を「看行《みそな》はしに（ご覧遊ばしに）」野に入ると火を放たれる。この時、嚢中《のうちゅう》の火打石を使って向い火を焚いて焼き払い、国造等を切り滅ぼし焼き払う。その故に、その地を焼津という。

さらに走水《はしりみず》の海《うみ》（今の浦賀水道）で船が進まなくなったとき、弟橘比売が倭建命の代わりに入水《じゅすい》し倭建命を助ける。弟橘比売は宮道氏の祖である若（稚）建王の母である。この時、弟橘比売が歌った歌、

さねさし相模の小野に燃ゆる火の　火中《ほなか》に立ちて問ひし君はも

（さ嶺《ねさ》立さし・山がそば立つ相模の小野で　燃える火の火中《ほなか》に立って、呼びかけて下さった君よ）

さて、ことごと荒ぶる蝦夷《えみし》等を言向け、また山河の荒ぶる神等を和平して、帰る途次、足柄の坂本で白鹿に化身した坂の神も討ち、その坂で倭建命が弟橘比売を「あづまはや（我が妻よああ）」と追想したので、そこ足柄山から東を東国《あづま》というようになったとい

う（『古事記』）。
坂の神は、堺の神と通じるものがあって、山や峠に祀られる境界の神で、黄泉平坂《よもつひらさか》が冥界と現世との境にある坂で、象徴的である。こうして、新治《にひばり》、筑波を過ぎ、甲斐国から信濃国の坂の神を言向けて、尾張に還《かえ》って、美夜受比売《みやずひめ》と結ばれる。草薙劔《くさなぎのつるぎ》をこの比売《ひめ》に預けて伊服岐《いぶき》の山の神を討ちに行くと、牛ほどの大きさの白い猪に化身した山の神に出会うが素手で帰りに討とうと軽く見たところ、この山の神が大氷雨《ひさめ》を零《ふ》らして倭建を討ち惑わす。以来倭建は足が弱り「あが足は、三重の勾《まがり》のごとくして、いと疲れたり」と、そこを三重と名付けたという。さらに、能煩野《のぼの》に着いて、望郷の歌を詠む。

倭《やまと》は　国のまほろば　たたなづく　青垣　山隠れる　倭しうるはし

また、従者には、

命のまたけむ人は　たたみこも平群《へぐり》の山の　熊白懤《くまかし》が葉を髻華《うず》に挿せ　その子
（これから先のある人は長寿と豊穣を願って、生命の木の枝を簪《かんざし》に挿せよお前たち）

と詠《うた》い、さらに、

はしけやし我家《わぎへ》の方よ　雲居立ちくも
（なつかしいわが家の方から雲がわいてくるよ）

そして最後に詠む。

嬢子《をとめ》（美夜受比売《みやずひめ》）の　床のべに　わが置きし　剣の太刀その太刀はや

倭建命はこの歌を詠み終わるや否や「崩《かむあが》りましき（亡くなられた）」。そこで、倭建命の后等、御子等みな能煩野に下向し、御陵《みはか》（白鳥《しらとり》の御陵《みさざき》）を作り、匍匐《ほふく》礼や哭礼《こくれい》の丁重な葬礼をする。ここで倭建命は、八尋《やひろ》白ち鳥に化身して、天翔《あまかけ》り浜に向きて飛び行《いでま》しき。白鳥はさらに飛び、河内の国の志幾《しき》に留まったので、そこに御陵《みさざき》を作り鎮め申し上げた。白鳥は、そこからさらに天翔って行ったという。

草薙の劔を置いてきたために、神剣の加護が得られなくなった倭建命の命運は急激に傾いて、英雄らしからぬ形で山の神に翻弄され、足も動かなくなって、白ち鳥になって天翔けっていく。

こうした倭建命の様々な英雄譚もその挫折も、実は景行天皇の数多《あまた》の御子たちや皇族将軍たちがたどった道の象徴的存在であろう、と『『古事記』新潮日本古典集成』の注にはある。しかしながら、それぞれの妻たちの子が、成務天皇、仲哀天皇であり、さらに、若建王と武貝児王は宮道氏の祖として神社に祭られている。紫式部の父方母方の祖母が、どちらもその末裔である宮道氏であることは、紫式部の遠祖として倭建命のような人物が現実に存在したのではないだろうか、と考えてしまう（系図3）。

七　勧修寺家と摂関家

(一)　勧修寺流と摂関家　源氏物語

醍醐天皇の母胤子の祖は、倭建命《やまとたけるのみこと》と弟橘比売《おとたちばなひめ》とのただ一柱の息若建王《わかたけるのきみ》である。その流れが宮道氏で、宮道弥益の孫女《むすめ》胤子が宇多天皇と結ばれ醍醐天皇に繋がった。これを嘉とし、宮道弥益の邸を勧修寺《かじゅうじ》にしたことから、この宮道氏の流れを勧修寺家、勧修寺流という（系図3、4）。

高藤以下のいわゆる勧修寺流の人たちは、まず高藤が権勢欲のない、それに携わる資質を欠く地味な人物だった。さらに、高藤一統の人々が、きわめて非権力的資質の持ち主で摂関家と権力闘争が起こらなかったというようなことが、山下道代『藤原兼輔』に実に詳しいので、それを引かせていただく。

光孝天皇登極はあくまで応急のもので一代限り、というのが、基経はじめ貴族たちの共通理解で、光孝本人の了解だった。光孝は在位三年にして、その重篤の時、臣籍にあった源定省（宇多天皇）があわただしく親王位に戻され登位した。宇多には臣籍にある時二人の妻がいた。その一人が胤子で、身分は低かったが第一皇子の母だった。宇多は第一皇子の醍醐天皇に譲位した。こうして、醍醐朝における高藤一家は当人たちのまったく関知しない時勢の成り行きによって、突然思ってもみなかった帝外戚という立場に押し出されてしまった。高藤は藤原北家ではあったが、文徳、清和、陽成の三朝の外戚の座を占め続けてきた摂関家とは、大きな身分的隔たりがある。その上、高藤本人が、まことに権勢欲のない、その資質を欠く地味な人物だった。文徳、清和朝の私生活方面は、外戚良房の管理下にあり、とりわけ清和朝の良房の「補佐」と天皇の「依存」ぶりは、摂関と天皇というより祖父と孫との血脈の情愛というほど濃密だった。その先例の後、非力の高藤とその一家は、突如女婿定省（宇多）の王登極に戸惑いがあった、と言えるほど高藤家の後見体制はこころもとないものであった。もともとなるはずもない光孝・宇多は帝位とは程遠く、摂政基経は緊急措置として光孝は支持したが、宇多の登極は考えておらず、清和正系で摂関家の血を引く皇子へ戻すべき、というのが、基経・当時の貴族の暗黙の了解だった。定省《さだみ》（宇多）の登位には、基経の異母妹で定省の養母尚侍淑子の懸命の奔走があったらしい。宇多帝への太政大臣基経の支援は、はかばかしいものではなく、逆に阿衡《あこう》の紛議を引き起こして、威圧を加えた。かく宇多の帝位基盤は脆弱で、宇多が基経の威嚇に屈服したのも、天皇が孤立無援で、後見体制などなきに等しいのが理解できる。基経死後宇多は菅原道真を抜擢し親政路線を強めるが、わが帝位基盤の心もとなさ、わけても外戚高藤一家がいかに政治的に非力であるかを痛感熟知していたからである。その後宇多は道真一人に諮《はか》って胤子所生の敦仁（醍醐）に譲位、それも隠密裏の譲位（『大鏡』）が事実ならば、宇多はそこまで摂関家の介入を警戒した。但し基経の後を継いだ時平は、元の外戚の地位を取り戻すのに、性急なあくどい策を弄したりせず、時間がかかるが、宇多やその生母斑子女王の反対を押し切って、妹穏子を醍醐後宮に送り込み、醍醐との協調に意を砕き、三十三年の醍醐の治世ののち、穏子所生の皇子たち朱雀、村上帝へと、外戚奪還の実を上げた（系図4）。

こう見てくると、親政を目指すというより、摂関家を忌避した宇多帝が『源氏物語』で、後見の基盤の弱い、結果的に摂関家藤原氏を遠ざけた桐壺帝に重なっていることが透けて見えてくる。

紫式部の曽祖父兼輔も、宇多帝が胤子と結婚することがなければ、あれほど醍醐帝の近くにはいなかっただろう。そして紫式部が『源氏物語』の主人公の父桐壺帝を醍醐帝に比定し時代設定して『源氏物語』を書いたりすることはかなかったのではないか、と思われてくる。

(二) 醍醐天皇と外戚勧修寺一統　山下道代『藤原兼輔』概略

胤子同母兄(弟)定国は、醍醐朝初期に、時平と協力して朝政に参画し、若くして大納言に上るが、延喜六年(九〇六)に四十歳で死去。その後、弟定方が醍醐天皇外戚家の当主となり、長い醍醐朝を帝側にあって仕え通す。後に右大臣となり、摂関家忠平と並び立ち、醍醐朝を最後まで見届ける。兼輔は定方より四歳下の従弟。定方とはきわめて親密な交わりがあり、共に醍醐朝廷臣として協力し、兼輔にとって生涯にわたって深いかかわりを持つ。

山城に都が定められて百年ほど後の時代、醍醐朝において高藤一家が不慣れにして非力な外戚としてあったとき、兼輔はその高藤家縁辺の一人として生まれ合わせていた。この位置が、貴族官僚としての兼輔の出発に大きく影響し、またその進路をも決定する。もし陽成朝が無事に続いていたなら、もし光孝天皇から宇多天皇へという意外な帝位継承がなかったならば、兼輔の生涯はかなり違ったものになっていたであろう。

三十三年という長きにわたる醍醐治世は、穏やかに経過した。ただ、菅原道真の追放という事件があったが、時平によってほとんど後を引かぬ形で処理された。この穏やかさの底で、摂関家は光孝以来非摂関家系となっていた外戚の座を取り戻そうとしたが、後の師輔・兼家・道長のころのような権力闘争とならなかったのは、ひとえに醍醐朝の外戚家高藤一統の人々が、極めて非権力的資質の持ち主であったからである。延喜の宮廷や政権に血塗られた政争の跡がないのは、待つことを知る忠平の人がら以上に、分を知って分を守った外戚家の人々の穏和さによるところが多い。

さらに、摂関家と外戚勧修寺家のことが同じく山下道代『歌語りの時代　大和物語の人々』にある。

醍醐朝の初頭、左大臣時平が心を砕いたことのひとつに、いまだ十代のこの天皇（醍醐）を、いかにしてわが影響下に取り込むか、があったと思われる。天皇即位時に同母妹穏子入内は成らなかったが、二年後にこれを実現させ、続いて道真を排除、穏子に皇子が生まれるとすぐ皇太子とした。打つべき手を確実に打っていく時平。天皇の母方勧修寺家との関係を良好に保つ重要さも、充分に認識していただろう。これらはみな、時平三十歳前後の仕事である。かつての良房、基経、後の師輔およびその子孫たちといい、摂関家の人々に見られるこの方面の才能と高い専門技術は、いったい血によって伝えられたものか環境によって磨き上げられたものかと、思わず考え込まざるを得ないほどのものがある。よし血によるものであれ鍛錬によるものであれ、とにかくそれは、広相や道真らの知性学識をもってしても歯が立たないほどのバイタリティを持っていた。しかもこの能力が、藤原氏の中でも摂関家の一統にのみ見られるのは、かえすがえすもふしぎなことである。その家系の人々に比べると、勧修寺内大臣家の人々は、同じく藤原氏北家の流でありながら、まことに非政治的な性向の人々であったと言わねばならない。

(三) 定国と時平　壬生忠岑

勧修寺家定国と時平に関して、『大和物語』にはこんな話がある。

泉の大将（定国大納言、右大将。高藤長男定方兄）、故左のおほいどの（時平）にまうでたまへりけり。ほかにて酒などまいり、酔《ゑ》ひて、夜いたく更けてゆくりもなく（突然）物したまへり。おとどおどろき給ひて、「いづくに物したまへる便りにかあらむ（どこにおいでになったついでなのであろう）」などきこえ給て、御格子あげさはぐに、壬生忠岑《みぶのただみね》御供にあり。御階《みはし》のもとに、まつ（松明）ともしながらひざまづきて、御消息申す。「かささぎの渡せるはしの霜の上を夜半にふみわけことさらにこそ（御殿の階段に置いた霜を踏み分けて、特別に、夜中参上しました）」となむ宣ふ（仰せです）」と申す。あるじの大臣いとあはれにおかしとおぼして、その夜夜一夜《よひとよ》大御酒まいりあそび給ひて、大将も物かづき（引き出物を賜り）、忠岑も禄賜りなどしけり。

ここでは、夜更けの突然の定国の来訪に、時平は、どこかへ行ったついでなのか、と思うが、供の壬生忠岑の、ついでではありません、霜を踏み分けわざわざ特別に参りました、と仰せです、という歌にめでて一晩中酒盛りや管弦の遊びをして、定国には被《かづ》け物、忠岑は禄をいただいた、とある。壬生忠岑は『古今和歌集』の選者の一人で歌の上手である。それによって時平の心も開いたかのような一段である。しかし、定国と時平の関係はどうだったのか。定国は時平より五歳年長ながら、身分的には時平は左大臣、定国は大将・大納言と時平に比べ低い身分である。けれども時平は、帝の外戚家をおろそかに扱うことはできない思いもあって懇《ねんご》ろにもてなした。また、時平に対して定国には外戚家の強みもあったのだろう。そして、道真左遷に当たっては、定国も、弟の定方も常に時平の側にあって時平に従ったらしい。勧修寺家の人柄、定国の人柄がそうだったと考えられる。道真左遷が九〇一年で、その年は時平三十歳、定国三十五歳ごろで、五年後には定国、八年後には時平と二人とも亡くなってしまう（系図4）。

㈣ 定国　忠岑　貫之

定国が亡くなったのは、九〇五年に『古今和歌集』が勅撰された翌年で、九〇五年は定国四十の歳で、その賀に当たって忠岑も貫之も屏風歌を詠んでいる、と山下道代『歌語りの時代』にある。

定国亡き後、定国邸の桜を詠んだ歌が『貫之集』にある。

君まさでむかしは露かふるさとの花見るからに袖の濡るらむ

「君まさでむかしは露か」、これは貫之の、ありし日の定国への親昵《しんじ》のほどをうかがわせることばだ。定国は忠岑を随身として召し使っていただけでなく、貫之にも目をかけていたもののように思われる。延喜の中ごろ、貫之・躬恒らの歌詠みたちは、定国の従弟にあたる堤中納言兼輔のもとにしきりに参上し、その引き立てを受けているのだが、貫之は、定国とのあいだにも、それに似た関係をもっていたのかもしれない。……定国自身はあまり歌を得意としなかったのか、今日定国の歌は一首も残っていない。

定国や従弟の紫式部曽祖父堤中納言兼輔が、古今集選者の壬生忠岑、紀貫之、凡河内躬恒などを引き立てていたことが、『古今和歌集』成立に寄与していたと思われる。ちなみに醍醐天皇はこの時二十一歳。

(五) 定方　時平　忠平　満子　敦慶親王

1　定方

定国が亡くなった後は、弟の定方が外戚家の当主となり、醍醐朝の終わるまで見届けることになる。山下道代『歌語りの時代』で見ていく。概略。

定国が亡くなったとき、弟定方は三十四歳。その後の定方の官位の進み方はめざましく、延喜五年（九〇九）左大臣時平薨去にかかわる人事異動で参議、四年後中納言兼左衛門督、翌延喜二十年（九二〇）大納言となり、左大臣忠平に次ぐ地位を占める。さらに、延長二年（九二四）右大臣兼右大将。ここで、左大臣兼左大将忠平と左右並び立つ。定方五十二歳、忠平四十五歳。定方の邸は左京三条にあったので世の人は定方を三条右大臣と呼んだ。しかし、醍醐朝における摂関家の層は、勧修寺内大臣家とは比較にならないほど厚く、時平の跡を継いだ忠平の位は、常に、定方より先行する。定方の子朝忠が参議になるのは、定方の死後二十年後の村上朝になってからでその時の公卿十五人中三分の一が摂関家の人で占められていた。政権維持のための摂関家の布石は代々怠ることなく打たれ続け、醍醐朝における定方の昇進は、その布石の外側において順調だった。醍醐朝の治世が、非常に穏やかに経過した理由の一つに、摂関家と勧修寺内大臣家が、つまり忠平と定方が、それぞれの役割をうまく分担しあった、ということがあるようだ。

醍醐朝初期の政治を領導した時平は、穏子の入内や道真の存在をめぐって宇多上皇と対立した。高藤や定国ら天皇外戚を手厚く遇したのも、天皇自身をわが影響下に取り込むための方策のひとつであったかもしれず、定国などは、無邪気にその時平の術中に陥ったかのように見える。しかし時平の後を継いだ忠平は、宇多帝皇女を正室として迎えていたこともあって、宇多帝との関係は良好で、また兄時平が政権の地盤固めを終わっていてくれたこともあって、ことさら周囲に摩擦の生じるような強権を行使しなくてすんだ。時平によって醍醐後宮におくりこまれた穏子も、時と共に皇妃としての重みを増し、後宮の側から摂関家のために動いた。その村上天皇后安子もそうだが、摂関家の人々は、女性も見事に政治的であった。こうした摂関家の勢力伸長に対して、勧修寺内大臣家の人々は決して逆わない。また迎合もしない。ただその分を守って宮廷社会の中を住み分ける。定方は父に似て非政治的資質の人で、その上父をはるかに超えて和歌管弦に堪能な教養人で、諸記録、諸歌集には、行幸への随行、儀式の際の侍立、歌合わせ花合わせ、藤花宴菊花宴への出席、など、宮廷行事の場に多く、天皇に近侍する廷臣としての姿が多く見られる。たとえば延喜十三年（九一三）には、正月に六人を超えて参議から中納言に進み、四月に左衛門督を兼任。三月には宇多法王主催の「亭子院歌合」に、左の方人として出席、右方の源昇をからかったりしている。九月には、勅使として伊勢に赴き、醍醐帝の同母妹の斎宮柔子内親王の病気慰問。十月には、すでに入内していた長女能子が、女御宣下を受け、五日後「内裏菊合」で、お前で勅判を伝宣する役をつとめた。負けた右方が十二月になって負物を献上したので、その夜天皇が侍所に出御され、定方や中納言清貫（系図2）を相手に酒を召し上られた。些細なことだが、定方がいかに天皇のそば近くに仕えたかの例になろう。

菊合の翌日、定方の同母妹尚侍《ないしのかみ》満子が、内裏において四十賀を賜った。後代、尚侍は天皇の侍妾の一人に与えられた地位であるが、満子の場合は、令制に定められた通り、内侍所の長官として就任している。満子の前任者淑子は故太政大臣基経の妹として、宇多天皇即位に当たって、その擁立に力を尽くすなど宮中で政治力を行使した人だったが、満子にはいかなる政治力行使の跡も認められない。ここにも、自らの分を守る勧修寺右大臣家の人の姿がある。四十の賀を賜ったことで、醍醐天皇が、この叔母満子を厚く遇したことがわかる。満子は天皇崩御後もその任にとどまり、朱雀天皇の承平七年（九三七）、兄定方に五年おくれて世を去ったが、亡くなった後、正一位という最高位を追贈されている。

さらに定方は『日本紀略』によると、延喜十六年（九一六）風雨激しい荒天の日、中納言定方と清貫は、参議らと賀茂川堤の巡検をしている。定方にあったのは、姉胤子の遺児たちへの後見の意識だったか。娘能子を醍醐後宮に入れ、また別の娘を醍醐皇子代明親王の妃としたのも（系図4）、後見意識で、醍醐天皇や、その弟敦慶親王に対する行き届いた配慮には、政略的な意図などおよそ感じられない。敦慶親王薨去に際しては、従弟の兼輔と胸に迫る悲嘆の歌を詠み交わしている。

敦慶親王の薨去後四か月後に、清涼殿に落雷、あの賀茂川巡検へ一緒に行った清貫が雷に打たれ死亡、外にも負傷者が出た。これは、憤死した道真の霊のたたりだと、醍醐天皇はこの時から不豫となられ、ついに譲位。朱雀院に還幸もかなわず、定方の曹司まで辛うじて移られそこで崩御された。定方の家集『三条右大臣集』には、その前後の悲嘆をくり返し兼輔に訴え、兼輔と歌を詠み交わしている。

醍醐上皇崩御の翌年、宇多法王も崩じ、その翌年定方もなくなった。六十歳だった。

2　醍醐天皇のミウチ定方　兼輔

醍醐天皇が定方の曹司で亡くなったとき、定方は尽きせぬ悲しみを兼輔に歌いかけ、兼輔と歌のやり取りをしている。家集があるのは、この定方と兼輔の二人だけらしい。

醍醐天皇臨終に当たって、兼輔と定方女《むすめ》との間の娘桑子が入内して誕生した章明が、七歳で親王宣下を受け親王になった。外戚家の血を引くただ一人の醍醐皇子であった。この人は紫式部が少女のころまで生きていて、しかも、兼輔邸で成長したはずで、紫式部との交流もあったのではないか。ただ、桑子の母の実家定方邸で生み育てたのであれば、話は違ってくる。

醍醐天皇の後を受けたのは八歳の朱雀天皇で、母は摂関家基経女《むすめ》穏子で、また村上天皇の同母兄である（系図4）。ここで流れは再び摂関家に戻り、勧修寺流家は外戚としての務めを終えた。帝生母の家であるという矜持だけで摂関家の強権体質と向き合ってきた外戚家が、醍醐朝において摂関家と安定した棲み分けができたのは、高藤もその子定方も政治的にはまことに無欲で、外戚家の人々の分を知って分を守る温順さがあったからこそで、ただ天皇生母の家という立場から、胤子所生の醍醐天皇や敦慶親王をうしろみしてきた（山下道代『兼輔』）。

醍醐天皇の崩御後一年で父帝宇多上皇も亡くなって、光孝天皇以来の非摂関家の帝はみな世を去った。二年目には定方、その半年後兼輔も亡くなった。

こうして、紫式部曽祖父兼輔と醍醐天皇のミウチとしての勧修寺家の人たちのことが、山下道代『兼輔』や『歌語りの時代』によって、とてもよく分かった。

さらに、前にも書いたように、紫式部の母方の祖母も父方の祖母も宮道氏で、さらに紫式部の夫宣孝は、定方の息子朝頼の流れである。いかに紫式部が勧修寺家に血脈的につながっているか、それはとりもなおさず醍醐天皇に繋がっているかを表しているのである。そして、勧修寺家の人たちが、政治的野心のない、分をわきまえた人たちだったか、ということもよくわかって、、紫式部がそうした流れにいることが推しはかられるのである。

㈥　敦慶親王

醍醐天皇の同母弟敦慶《あつよし》親王は、和歌や管弦の才能に恵まれ、『河海抄《かかいしょう》』に「亭子院第四皇子敦慶親王玉光宮《たまひかるのみや》ト号ス好色無双の美人也」とある。醍醐天皇の同母弟ということは、母は胤子である。琴、弓に秀で、和歌に長じて『後撰和歌集』に八首入集している。「玉光宮」と号したという所から光源氏のモデルの一人とも考えられる。醍醐天皇より二歳年下であるが、醍醐天皇に七か月先だって亡くなっている。美形だっただけに華やかな存在だったと思われるが、恋多き親王でもあり、後半生はかなり年長の歌人伊勢と、亡くなるまで関係が続いたらしい。二人の間の娘中務は、村上朝の名高い歌人である。父敦慶親王の官職中務卿にちなんで、中務と称した（系図４）。

(七) 博雅三位

博雅三位《はくがのさんみ》（源博雅）の父は醍醐天皇第一皇子克明親王、母は時平女《むすめ》で、克明親王は二十代で亡くなったらしい（系図４）。この博雅には様々な逸話がある。管弦、文筆に堪能で、百人一首に「これやこの行くも帰るもわかれては　知るも知らぬもあふ坂の関」の歌がある、あの蝉丸に三年間通い続け、琵琶の秘曲を伝授された。ただ、藤原実資《ふじわらのさねすけ》の『小右記《しょうゆうき》』には、「博雅の如きは筆、管弦者なり。ただし、天下懈怠の白物（痴者《しれもの》）なり」と評している。実資は公平なものの見方をする人物で、日記にはずばずば本音を書いている。そして、取次には女房（紫式部）を好ん使ったらしい。しかし、博雅三位は箏を醍醐天皇に学び、村上天皇の勅で『新撰楽譜』（『博雅笛譜』）を撰し、現在演奏される曲もあるという。また、朱雀門の鬼から名笛「葉二（はふたつ）」を得たとか、琵琶の名器「玄象（げんじゃう）」を羅城門から探し出したとか、屋敷に盗賊が入ったが、隠れていて笛を吹いたら、盗賊が感じ入って盗んだものをすべて返した、とかの現実離れしたお話もある。

㈧　定方の十四人の娘　源氏物語　女三宮

定方の十四人の娘のうち三人が兼輔とその息子二人と結婚していることも山下道代『兼輔』にこうある。

定方には十四人の娘がある。そのうち長女は「醍醐天皇女御　仁善子」と『尊卑分脈』に名前があるが、この名前は誤りで正しくは「能子」である。後の十三人には「女子」とだけの記載である。この十三人の「女子」のうち最初の「女子」は、醍醐天皇皇子三品中務卿代明《よしあきら》親王の室であり、その次の「女子」すなわち定方第三女が、兼輔の室である（系図4）。

兼輔にとって定方は四歳年長であるから、その第三女は、仮に定方の若いうちの出生であっても、兼輔とのあいだには少なくとも十数歳の年齢差があったはずである。しかし定方にしてみれば大勢いる娘の一人を兼輔に托すことは、なにより安心できることであったにちがいない。この婚姻には、配偶というよりもむしろ後見乃至保護という性格が強かったのかもしれない。それはこの時代、必ずしも珍しいことではなかった。……定方の十番目の「女子」は兼輔四男庶正の妻となっている。十二番目の「女子」は兼輔の長子雅正の妻となっており、兼輔自身だけでなくその息男の二人までが定方女と婚姻している。つまり兼輔の家では、兼輔および その一家をいかに頼むに足る縁者としていたかが、わかるような気がする。

ここでの、「定方第三女と兼輔の婚姻が、配偶というよりもむしろ後見乃至保護という性格が強かったのかもしれない。それはこの時代、必ずしも珍しいことではなかった」というところで、すぐに『源氏物語』の女三宮と光源氏の結婚を想起する。父朱雀帝が女三宮の婿選びに、様々な男に思いを巡らせた挙句、結局光源氏に託すのは、これと同類のことなのである（系図4）。

㈨　定方九女・宣耀殿の女御芳子

この十四人の定方女《むすめ》のうちの九の君は忠平の息師尹《もろただ》と結ばれた。二人のその娘芳子は村上天皇の女御となり、宣耀殿《せんえうでん》の女御と呼ばれた（系図4）。

1　『古今和歌集』を暗誦

『古今和歌集』をすべて暗誦していたという有名な話がある。清少納言も『枕草子』二十段に定子の話として書いている（系図4、5）。

「村上の御時に、宣耀殿の女御と聞こえけるは、小一条の左の大殿《おほいとの》（師尹）の御女《おんむすめ》におはしけると、誰かは知りたてまつらざらむ。まだ姫君ときこえける時、父大臣の教えきこえたまひけることは、『一つには御手（習字）をならひたまへ。次には、琴《きん》の御ことを、人よりことに弾きまさらむとおぼせ。さては、古今の歌廿巻《はたまき》を、みなうかべさせたまふを、御学問にはせさせたまへ』となむきこえたまひけると（天皇が）きこしめしおきて、御物忌《おんものいみ》なりける日、古今を持てわたらせたまひて、御几《み》帳《ちょう》をひき隔てさせたまひければ、女御、『例ならずあやし』と、おぼしけるに、草紙をひろげさせたまひて、『某《そ》の月、何《なに》のをり、某《そ》の人よみたる歌は、いかに』と、問ひきこえさせたまふを、（女御）『かうなりけり（こういうわけだったのだな）』と心得たまふもをかしきものの『ひがおぼえをもし（間違っておぼえていたり）、わすれたるところもあらば、いみじかるべきこと（大変なことになりそう）』と、わりなうおぼしみだれぬべし。……

（天皇が）せめて（無理に）申させたへば、さかしうやがて末まではあらねども、すべて露たがふことなかりけり。（村上）『いかでなほ、すこしひがごと見つけてをやまむ』と、ねたきまでにおぼしめしけるに、十巻にもなりぬ。……（途中村上帝は、清涼殿に戻ってひと眠りしたらしいが、）……『なほ、このこと勝ち負けなくてやませたまはむ、いとわろし』とて、下の十巻を、『明日にならば異をぞ見たまひ合はする』とて、『今日、定めてむ』と、大殿油まゐりて、夜ふくるまで読ませたまひけり。されど、つひに負けきこえさせたまはずなりにけり」……（このことを知った父親の師尹は）いみじうおぼしさわぎて、御誦経などあまたせさせたまひて、そなたに向きてなむ、念じくらしたまひける。すきずきしう、あはれなることなり（実に優雅で感動的なことです）」

定子中宮のこの話を一条帝も「めでさせたまふ」とある。当時の貴族の子女への教育も分かるし、今と変わらぬ親心も見えて面白い。このことは、『大鏡』にもある。

「古今浮かべたまへり」と（村上天皇が）聞かせたまひて、帝、こころみに本を隠して、女御には見せさせたまはで「やまとうたは」とあるを初めにて、先《ま》づの句の言葉を仰せられつつ問はせたまひけるに、言ひ違《たが》へたまふこと、詞《ことば》にても歌にても無かりけり。「かかる事なむ」と、父おとどは聞きたまひて、御装束して（正装をし）、手洗ひなどして、方々に誦経《ずきやう》などし、念じ入りてぞおはしける。

2　安子の嫉妬　『大鏡』

（師尹の）御むすめ、村上の御時の宣耀殿の女御、かたちをかしげに、うつくしうおはしけり。内裏《うち》へ参りたまふとて、御車に奉りたまひければ、我が御身は乗りたまひけれど、御髪《みぐし》の裾《すそ》は、母屋《もや》の柱の下《もと》にぞおはしける。一筋を陸奥紙《みちのくにがみ》に置きたるに、いかにも隙《すき》見えずとぞ申し伝へためり。御目の尻の少し下《さが》りたまへるが、いとどらうたくおはするを、帝いとかしこく時めかさせたまひて、かく仰せられけるとか。

　生きての世死にての後《のち》の後の世も羽を交《かは》せる鳥となりなむ

御返し、女御、

　秋になる言《こと》の葉だにも変わらずば我も交わせる枝となりなむ

……帝、筝のことをめでたく遊ばしけるも、御心に入れて（芳子に）教えなど、限りなく時めきたまふに、冷泉院の御母后（安子）亡せたまひてこそ、なかなか（かえって）こよなく覚え劣りたまえりとはきこえたまひしか（噂が立った）。故（安子）の、いみじう目醒ましく、安からぬものに（ひどく目障りで、不愉快な女だと）おぼしたりしかば、思ひ出づるにいとほしくくやしきなり（あい済まぬ思いがして悔やまれる）。

安子は、多くの女御・御息所の中で、優れてめでたくおいでで、村上帝もこの女御に

「いみじう怖《お》ぢさせたまひ」、安子の厄介な奏上も、到底お断りおできにならなかったという。その安子と芳子の上の御局が近くて、騒動が起こる。（『大鏡』）

藤壺・弘徽殿との、上の御局《みつぼね》はほどもなく近きに、藤壺の方には小一《こ》条女御《にょうご》（芳子）、弘徽殿にはこの后（安子）の昇りておはしまし合へるを、（安子は）いと安からず、えや鎮《しづ》め難くおはしましけむ、中隔ての壁に穴をあけて、覗《のぞ》かせたまひけるに、女御の御かたちいとうつくしくめでたくおはしましければ、「むべ時めくにこそありけれ（なるほど、この美貌でかわいがられるのだな）」と御覧ずるに、いとど心疾《や》ましくならせたまひて、穴より通るばかりの土器《かはらけ》の破片《われ》して打たせたまへりければ、これぱかりには、え堪へさせたまはず、むつかりおはしまして（帝もこればかりは我慢お出来にならず）、「かうやうの事は、女房はせじ。伊尹・兼道・兼家（安子の男兄弟）などが言ひ催してせさせするならむ」

と、三人を謹慎にするなど、とんだ騒動となる。それを安子の怒りに負けて村上天皇が許す、などとある。安子は、他の事では思いやりもあって立派な人物だった。

紫式部の祖母の妹に当たる九の君と師尹《もろただ》との間の娘芳子には、ここだけ切り取れば、類いまれな美貌と古今をすべて暗誦していたという優れた女性ではあるが、村上天皇との子八宮は痴れ者だということである。

(十) 高藤兄・利基　従弟・兼輔と従者

勧修寺流の人たちが、政治的な欲がなかったことと同時に、高藤と兄弟だった利基と(系図4)、紫式部曽祖父兼輔が、従者に慕われ従者を大切にする人柄であったらしいことが山下道代『藤原兼輔』にある。

兼輔の父利基について、その没後の出来事が古今集哀傷歌の部に語られている。従者の御春有助が、利基の曹司が人も住まず荒れていたのを見て、昔そこに仕えていたのを思いやっての歌

君が植ゑしひとむらすすき虫の音のしげき野辺ともなりにけるかな

……この歌の長い詞書には、さながら作者自身の語りかと思われるほどの深い感

情移入があって、歌のことばのひたぶるな悲哀と密接にひびき合っている。……この主従のあいだにあったであろう人間的な親和の深さが、ありありと知られる一首だ。兼輔の父利基は、従者によってここまで慕われるあるじだったのである。

そして後年兼輔は、この歌の作者御春有助が甲斐の国へ下ることになったとき、賀茂川のほとりにあった堤の家で、餞別の催しをしている。その席上貫之が送別の歌を詠んでいる。

君惜しむ涙落ち添ふこの川のみぎはまさりて流るべらなり

……これは兼輔三十一歳から三十三歳までのころで、父利基の死から十年ばかり経った頃で、……思うに有助は利基の没後、兼輔の従者になっていたのではないか。……貫之は早くから兼輔の家人であったから、餞別の場に貫之もいて、送別歌を詠んだが、貫之個人の有助へのあいさつというより、本主兼輔の意を体しての有助への惜別歌であった、と見るべきであろう。……そして有助や貫之の歌から見えてくるのは、ただ利基と有助のねんごろな主従関係だけではない、父の死後も父の従者であった者との縁を大切にする兼輔の人となりで、兼輔はこの世における人間関係を大切にする人であった。高位の人々とのつきあいだけでなく、卑位の者たちへの

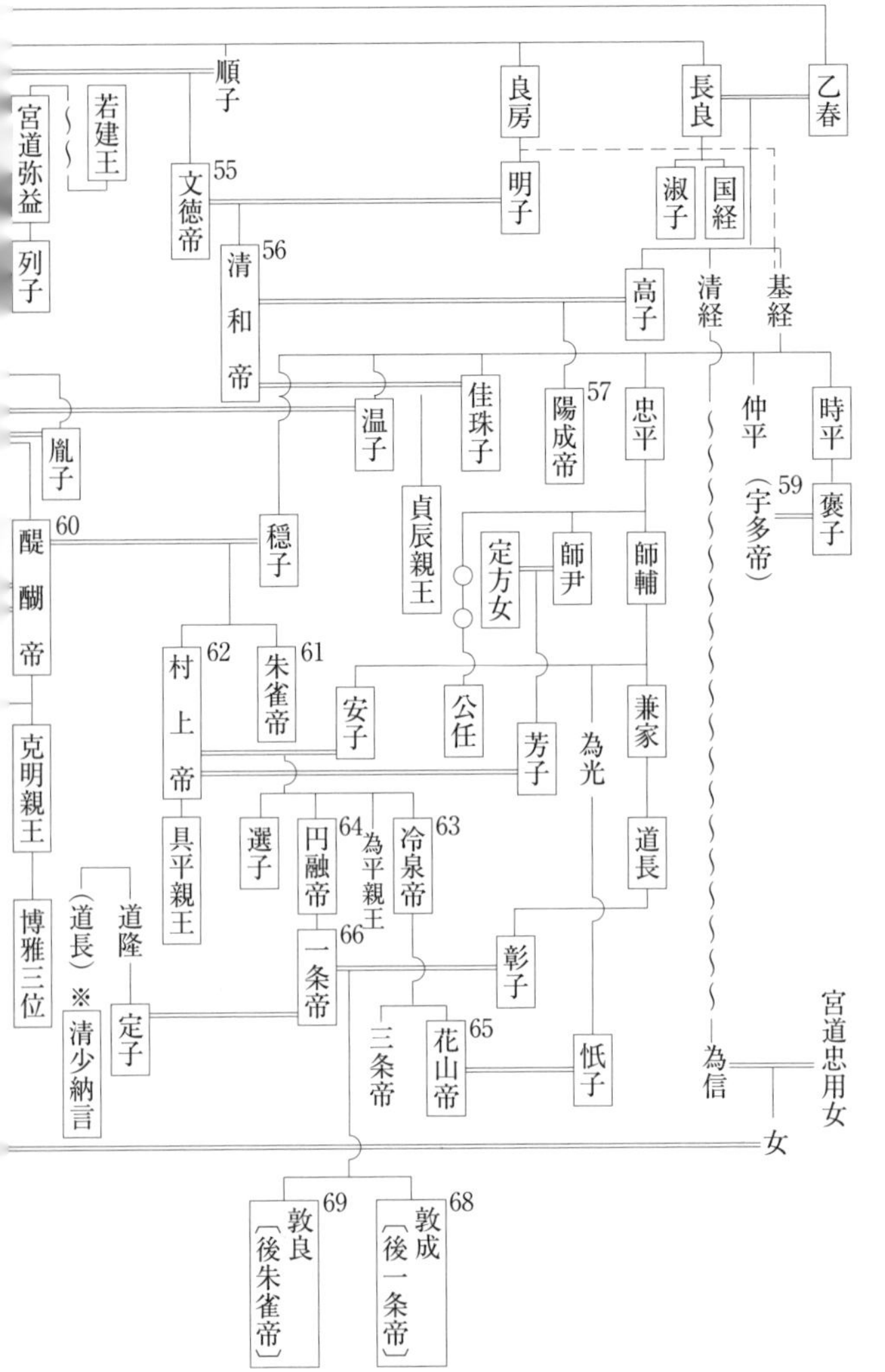

乙春
長良
良房
順子
若建王
宮道弥益
列子
文徳帝
55
明子
淑子
国経
清和帝
56
高子
清経
基経
佳珠子
温子
胤子
陽成帝
57
忠平
仲平
時平
宇多帝
59
褒子
醍醐帝
60
穏子
貞辰親王
定方女
師尹
師輔
村上帝
62
朱雀帝
61
安子
公任
芳子
為光
兼家
克明親王
具平親王
選子
円融帝
64
為平親王
冷泉帝
63
道長
博雅三位
道隆
（道長）
定子
※清少納言
一条帝
66
彰子
三条帝
花山帝
65
忯子
為信
宮道忠用女
女
敦良〔後朱雀帝〕
69
敦成〔後一条帝〕
68

系図4

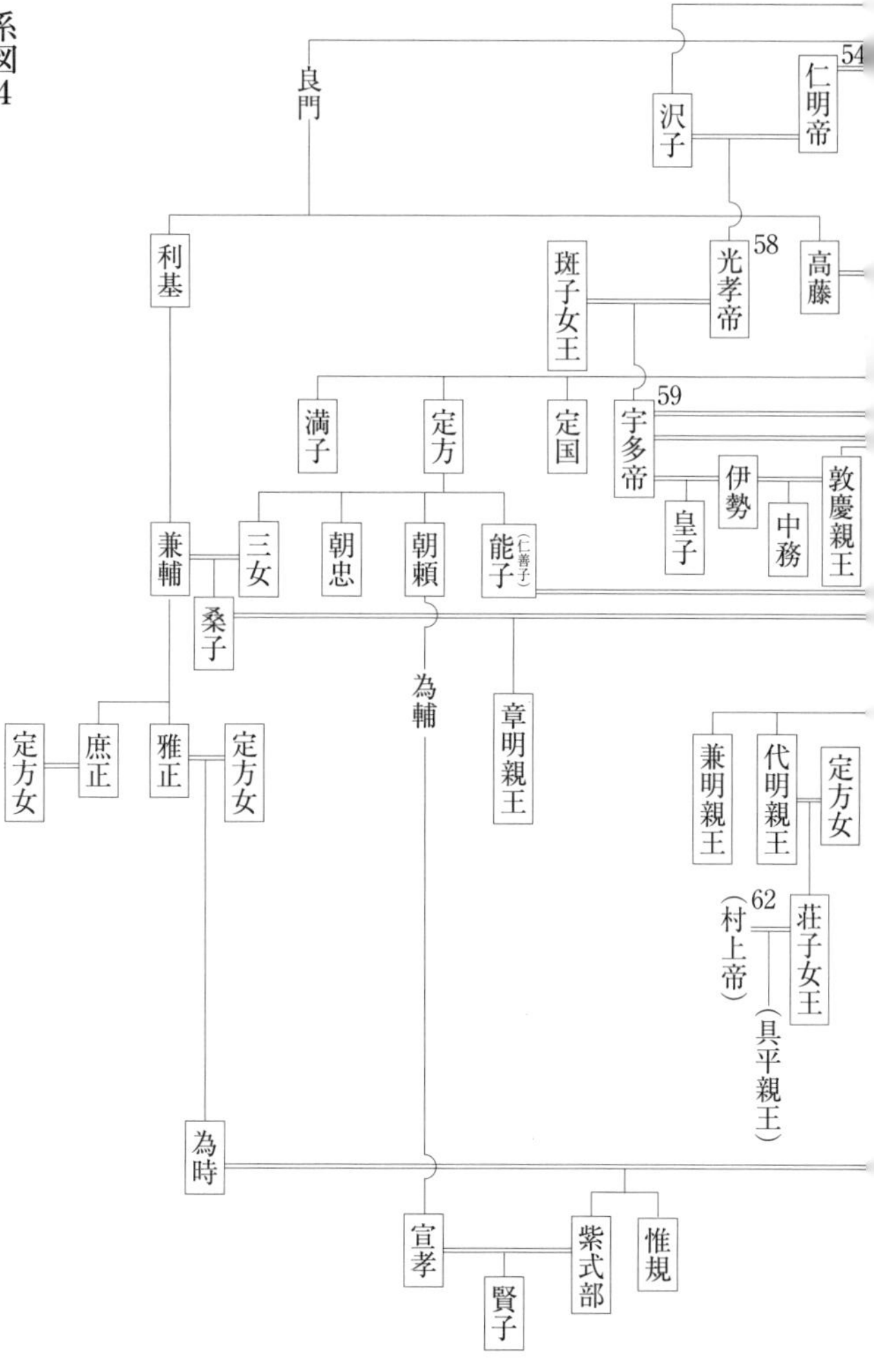
54
仁明帝
沢子
良門
58
光孝帝
高藤
利基
斑子女王
59
宇多帝
定国
定方
満子
伊勢
敦慶親王
皇子
中務
能子（仁善子）
朝頼
朝忠
三女
兼輔
桑子
為輔
章明親王
兼明親王
代明親王
定方女
62
（村上帝）
荘子女王
（具平親王）
雅正
定方女
庶正
定方女
為時
宣孝
賢子
紫式部
惟規

心くばりも忘れない。『兼輔集』や『後撰集』には、さまざまの形で、幅広い層の人々と兼輔とのかかわりの跡が残っているが、それは、人をよく容れ、人とのつながりをおろそかにしなかった兼輔の、人柄の反映にほかなるまい。

八　勧修寺流　紫式部一族

紫式部はまさに勧修寺流である。その一族である父為時、弟（兄）惟則《のぶのり》、夫宣孝、宣孝曽祖父朝頼を見てみたい。

(一)　紫式部

1　埋もれ木を折り入れたる心ばせ

弟惟規《のぶのり》の恋人大斎院《おおさいいん》の女房から来た手紙を、女房がこっそり紫式部に見せたところ、その内容について、黙っていられない紫式部が語る。その中に、自身について「埋もれ木を折り入れたる心ばせ」と書いている。「埋もれ木」は、土や水に埋まって石のようになった木のことで、そのように世間から忘れられ顧みられない引っ込んだ存在で、それをまた折り入れたような私の気性と書いていて、それが紫式部自身の自己分析なのだということがわかる。

その文《ふみ》の内容に「文書き（手紙の書きぶり）にもあれ、歌などの優れているのは、わが院以外に誰がお見分けになるか。歌の優れたのが出ると、わが院だけが御鑑別になれるでしょう」などとあったので、紫式部が大いに反駁している。なるほどそれも一理あるが、では、斎院方から出た歌が優れていい、というのも格別ない。また、仕える女房をこちらと比較して優劣を比べてみても、必ずしもそちらが勝ってはいないでしょう。ただ斎院はまことに風情があり風流な生活をなさってる所のようで、斎院様は実にお心が風流でいらっしゃって、場所柄も俗界から離れて神々しい。こちらのように中宮が参上なさったり、などの雑用もなく、ただただ風情を好む場所となっていれば、気の利いた歌を詠みだすなかでは、なんの軽薄な言いそこないをしましょうか、などと「埋もれ木を折り入れたような」私（紫式部）が語る。そうした心ばせで、斎院にお仕えしたら、そこで見知らぬ男の応対に出て、歌を詠み交わしたとしても、周囲の人が軽薄だという評判を私に負わすはずがない、などと元気を奮い立たせて、自然と色めいた交際にきっと馴れるでしょうよ。まして若い女房で、容貌につけても年齢においても引け目を持たない者が、おのおの思う存分色めかしくして、歌を詠み交わそうと本気になったら、そんなにひどく斎院の女房に劣る者もいないでしょう。

かういと埋もれ木を折り入れたる心ばせにて、かの院にまじらひはべらば、そこにて知らぬ男に出《い》であひ、ものいふとも、人の、奥なき名をいひおほすべきならず、など、心ゆるがして、おのづからなまめきならひはべりなむをや（自然に色めいた交際にきっと馴れるでしょうよ）。まして、若き人の、かたちにつけて、としよはひにつつましきことなきがおのおの心に入りてけさうだち、ものをもいはむとこのみだちたらむは、こよなう人に劣るものはべるまじ。（『紫式部日記』）

紫式部は、自身を「埋もれ木を折り入れたる心ばせ」などと言いながら、なかなか自信があったらしい。この、進んで表に出たがらないところは、勧修寺流の人に共通する。しかし、うちには高い誇りを隠し持っているところが、『源氏物語』の明石君などに投影されている。後に扱う。

2　思ふことの少しもなのめなる身ならましかば

彰子中宮出産に伴う行幸が近づき、美しい菊の根を探し求めて移し植えた花が庭一面にさまざま見えわたされ、老いも退散しそうなのに若やげないのはなぜか。物思いが少しでも並一通りの身であったなら、今よりもっと色めかしくも振舞い若やいで、無常な人生をも過ごすだろうに。めでたいもの面白いものを見ても、もの憂く嘆かしいことばかりが増えて苦しい。

あの水鳥もうわべは気楽そうに見えても、実は苦しそうだと、わが身に思いなぞらえられる。

同じように、低い身分の駕輿丁《かよちやう》（み輿《こし》かき）が苦しそうにしているのを見ても、高貴なところでの奉公も身分に限度があるから、私の身の上とあの駕輿丁となんの違いがあろう、と考える。（『紫式部日記』）

思ふことの少しもなのめなる身ならましかば、すきずきしくももてなし、若やぎて、つねなき世をもすぐしてまし。

水鳥どもの思ふことなげに遊びあへるを見ても、

水鳥を水の上とやよそに見む　われも浮きたる世を過ぐしつつ

かれも、さこそ心をやりて遊ぶと見ゆれど身はいと苦しかんなりと思ひよそへらる。

駕輿丁の、さる身のほどながら、階《はし》よりのぼりて、いと苦しげにうつぶしふせる、なにのことごとなる（なんの違いがあろう）、高きまじらひも、身のほどかぎりあるに、いとやすげなしかしと見る。

3　露のわきける身

『紫式部日記』冒頭に、道長との歌のやり取りがある。道長が、折から花盛りの女郎花《をみなへし》を一枝折らせなさって几帳《きちやう》の上からのぞかれて、「これおそくてはわろからむ（この花の歌が暇どっては興がなかろう）」とおっしゃるその姿が御立派で、私は寝起きの顔が恥ずかしいので、とにかくすぐに歌を詠む。花盛りの色を見るにつけても、分け隔てをして露の置いてくれない私の醜さが身に沁みます。道長は、速いこと「あな、と（速い）」、とほほ笑んで返歌する。当時、歌を速く詠むことがよしとされていた。道長の返歌の意味は、白露は分け隔てをしているわけではない、美しくなろうとする自らの心で美しく染まっているのだろう、と。ここで自らを「露のわきける身」と道長に遜《へりくだ》って詠んでいる。

紫式部　女郎花盛りの色をみるからに　露のわきける身こそ知らるれ
道長　白露はわきてもおかじ女郎花　心からにや色の染むらむ

4　このわたりに、わかむらさきやさぶらふ

一条天皇の第二皇子敦成《あつひら》親王の五十日《いか》の祝いの日、藤原公任《ふじわらのきんとう》に、いや失礼、この辺りに若紫はおいでかな、と、様子さぐりに訪ねられた時の逸話（『紫式部日記』）は有名である。公任といえば、時の最高の有職《ゆうそく》である（系図4）。有職というのは、知識、才芸に優れ、朝廷の儀式・先例に精通、才智・容貌に優れた文化人の意。その公任に歌を詠みかけられた清少納言は、上の句をつけるのに、いい加減には返せないと随分思い悩んでいる（『枕草子』）。公任に認められたら、清少納言も多分有頂天になるほどの人物。それが紫式部は、源氏の君に関わりのありそうなお方もおいでにならないのに、紫上《むらさきのうえ》

はなおさら、どうしておいでになりましょう、と座ったまま出ていかなかった。公任は『源氏物語』を評価している。それを、当然だとでもいうかのように応対しない。紫式部らしい。

ちなみに公任は道長と同い年で、公任が何事にも優れていたのを道長父の兼家が「羨ましくもあるかな。我が子どもの、影だに踏むべくもあらぬこそ口惜《くちお》しけれ」と言ったのに対して、道長の兄たち、道隆や道兼は、その通りだと恥ずかし気にしていたところ、道長は「影をば踏まで、面《つら》をやは踏まぬ」と言ったというが、その通りになった、という話がある（『大鏡』）。また、「三船の才」の逸話でも有名。舟遊びの時、道長に「漢詩の船」、「和歌の船」、「管弦の船」のどれに乗るか、と問われ「和歌の船」を選んで歌を詠み称賛された。後に「漢詩の船」を選べば、もっと名声が上がったはずだ、と悔やんだという。また、道長に船を選べと言われた時、すべての分野で認められていると自惚れてしまった、とも述懐している。このように、当時は格段に認められていた公任なのである。その公任に紫式部の『源氏物語』は認められたと考えていい。

左衛門《さえもん》の督《かみ》（公任）「あなかしこ。このわたりにわかむらさきやさぶらふ」という

かがひたまふ。源氏にかかるべき人も見えたまはぬに、かの上はまいていかでもの
したまはむと、聞きゐたり。

5　上下臈のけじめ、いたうは分くものか

皇子誕生で格別の祝い気分の土御門邸に一条天皇の行幸もあり、中宮職の者などが加階された。正二位に昇進した大夫藤原斉信と、従三位《じゆさんみ》になった宮の亮《すけ》藤原実成とが、中宮に、昇進のお礼言上をするためか、上臈《じやうらふ》女房を訪ねてくる。ここにおいでか、と声をかけられたが紫式部は返事もしないでいた。今度は大夫が、ここにおいでか、と声をかける。それも聞き捨てにしては勿体《もったい》ぶっているようなので、ちょっとした答えをしたら、宮の亮から「わが御いらへはせず、大夫を心ことにもてなしきこゆ。……上下臈《げらふ》のけじめ、いたうは分くものか（ひどくはっきりさせるじゃないか）」と、非難される。

紫式部の身の程意識は、わが身を「数ならぬ身」と遜《へりくだ》っているようだけれども、道長邸でのその応じ方が誤解を受けるほどに、しっかりしたものがあったようである。

皇子誕生で身分の上下を問わず喜んでいるが、そこにこんな言葉がある。「まして、殿の内の人は、何ばかりの数にしもあらぬ五位どもなども、……時にあひ顔（よい時勢

に遭遇したという表情）なり」。ここで、五位などは「何ばかりの人数にしもあらぬ（何ほどの人数でもない）」という見方である。

紫式部の身分意識は、自らを「数ならぬ身」と言うのと同様、五位などは何ほどの身分ではない、とかなり高い位置からの意識だったことが分かる。

6　いと人に見せまほしければ

五夜の産養《うぶやしない》の日「その夜の御前のありさまの、いと人に見せまほしければ」と夜居の僧の居る「御屏風をおしあけて『この世には、かうめでたきことえまた見えたまはじ（こんなすばらしいことは、またと御覧になれないでしょう）』と、夜居の僧に見せたら、『あなかしこあなかしこ』と、本尊をばおきて、手をおしすりてよろこびはべりし」、と、こういうこともする。

7　御帳のうしろに居かくれたるを

五十日《いか》の祝いの日、道長がひどく酔っているのを「おそろしかるべき夜の御酔ひなめり」と見て、宰相の君としめし合わせて、御帳の後ろに隠れていると、道長が几帳をとりはらわせて「二人ながらとらへすゑさせたまへり。『和歌ひとつづつつかうまつれ。さらば許さむ』とのたまはす。いとはしく恐ろしければ、聞こゆ（歌を詠む）」。

こうして、隠れているということは、紫式部にはよくあることである。公任が訪ねて来た時も、聞き流して出ていかなかった。

また、五節も終わって、中宮も一条院に還御なさると、その辺を若公達が歩いて以前よりきまり悪い気がするので「さだすぎぬるを高家《かうけ》にてぞかくろふる（年をとっているこことをいいことにして、隠れている）」と、ここでも隠れている。

8　隠す

① ふるさとの女の前にてだにつつみはべる

「源氏の物語」のところで書いたので重複するけれど、左衛門の内侍という女房が、妙に紫式部を快よからず思って、一条天皇が「源氏の物語」を女房に読ませてお聞きになっている時「この人（紫式部）は日本紀をこそよみたるべけれ。まことに才《ざえ》あるべし」と褒められた。そのことで左衛門の内侍が紫式部の事を才がってると殿上人に言いふらしたので、日本紀《にほんぎ》の御局《みつぼね》とあだ名された。「ふるさとの女の前にてだに（実家の召使いの女の前でさえ）慎んでいるのに、なんであのような所で才がったりしますか、というところ。

また、思い通りにできることでさえ、実家の使用人にはばかって言動に出さない。さらに、我こそはと得意になっている人の前では、面倒なのでものを言うのも気が進まない。

心にまかせつべきこと（自分の思うままにしてよいこと）をさへ、ただわが使ふ人の目にはばかり、心につつむ。まして、人のなかにまじりては、いはまほしき（言いたい）こともはべれど、……心得まじき人（分かってくれそうにない人）には、いひてやくなかるべし（言っても無駄だろう）。われはと思へる人の前にては、うるさければ、ものいふことももののうくはべり。

② 一といふ文字をだに

弟（兄）惟規《のぶのり》よりも漢籍の覚えが早かったが、「男だに才がりぬる人は」きまって栄達しない、などということを耳にしてからは「一といふ文字をだに書きわたしはべらず」

また、才がってるという噂を聞いて憎む人もあろうと恥ずかしいので、「御屏風《みびやうぶ》の上《かみ》に書きたることをだに読まぬ（読めない）顔を」している。

③『白氏文集』を教えていることを、隠す

彰子中宮が、紫式部に『白氏文集《はくしぶんしゅう》』のところどころを読ませなさって、知りたそうになさっているので、人の居ない合間にこっそり隠れて教える。

宮（中宮彰子）の、御前にて文集《もんじふ》（白氏文集）のところどころ（私に）読ませたまひなどして、知ろしめさまほしげにおぼいたりしかば、いとしのびて、人のさぶらはぬもののひまひまに、をとどしの夏ごろより、楽府《がふ》といふ書二巻をぞ、しどけなながら、教へたてきこえさせてはべる。隠しはべり。

「隠しはべり」と隠していたのに、一条天皇も、道長も知る所となって道長が「御書《ふみ》どもめでたう」書かせて差し上げなさった。あの左衛門の内侍が聞いたら、どんなに悪口を言うかしら、などと書いている。「楽府」は、元は民謡を集めたもので、特に白居易の新楽府は、政治や帝に窮状を訴え、誡める意味を持ったものであると白居易は書いている。紫式部は、そうしたものを進講したのである。

④　物語の本ども

『源氏物語』の稿を里に取りにやって、局《つぼね》に隠していたのを、紫式部が御前に仕えている間に、道長があさらせなさって、内侍《ないし》の督《かん》の殿（道長次女妍子・三条天皇中宮）に献上なさってしまった。見られる程度に清書したのは、みな持っていかれて、芳しくない評判を得たことだろう。

局に、物語の本どもとりにやりて隠しおきたるを御前にあるほどに、やをらおはしまいて、あさらせたまひて、みな内侍の督《かん》の殿に、たてまつりたまひてけり。よろしう書きかへたりしはみなひき失ひて、心もとなき名をぞとりはべりけむかし。

⑤　なでふ女か真名書は読む

所在なさがあまりにひどい時、厨子《ずし》の本を一つ二つ引き出して見ていたりすると、女房達が集まって、こうだから奥様は幸いが薄い。「なでふ女か真名書《まんなぶみ》は読む（いったいどんな女の人が漢籍を読んだりしますか）。昔は経読むをだに制しき」と陰口を言うのを聞くにつけても、縁起を担いだ人が将来寿命が長いという例は聞いたことがない、と言いたいけれど、それを言うのは思いやりがないようだし、実際はまたその通りでもある。

紫式部が漢籍を読んでいたこと、また、実際は、その通りでもある、と、両面的にものを見る姿勢が見える。

9　かうは推しはからざりき

心よりほかのわが面影（本心を隠したわたしの顔）で宮仕えをして、これこれ非難されたと言い訳するのも面倒なので、「ほけ痴れたる人にいとど成り果てて」いると、こういう人だとは思っていなかった、と同僚女房に言われる。とても気取って、近づきにくいようによそよそしい様子をして、物語好きで風流ぶって、何かといえば歌を詠み、人を人とも思わず、にくらしいほど人を軽蔑するような人だと、みんな言いもし思いもして憎んでいたけれど、会ってみると不思議なほどおっとりしていて別人かと思われる。

かうは推しはからざりき。いと艶《えん》に、はづかしく(気がおけて)、人見えにくげに、そばそばしきさまして、物語このみ、よしめき、歌がちに、人を人とも思はず、ねたげに見おとさむものとなむ、みな人々いひ思ひつつにくみしを、見るには、あやしきまでおいらかに、こと人かとなむおぼゆる。

10 人よりけにむつましゅうなりたる

人にこんな風におっとりした人だと見下されているとは思うけれど、これが私の本性なのだと振舞い馴れていると、彰子中宮も、打ち解けては付き合えないだろうと思っていたが、人よりずっと親しくなった、とたびたびお話しなさる。癖があり、恥ずかしそうにして、ついこちらも恥ずかしくお思い申し上げている方(大納言の君や宰相の君か)にも、疎まれずにいたいものです。

人にかうおいらけものと見おとされにけるとは思ひはべれど、ただこれぞわが心と、ならひもてなしはべるありさま、宮の御前も「いとうちとけては見えじとなむ思ひしかど、人よりけにむつましうなりにたるこそ」と、のたまはするをりをりはべり。くせぐせしくやさしだち、はぢられたてまつる人にも、そばめたてらではべらまし。

11　をりしもまかでたることをなむ、いみじくにくませたまふ

中宮が雪を御覧になって、こんな雪景色のきれいな折も折、紫式部が退出したのをたいそう遺憾にお思いです、と同僚女房から文があり、道長夫人の倫子からも、私が引きとどめた里帰りなので、「いそぎまかでてとく参らむ」と言ったのも嘘で、わざと里で長居しているのですね、と便りがあり、それが冗談にしても、そう申し上げてお暇をいただいたものなので、かたじけなくて参上した、ということがある。紫式部が、中宮にも倫子からも、いないと寂しく思われるような人物であったことがうかがえる。

「雪を御覧じて、をりしもまかでたることをなむ、いみじくにくませたまふ」と、人々も（他の方々も手紙で）のたまへり。殿の上（倫子）の御せうそこ（手紙）には、「まろがとどめし旅なれば、ことさらに、いそぎまかでてとく参らむとありし

もそらごとにて、ほどふるなめり」と、のたまはせたれば、たはぶれにても、さ聞こえさせ、賜はせしことなれば、かたじけなくて参りぬ。

12　すきものと　ただならじと

『尊卑文脈』によると、紫式部は「道長の妾」とあり、寂聴さんによると、道長と寝物語りで道長にいろいろ教わって『源氏物語』を書いた、というようなことがどこかにあったけれども、私にはどうもそうは思えない。道長に、好き者だという評判だから、あなたを見た人で口説かない人はいないだろう、と言われて、まだ人に折られたこともないのに、誰が好き者などという評判を立てているのでしょう、と返す。「すきもの」は、「酸きもの・梅」と「好き者」の掛詞。

源氏の物語、御前にあるを、……例のすずろ言ども出できたるついでに、梅の下に敷かれたる紙に書せたまへる

道長　すきものと名にし立てれば見る人の　をらで過ぐるはあらじとぞ思ふ

紫式部　人にまだをられぬものを誰かこの　すきものぞとは口ならしけむ

もう一つは、夜、戸を叩く人がいたが、怖くて返事もせずに夜を明かした翌朝

道長　夜もすがら水鶏《くひな》よりけになくなくぞ　まきの戸口にたたきわびつる

紫式部　ただならじとばかりたたく水鶏ゆえ　あけてはいかにくやしからまし

一晩中、水鶏にもまして泣く泣く真木の戸口で叩きあぐねたことだ。返歌、ただ事ではないとばかりに、戸ばかり叩く水鶏だから、開けたらどんなに悔しい思いをしたでしょう。

㈡　**為時**

1　ひがみたり

『紫式部日記』に、管弦の御遊《ぎゅゆう》があったときのことがある。道長が、なんでお前の御父は、召したのにお仕えしないで早々に退出してしまったのか、ひがんでいる、初子《はつね》の日だ、親の罪滅ぼしに親の代わりに歌を詠め詠め、というところがある。

殿（道長）、例の酔《ゑ》はせたまへり。わづらはしと思ひて、かくろへゐたるに「など、御ての、御前の御あそびに召しつるに、さぶらはで、いそぎまかでにける。ひがみたり」などむつがらせたまふ。「ゆるさるばかり、歌ひとつつかうまつれ。親のかはりに、初子の日なり、よめよめ」とせめさせたまふ。

為時がなぜ早々に退出したのか。管弦の御遊に居る意味があまりなかったからなのだろうか、道長に「ひがみたり」と言われている。この時、紫式部は言われるままに歌を詠んだらみっともないだろうと歌は詠んでいない。初子の日というのは、正月最初の子《ね》の日で、この日に野に出て小松を根引きし、若菜を摘み、長寿を祝った。

2　申文（請願書）

為時が有名なのは、淡路守《あはぢのかみ》に任ぜられたのに、淡路は下国なのでそれが不満で、得意の漢詩で一条天皇に申文《まうしぶみ》を奏上したところ、その詩を愛でた一条天皇が、大国越前守に変更した話（『今昔物語』）である。その時の詩

苦《く》学《がくの》寒《かん》夜《や》紅《こう》涙《るい》霑《えりを》襟《うるほし》除《じ》目《もくの》後《こう》朝《ちょう》蒼《そう》天《てん》在《まなこ》眼《にあり》

この話は当時有名だったらしく、『今昔物語集』だけでなく『十訓抄』など多数の説話集に似た話があるらしい。しかし、藤原行成の『権記《ごんき》』や、藤原実資の『小右記《しょうゆうき》』によると、この変更の理由は、前年九九五年、若狭の国に朱仁聡などを代表とする宋の商人七十余人が漂着することがあって、越前に移送され逗留したことがあった。その交渉相手として漢文の才を持つ為時が選ばれた、ということらしい。ただ、この時姜世昌に与えた為時の詩は、宋史では言葉が膚浅《ふせん》（思慮が浅い、あさはか）と評されている。紫式部が越前について行ったのは、宋の人に興味があって、父為時はそれを知っていて連

れて行った、というのが理解しやすいが、あるいは、漢学の才がある紫式部に何らかの助力を頼んで連れて行った、とも考えられる。父を置いて先に越前を引き上げたのは、宣孝との結婚のことがあったと考えられている。

為時の漢文の詩才は宋史では認められていないようだけれども、宋史の側はたやすく誉めたりしなかったからかもしれない。一方で、学者で文人かつ赤染衛門の夫である大江匡衡は「凡位を越える者（詩人）」と称えたという。

3　童殿上　天徳内裏歌合

為時は少年の頃、あの天徳内裏歌合《てんとくだいりうたあはせ》に童殿上《わらはてんじやう》として仕えたらしい。紫式部が『源氏物語』絵合巻《えあはせのまき》に、その意匠を取り入れた天徳四年（九六〇）内裏《だいり》歌合せである。村上天皇主催で、後の時代に規範とされた歌合である。

この歌合では有名な逸話がある。恋の部で、左方右方の優劣を（審判）がつけかねたことがあった。その時、御簾の内から村上天皇が「しのぶれど」とつぶやれたので、右方平兼盛《もり》が勝ったという話である。

左　壬生忠岑《みぶのただみね》　恋すてふわが名はまだき立ちにけり　人知れずこそ思ひそめしか

右　平兼盛《たいらのかねもり》　しのぶれど色に出でにけりわが恋は　物や思ふと人のとふまで

平兼盛は、彰子中宮の女房として紫式部と同僚であった赤染衛門の実父であるという。また、母が宮道氏であるらしい（系図5）（「三十六人歌仙伝」）。宇多院が褒子を寵愛し六条院に移った後、住まなくなった亭子院に、醍醐天皇同母弟、美形の敦慶親王が晩年住んでいたところに兼盛が参上し、親王は兼盛を近く召し寄せ様々な話をなさったという（山下道代『歌語りの時代』）。同じ宮道氏につながる親しみのある関係でもあったのだろう。またこの歌合の逸話に、醍醐天皇の孫博雅三位《はくがのさんみ》が講師（歌を読み上げる役）を務めたが、誤って読むという失敗をした、という話もある。博雅三位四十二歳ごろ、為時十三歳ごろ。村上天皇三十三歳。

それにしても天徳四年内裏歌合の歌は、左二十首、右二十首、計四十首であるが、実際に歌を詠んだ方人《かたひと》（歌を提出した者）の数は十二名である。中でも恋の歌で勝者となった平兼盛が最も多く十四首、続いて朝忠が六首、負けた忠見が五首である。当時、歌の出来不出来が名誉だけでなく昇進などにも影響を持っていたらしい当時、この偏りは何を意味しているのだろうか。誰が選定したのだろうか、村上天皇が選定したのだろうか。この辺の事情は解らない。ちなみに朝忠は、紫式部の夫宣孝の祖父朝頼の弟で、二人とも定方の息男である（系図４）。百人一首にも「あふことのたえてしなくはなかなかに人をも身も恨みざらまし」の歌がある。

また、あの歌人伊勢と敦慶親王との娘中務が四十八歳で参加している。敦慶親王は醍醐天皇の同母弟で玉光君《たまひかるのきみ》と称された美形の親王である。敦慶親王が中務卿だったので中務《なかつかさ》と呼ばれた。村上朝の有名な歌人で『中務集』という歌集もある（系図４、５）。

４　為時と花山天皇　具平親王　宣孝

為時《ためとき》はまた、花山天皇が東宮の時、その読書始の副侍読を務めた。また花山天皇に仕え、紫式部の夫宣孝《のぶたか》と共に賭弓《のりゆみ》に奉仕したり、大嘗会《だいじやうゑ》にやはり宣孝とその父為輔とともに奉仕したりしている。折に触れ作詩したり詩を詠進したり、その詩作が認められている。

花山天皇が、寵愛の忯子が身ごもったまま亡くなったのを嘆き出家を考えたりしているのに乗じて、兼家一統に謀《はか》られて出家し退位したのに伴って、為時も十年間散位であっ

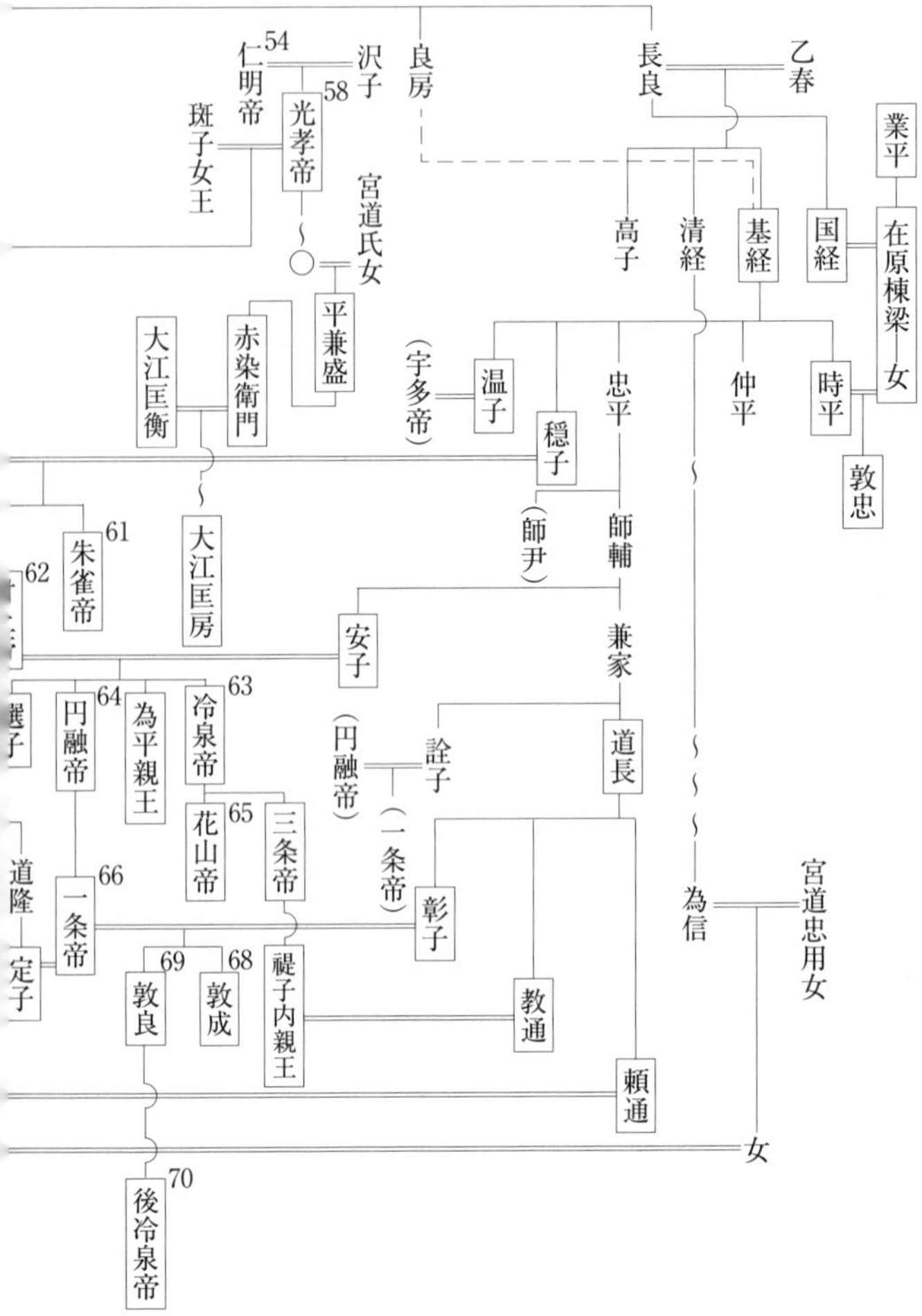
54
仁明帝
沢子
58
光孝帝
斑子女王
宮道氏女
平兼盛
赤染衛門
大江匡衡
大江匡房
良房
長良
乙春
業平
在原棟梁女
国経
基経
清経
高子
温子
(宇多帝)
穏子
忠平
仲平
時平
敦忠
(師尹)
師輔
61
朱雀帝
62
安子
兼家
63
冷泉帝
64
円融帝
為平親王
媞子
道長
詮子
(円融帝)
(一条帝)
65
花山帝
三条帝
彰子
道隆
66
一条帝
定子
69
敦良
68
敦成
禔子内親王
教通
頼通
為信
宮道忠用女
女
70
後冷泉帝

系図5

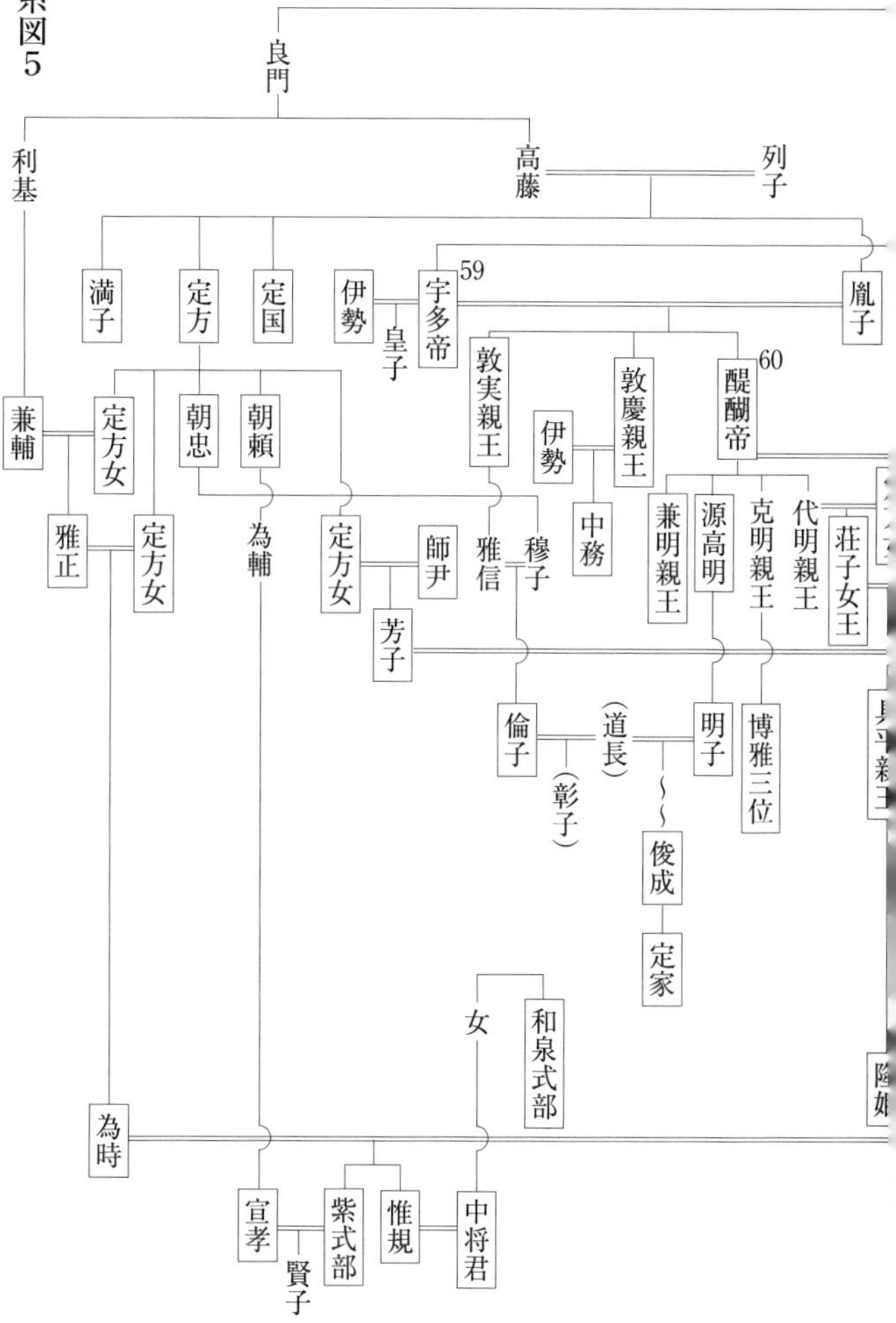

良門
利基
高藤
列子
満子
定方
定国
伊勢
宇多帝
59
胤子
皇子
敦実親王
敦慶親王
醍醐帝
60
兼輔
定方女
朝忠
朝頼
伊勢
中務
雅正
定方女
為輔
定方女
師尹
芳子
雅信
穆子
兼明親王
源高明
克明親王
代明親王
荘子女王
倫子
(道長)
明子
博雅三位
(彰子)
俊成
定家
女
和泉式部
為時
宣孝
賢子
紫式部
惟規
中将君

た（系図5）。ただし、花山天皇の出家は忯子の死とは直接には関係ない（倉本一宏）らしい。散位というのは、官職はないが給与はあったらしい。花山帝退位前、具平《ともひら》親王の桃花閣の宴に参加していたことから、具平親王からその折の詩宴について懐旧の詩を賜り作詩したり、宮中詩宴に参加したり、越前から帰京した長保三年（一〇〇一）東三条院（一条天皇の母詮子）四十賀に屏風歌を詠進したり、その道で重用されている。管弦の御遊を抜け出したりして、為時には、勧修寺流の流れらしく政治的な野心がない感じがあるが、政治的というより、具平親王との交流も含めて、当時の文人学者・詩人として認められていたことがうかがえる。

5　具平親王　中務卿

①　後の中書王・具平親王

為時は紫式部の夫となった宣孝と共に、具平親王の家人だった。具平親王といえば村上帝第七皇子。母は醍醐帝第三皇子代明親王と定方女《むすめ》と間の荘子女王。卓越した文人で、当時の文化的な集まりの中心的な人物だった。詩歌管弦、書や医術にも通じていた。醍醐天皇皇子の兼明《かねあきら》親王が前中書王《さきのちゅうしょわう》と呼ばれ、具平親王は後中書王《のちのちゅうしょわう》と呼ばれる。中書王の中書というのは中務卿の唐名で中務卿になった親王の意味で、中は禁中の意。兼明親王と具平親王は叔父甥の関係である、当然、為時は文人としても具平親王の周辺に居て、通じ合うものがあったに違いない。『源氏物語』は、具平親王の文化人の集まり辺りから広がった、という説もあるのである。具平親王が生まれたのが九六四年で、亡くなったのが一〇〇九年だと、九七〇年代に生まれたとされる紫式部と同時代を生きているることになる。『源氏物語』が宮廷貴族の間に広がったのにも、やはりこの具平親王や、親王の家人であって文人としての交流もあった為時たちと関係がありそうである（系図4、5）。

② 道長長男・頼道の縁談

『紫式部日記』には、道長から道長の長男頼道と具平親王の娘・隆姫との縁談があって、道長は乗り気だったらしく、紫式部に相談があった、というようなことが書かれている。

中務の宮わたりの御こと（中務の宮家とのご縁談）を、（道長が）御心に入れて、（私・

紫式部を）そなたの心よせある人（そちらへ親しい関係のある者）とおぼして、かたらはせたまふも（ご相談下さるにつけても）、まことに心のうちは、思ひゐたることおほかり。

この具平親王の娘隆姫と道長の長男頼通《よりみち》は結婚して実に仲睦まじかった。しかし子がなく、六年後頼通に三条天皇の女《むすめ》禔子内親王の降嫁の話が来た時、父道長にその話を聞いた頼通は「ともこうも（どうでもよいようにお計らいください）」と宣ひて、ただ御目に涙ぞ浮びにたるは、上（隆姫）をいみじう思きこえ給へるに（北の方隆姫を熱愛していらっしゃるのに）、この事はた逃るべき事にもあらぬが、いみじう（たいそう悲しいことと）おぼさるるなるべし。殿（道長）御けしき御覧じて、「男《をのこ》は妻《め》は一人のみやは持たる、痴《しれ》の様や」と、叱責した。この逸話は有名で、頼通はその後病んで、具平親王の怨霊が出てきたりして、この縁談は成就せず、禔子内親王は後に頼通の弟教通《のりみち》と結婚したらしい。もともと頼通に具平親王の隆姫の縁談が来た時、道長は「いとかたじけなき事なり」と畏《かしこ》まり「男は妻がらなり（男子は妻次第で価値の定まるものだ）。いとやむごとなきあたりに参りぬべきなめり（貴い宮家に婿どられるのがよい）」と言ったらしい（『榮花物語』概略、系図5）。

道長は自身の結婚についても「男は妻がらなり」と考えていたようで、二人の妻はどちらも源氏で皇統である。一条天皇の后となり二人の男皇子を生んだ彰子の母倫子は、宇多天皇の曽孫であり、同時に定方の曽孫である。また、醍醐帝の同母弟敦実親王の孫なので、実に観修寺流なのである。つまり、紫式部と倫子は流れが同じなのである。さて、もう一方の道長の妻明子は、源高明女である。二人の妻の扱いは倫子の系統が重んじられ、明子の系統は下に置かれたらしい。しかしこの明子の系統が、和歌の御子《みこ》左家《ひだりけ》・俊成、定家に流れていく（系図5）。

㈢ 弟（兄）惟規

1 男子にてもたらぬこそ

父為時が惟規《のぶのり》に漢籍を教えていた時に、そばで聞いていた紫式部の方が覚えがよかったという話は有名である。紫式部が男子でないのが不幸だ、と為時は常々嘆いていたと

『紫式部日記』に書いている。

この式部の丞といふ人(惟規)の(が)、童にて書《ふみ》(漢籍)読みはべりしとき、聞きならひつつ、かの人(惟規)はおそう読みとり、忘るるところをも、(紫式部は)あやしきまでぞさとくはべりしかば、書に心入れたる親は、「口惜しう、男子にてもたらぬこそ、幸なかりけれ」とぞ、つねになげかれはべりし。

2　惟規の恋人・大斎院の女房

①　惟規恋人の文

惟規の恋人が、大斎院《おおさいいん》(選子)の御所に仕える女房の中将の君(母は和泉式部の姉妹)だった。大斎院というのは、村上天皇の第十皇女で、十二歳から加茂神社の斎院になり、五代の天皇・円融、花山、一条、三条、後一条の斎院を務めた。母は村上天皇中宮の安子で、安子は摂関家中枢の師輔《もろすけ》の娘で、兄弟に道長の父兼家がいる。安子と言えば、あの『古今和歌集』を全部暗唱したという芳子に嫉妬して、穴をあけ土器《かはらけ》のかけらを投げ込んだという逸話があったあの安子である。安子はこの選子を産んで間もなく亡くなった。選子の兄弟には冷泉帝、為平親王、円融帝がいる（系図5）。

『源氏物語』の注釈書『河海抄《かかいしょう》』に、『源氏物語』が書かれたいわれが紹介されているが、それによると、この選子大斎院が彰子に、おもしろい物語はないか、と言ってきたので、彰子が紫式部に命じて新しい物語を書かせた。紫式部は石山寺にこもって、折から琵琶湖に映った満月を見て、須磨、明石の構想が浮かんで書き始めた、という言い伝えである。

選子は、彰子をはじめ、清少納言も定子中宮も紫式部も一目置くような存在だったらしく、紫野にある斎院の御所は、宮中の定子の後宮や彰子の後宮と並び立つ、文化的なサロンだった。そこに仕える女房もおのずから誇りを持っていた。その斎院御所の女房である中将の君が惟規へ送った文《ふみ》を、紫式部の女房が紫式部にこっそり見せたらしい。その内容が紫式部を刺激した。中将の君が「われのみ世には物のゆゑ知り、心深き、たぐひはあらじ、世の人は心も胆《きも》もなきやうに」思っているようだと、紫式部は腹を立て、大いなる反駁をしている。この中将の君の一方的な見方に対して、紫式部は実に彰子の後宮の事実を事実として、それも一理あると認めつつ、公平な論を張っている。

この彰子中宮の後宮のことを、埋もれたり（控え目）だと言ってるらしいのも一理ある。斎宮あたりの人がこれを貶《おとし》めて思うのでしょう。だからと言って、自分の方はいいところがあり、ほかの人はもののよしあしが分からない、ものをも心をとめて聞かない、と軽蔑するのも筋が通らない。総じて人を非難するのはたやすく、自分の心をうまく働かすのは難しいはずなのに、そうは思わないで、自分が賢いという態度で人をないがしろにし、世間を非難しているうちに、当人の性根のほどだけが見えすいてくるようです、と。

この宮わたりのこと、埋もれたりなどいふべかめるも、ことわりにはべる。斎院わたりの人も、これをおとしめ思ふなるべし。さりとて、わがかたの、見どころあり、ほかの人は目も見知らじ、ものをも聞きとどめじと、思ひあなづらむぞ、またわりなき。すべて人をもどくかたはやすく、わが心を用ゐむことはかたかべいわざを、さは思はで、まづわれさかしに、人をなきになし、世をそしるほどに、心のきはのみこそ見えあらはるめれ。

② 和歌を詠みて免《ゆる》さるる語《こと》

『今昔物語』に、惟規がこの中将の君に通っていた時のことがある。夜な夜な通っていると、斎院の侍共《さぶらひども》が、局《つぼね》に入ったのを見計らって「何《いか》なる人ぞ」と尋ねるが、答えなかったところ、門を閉じられ帰れなくなる。困った中将の君が大斎院に訴え、帰ることができた。その時に歌を詠む。

かみがきはきのまろどのにあらねども　なのりをせぬは人とがめけり

この歌は「朝倉や木の丸殿《まろどの》に我がをれば名告《なの》りをしつつゆくは誰《た》が子ぞ」(『新古今和歌集』天智天皇、または『神楽歌』朝倉)による。新古今集によると、天智天皇が皇太子として斉明天皇の朝倉宮に随行した時の歌、とある。大斎院は後にこれを知って、木の丸殿の歌と故事は「我こそ聞きし事なれ(自分こそよく聞きつたえるものだ)」と言ったらしいが、惟規は、歌を詠んだ時そんな故事は知らなかった、と言ったとか。

惟規は、為時が越後守になったのに同行して越後に行くが、父より先に亡くなっている。紫式部が藤式部と言われたのは、藤原氏で父為時も惟規も式部丞だったからである。

㈣　夫宣孝

1　父為時と夫宣孝

紫式部の父為時と夫宣孝《のぶたか》は、具平親王の家人だったらしい。紫式部邸に方違えにきて、紫式部と朝顔の歌のやり取りをしたのは、後に紫式部が結婚したこの宣孝だろう、と考えられる。ともに賭弓《のりゆみ》や大嘗会《だいじょうえ》に奉仕したということがあるので、花山天皇に共に仕え、為時と宣孝はいわば同僚ともいえる関係でかなり関りがあったと思われる。宣孝は勧修寺流の定方の流れにあって定方の曽孫である。為時の母は定方女《むすめ》なので、血脈的にも為時と宣孝が近い関係だったと考えられる。

2　華美な装束

この人の逸話が『枕草子』にもあって有名である。御嶽《みたけ》詣でをするのに、質素な身なりで詣でよ、とは御岳はよもや仰せではあるまい、と息子の隆光たちと、華美な装束で参詣したが、罰どころか、まもなく筑前守《ちくぜんのかみ》に任ぜられたので、言ったとおりだったという話。

右衛門佐《うえもんのすけ》宣孝といひたる人は、「あぢきなき事なり。ただ清き衣《きぬ》を着て詣でむに、なでふ事かあらむ。かならずよも『あやしうて（質素な身なりで）詣でよ』と、御嶽さらにのたまはじ」とて、三月つごもりに、紫のいと濃き指貫《さしぬき》、白き襖《あを》、山吹《やまぶき》のいみじうおどろおどろしきなど着て、隆光が主殿亮《とのものすけ》なるには、青色の襖、紅《くれない》の衣《きぬ》、摺《す》りもどろかしたる水干といふを着せて、うちつづき詣でたりけるを、帰る人も今詣づるも、めづらしうあやしき事に「すべて昔よりこの山にかかる姿の人見えざりつ」とあさましがりしを、四月ついたちに帰りて、六月十日のほどに、筑前守の辞せしになりたりしこそ、言ひけるにたがはずも」と聞こえしか。

なかなか不羈《ふき》で魅力的な人物だったのではないだろうか。

3　朝顔の花

『紫式部集』に、方違えに来た人が真意のわかりにくい言動があったので、翌朝、紫式部の方から歌を詠みかけたことがある。方違えに来た人というのは、後に紫式部の夫になった宣孝だと考えられる。

紫式部　おぼつかなそれかあらぬかあけぐれのそらおぼれ（とぼけ）する朝顔の花
返し、手を見わかぬにやありけむ（姉なのか筆跡の見分けがつかなかったらしい）。
宣孝　いづれぞと色わくほどに　朝顔のあるかなきかに　なるぞわびしき

紫式部と宣孝の関係は、こうしたことで始まったのではないだろうか。

4　近江守女

『紫式部集』に、近江守《あふみのかみ》の娘に言い寄っているという噂がある人が「ふた心なしと」と求婚してくるので「うるさがりて」、あちこちの人に声をおかけなさるがいいわ、というような歌を詠んでいる。

近江の守の娘に懸想すと聞く人の「ふた心なし」とつねにいひわたりければ、うるさがりて

みづうみに　友よぶ千鳥　ことならば　八十の湊《みなと》に　声絶えなせそ

『源氏物語』に近江の君という女君が登場する。光源氏が玉鬘を自分の娘であるかのようにして、京《みやこ》の貴公子たちを惑わせているのに対抗して、頭中将が落胤を探し出した姫である。実にとんでもない物笑いになるような娘で、滑稽譚になっている。この娘が近江の君という名前なのが面白い。「な……そ」は禁止の助詞で、声をかけるのをお止め「なさるな」の意となる。

5　歌のやり取り

結婚前の宣孝との歌のやり取りを見ると（『紫式部集』）、宣孝もかなり遊び感覚で、紫式部もそれを軽くあしらっている感じがある。当時の普通のやり方だったかもしれな

いけれど。

まず、「唐人《からひと》見に行かむ」と紫式部を誘った人（宣孝）が「春には氷が解けるように、あなたの閉ざした心も、私に打ち解けるものだということを、是非知らせてあげたい）」と言ってきたので、解けるのはいつのことかわかりません、という意味の歌を詠んでいる。

年かへりて、「唐人見に行かむ」といひたりける人の「春は解くるものと、いかで知らせたてらむ」といひたるに、

春なれど　白嶺のみゆきいやつもり　解くべきほどのいつとなきかな

唐人を見に行こう、というのは、為時が越前守になった理由が、若狭の国に宋の商人七十余人が漂着、越前に移送され逗留したことがあって、その通訳に選ばれたのではないか、と前記した、その宋の商人と関係あると考えられる。宣孝は誘ったにもかかわらず、越前に行っていないらしい。紫式部が単身都へ帰った理由としては、この宣孝との結婚のことが大きかったかもしれない。

6　涙の色　朱

宣孝はまた、涙の色だと文に朱をぽとぽとたらしたり、紫式部の文を他の人に見せたりして、紫式部が文を返さなければ絶交だとか、そうしたいろいろがあって結婚している。「もとより人の女を得たる人なり（もともとしっかりした親の娘を妻としている人なのです）」と、宣孝をはじめからかなり冷静に客観的な見方で見ている。

「唐人見に行かむ」と誘ったのは、例の宋人が漂着した長徳元年（九九五）年以降のことで、宣孝が疫病で亡くなったのは、長保三年（一〇〇一）なので、結婚生活は長くない。二人の間の娘賢子は、後冷泉天皇の乳母となり、大弐三位と呼ばれ三位にまで昇進している（系図5）。ちなみに、百人一首に出ているこの人の歌は、大弐三位として、

ありま山　ゐなの笹原風吹けば　いでそよ人を忘れやはする

九　源氏物語の実名登場人物

宇多天皇、醍醐天皇はそのまま物語に登場する。あたかも、『源氏物語』が歴史上の事実を語る物語ででもあるかのように。そこで、物語に実在の人物そのまま登場する人物を取り上げたい。

(一)　宇多天皇（亭子院）

1　宇多の帝の御誡め

桐壺帝が高麗《こま》の相人に光源氏の観相をさせるところに、宇多の帝が登場する。

そのころ、高麗人《こまうど》の参れるなかに、かしこき相人のありけるをきこしめして、宮の内に召さむことは、宇多の帝の御誡《いまし》めあれば、いみじう忍びて、この御子《みこ》を鴻臚《こうろ》

舘《くわん》につかはしたり。(桐壺)

2　亭子院の書かせたまひて

亡き桐壺更衣の里に靫負《ゆげひ》の女房が弔問して、その様子を報告に帰参した場面に、長恨歌の歌の御絵を亭子院《ていじのゐん》(宇多院)がお書かせになって、伊勢、貫之に歌を詠ませなさった……。

御前の壺前栽《つぼせんざい》の、いとおもしろきさかりなるを、御覧ずるやうにて、忍びやかに、心にくき限りの女房四五人さぶらはせたまひて、御物語せさせたまふなりけり。このころ、明け暮れ御覧ずる長恨歌の御絵、亭子院の書かせたまひて、伊勢、貫之によませたまへる、大和言《やまとこと》の葉《は》(和歌)をも、唐土《もろこし》の詩をも、ただその筋をぞ、枕言《まくらごと》(口ぐせ)にせさせたまふ。(桐壺)

㈡　伊勢

1　伊勢、貫之によませたまへる

長恨歌の御絵、亭子院の書かせたまひて、伊勢、貫之によませたまへる（桐壺）

伊勢については、紫式部が好んで物語の中に取り込んでいる（系図2）。伊勢は宇多天皇の正妃温子の女房で、宇多天皇は伊勢を召人《めしうど》（妾）として愛し、皇子をも設けた。したがって伊勢の御息所とも呼ばれ、お忍びの御幸もあったらしい。けれど、この御子《みこ》は五歳か七歳で早逝した。

伊勢は藤原北家の流れで、その恋人たちは名前を聞くだに華やかで、まず先の時平の弟仲平、忠平兄弟、さらに当時の好き者平貞文。平貞文は時平に当代の美人は国経の北の方だと教えた、あの平貞文。また宇多亡きあと、その御子敦慶親王。この敦慶親王との間には歌人の中務《なかつかさ》を生んでいる。敦慶親王の母は胤子で、つまり醍醐天皇の同母弟にあたり、和歌・管弦に秀で、まことに容姿端麗で、世の人は「玉光宮」と呼んだらしい。敦慶親王は伊勢よりずっと年下であるが、親王の後半生、親王が亡くなるまで二人の関係は続いたらしい。二人の間の娘中務は、親王の官職名の中務卿に拠っている。中務は村上朝の有名な歌人で、先に述べた天徳内裏歌合せに四十八歳で参加している(系図4、5)。

2　明くるも知らで

『伊勢集』には、宇多天皇の命により「長恨歌」の屏風絵に詠んだ歌がある。「長恨歌の御屏風、亭子院（宇多院）に貼らせたまひて、そのところどころを詠ませたまひけり。帝の御にて」と詠んだ四首目

玉簾《たますだれ》明くるも知らで寝しものを夢にも見じと思ひかけきや

この歌の「玉簾明くるも知らで」が、物語の桐壺帝が更衣の里を思って眠れない場面

に、引き歌として引かれている。

桐壺帝は、更衣の里・浅茅生《あさぢふ》の宿を思いやりなさりつつ、燈芯を燃やし尽くしても、寝られずに起きておいでになる。宿直奏《とのゐまうし》の声（当番交替の奏上の声）が聞こえるのは、丑《うし》の刻になったのだろう。夜の御殿にお入りになってもお眠りになれず、朝目覚めても、更衣とともにいた時は、明くるも知らで寝ていたものを、と思い出されても、やはり朝《あさ》政《まつりごと》は怠りになるようだ。

（浅茅生の宿を）思し召しやりつつ、燈火《ともしび》をかかげ尽くして起きおはします。宿直奏の声の聞こゆるは、丑《うし》になりぬるなるべし。人目をおぼして、夜の御殿《おとど》に入らせたまひても、まどろませたまふことかたし。朝に起きさせたまふとても、明くるも知らで、とおぼしいづるにも、なほ、朝政はおこたらせたまひぬべかめり。（桐壺）

ちなみに「燈火をかかげつくして起きおはします」は長恨歌「秋燈挑尽未能眠（秋の燈《ともしび》挑《かか》げ尽くして未だ眠ること能《あた》はず）」からである。

3　いづれの御時にか

『源氏物語』の有名な冒頭は『伊勢集』の冒頭に似ている。

『源氏物語』いづれの御時にか、女御、更衣あまたさぶらひたまひけるなかに、いとやむごとなき際《きは》にはあらぬが、すぐれて時めきたまふありけり。

『伊勢集』いづれの御時にかありけむ。大御息所ときこゆる御局に、大和に親ありける人さぶらひけり。

4　うつせみの羽に置く露の

空蟬巻の最後の歌は、そのまま『伊勢集』にある伊勢の歌である。

空蟬が光源氏を拒み、さこそ冷静に構えてはいるが、いかにも通り一遍のお気持ちだとも思われぬ光源氏の御様子に、結婚前のわが身だったらと、取り返す由もないが忍び難くて、この伊勢の歌に自分の心を託して、手習いのように書きつけたのである。この歌で空蟬巻は閉じられる。

つれなき人（空蝉）も、さこそしづむれ、いとあさはかにもあらぬ御けしきを、ありしながらのわが身ならばと、取りかへすものならねど、忍びがたければ、この御畳紙《たたうがみ》の片つ方に、

うつせみの羽に置く露の木隠《こかく》れて忍び忍びに濡《ぬ》るる袖《そで》かな

このように伊勢が『源氏物語』で大切に扱われていることについては、桐壺帝を醍醐・宇多帝に比定し、伊勢がその宇多帝に重用され、優れた朝廷歌人であったことによると考えることができることと、さらにまた、宇多帝をはじめ当時の貴顕たちに愛されたこと、宇多帝の正妃温子に女房として仕えたこと、そこには身分をわきまえて悶着を起こさず誠実に穏やかに仕えたであろう伊勢の人柄を、紫式部が良しとしたのであろうと想像できる。

㈢　紀貫之

1　伊勢、貫之によませたまへる

先に挙げた桐壺巻の「明け暮れ御覧ずる長恨歌の御絵、亭子院の書かせたまひて、伊勢、貫之によませたまへる……」の貫之は、紫式部の曽祖父兼輔の家人であった。貫之を頼ってきた凡河内躬恒《おほしかわちのみつね》も、多くの歌が『源氏物語』に取り込まれている。兼輔とその従兄の定方は、こうした歌人たちの庇護者であったらしい。定方は醍醐天皇の母胤子の同母弟である（系図5）。兼輔は従兄定方を慕っていたらしい。百人一首には、兼輔の歌も定方の歌も出ている。

兼輔　みかの原わきて流るるいづみ川いつみきとてか恋しかるらむ

定方　名にしおはば逢坂山のさねかづら人にしられで来るよしもがな

定方は、三条右大臣として出ている。定方が右大臣になったのは、あくまでも醍醐天皇の外戚だったからに他ならない。外戚というのは天皇の母の実家で、天皇のミウチ的関係だということである。

内裏に雷が落ちて貴族が亡くなったとき、亡くなったのは、風雨はげしい荒天の日に定方と鴨川堤を巡回したあの清貫（系図2）であるが、菅原道真の怨霊におびえていた醍醐天皇は、その日以来不豫《ふよ》（天子等の病）となり定方の邸で亡くなった。これも定方が醍醐天皇と母胤子をミウチとして後見した外戚家であって、やはり支えとなる場所だったからであると考えられる。

2 『古今和歌集』仮名序

醍醐天皇が『古今和歌集』を勅撰した時の選者が、貫之の従兄《いとこ》で大内記《だいないき》の紀友則《きのとものり》、御書所預《あずかり》の紀貫之《きのつらゆき》、前甲斐少目《さきのかひのしょうさかん》の凡河内躬恒、右衛門府生《うえもんふ》の壬生忠岑《みぶのただみね》であるが、その中で筆頭の歌人は貫之で、貫之による古今集仮名序の冒頭は、実に素晴らしい。『古今和歌集』の成立は九〇五年。

古今倭歌集序

やまとうたは、ひとのこころをたねとして、よろづのことのはとぞなれりける。

よのなかにあるひと、ことわざしげきものなれば、こころにおもふことを、みるものきくものにつけて、いひいだせるなり。はなになくうぐいす、みづにすむかはづのこゑをきけば、いきとしいけるもの、いづれかはうたをよまざりける。ちからをもいれずして、あめつちをうごかし、めにみえぬおにかみをも、あはれとおもはせしめ、をとこをんなのなかをもやはらぐるは、うたなり。

㈣　嵯峨天皇　第五皇女　醍醐天皇

1　延喜（醍醐天皇）の御手より

醍醐天皇や嵯峨天皇の名前がそのまま物語の中に組み込まれている場面がある。明石《あかし》の君が醍醐天皇の音楽の奏法をいつの間にか身につけていることが、明石巻で明石入道の口から語られる。物語上の明石入道と歴史上の醍醐天皇が繋がって描かれているのである。

光源氏が須磨に退去して一年余の四月、明石入道に迎えられて、入道の邸でしみじみと京を思いやって琴《きん》を奏していると、入道が感に耐えずに参上して、琵琶や箏の琴を取り寄せて音楽談議が始まる。そこで入道は、醍醐天皇の奏法を弾き伝えて三代になる、と語りだすのである。物語の中に醍醐天皇が登場し名手であるという表現である。入道が、ものの切にいぶせきおりおり（ひどく気が滅入る折々）、掻き鳴らしていると、それを見よう見真似で弾く者（明石君）がいて、その奏法が自然醍醐天皇から伝わった奏法に似通っている、というのである。

「なにがし（わたくし・明石入道）は、延喜（醍醐天皇）の御手（御奏法）より弾き伝へたること、三代になむはべりぬるを、かうつたなき身にて（ふがいない出家の身の上で）、この世のことは捨て忘れはべりぬるを、ものの切《せち》にいぶせきをりをりは、（箏の琴を）かき鳴らしはべりしを、あやしうまねぶもののはべるこそ、自《じ》然《ねん》にかの先代王の御手（奏法）に通ひてはべれ。山伏のひが耳に、松風を聞きわたしはべるにやあらむ。いかで、これ忍びて聞こしめさせてしがな」と聞こゆるままに、うちわななきて涙おとすべかめり。（明石）

2　嵯峨の御伝へにて女五の宮さる世の中の上手に

光源氏は語る。箏の琴は嵯峨天皇のご伝授で、女五の宮が当時の名高い上手でいらっしゃったが、今では、それを弾き伝える人はいない。現在、名人として有名な人は、とおりいっぺんの自己満足程度にすぎませんが、それが、こちらでこうして由緒ある奏法をお伝えになっている、まことに興味深いことである、ぜひ聞きたいものです、と。

「あやしう、昔より箏は、女なむ弾き取るものなりける。嵯峨の御伝へにて、女五の宮、さる世の中の上手にものしたまひけるを、その御筋にて（その流儀で）、取り立てて伝ふる人なし。すべて、ただ今世に名を取れる人々、かきなでの心やりばかりにのみあるを、ここにかう弾きこめたまへりける、いと興ありけることかな。いかでかは聞くべき」とのたまふ。（明石）

ここでの女五宮は実在の人物で、嵯峨天皇の第五皇女繁子である。嵯峨天皇も繁子も記録にはないが、このように物語に嵯峨天皇と皇女五宮が組み込まれている。実際の『秦箏相承血脈』には、嵯峨天皇も五宮繁子も名前は出ていないらしい。その後すたれたとあるので、当然のことだと源氏研究書『河海抄』にはあるが、この辺に物語に嵯峨天皇、五宮をうまく組み込んでいる。そして、明石君がつまりはその奏法を伝えているということで、格がぐっと上がってくる。光源氏が明石君の箏をそばで聞きたいということで、これが明石君に逢う伏線になっているのである。

十　物語に投影された実在の人物

(一)　為時（博士）の娘紫式部

1　式部丞（為時　惟規）

紫式部の父為時も弟（兄）惟規《のぶのり》も式部丞《しきぶのじょう》である。式部省というのは、文官の人事、礼式、選叙（叙位及び任官）、行賞を司どり、役人養成機関である大学寮を統括するから、重要な省であった。実際に人事管理に関する手順・方法の知識を持っていたのは式部省だけで、官人の名簿や、人事や儀礼に関する法規及び実務を把握していたのは式部省のみであったため、官人の人事に関与したり、太政官といえども、彼らの意見に反論は困難だったらしい。そうした式部省の式部丞で文章生《もんじやうのしやう》出身で、花山帝の侍読でもあった為時が、そのままではないが、学者や学問について、どこか投影されている。

2　花宴《はなのえん》での博士

桐壺帝が紫宸殿の前庭の桜の宴を催す。桐壺帝は文事を重んじ、親王や上達部《かんだちめ》をはじめとして詩文に長じた者は、韻字を賜って漢詩を作る。光源氏も「春といふ文字たまはりぬ」とおっしゃる声も、例によって人とは違っている。つづく頭中将も、光源氏との目移しを気にしながらも、気を落ち着けて「声づかひなど、ものものしくすぐれたり」。帝も東宮も学才が優れているうえに、こうした作文《さくもん》の道に優れた人が多いころで、と文運盛んな理想的な政治がおこなわれているという表現である。そんな中に登場する博士たちは、身装《みなり》はみすぼらしく貧相なくせに、専門の道なので場馴れている。光源氏や頭の中将や、そしてそうした博士たちを、帝はさまざまにしみじみと興味深く御覧になるのである。

宰相の中将（光源氏）「春といふ文字たまはれり」と、のたまふ声さへ、例の、人に異なり。……まして、帝《みかど》、東宮《とうぐう》の御才《ざえ》かしこくすぐれておはします。かかる方《かた》にやむごとなき人多くものしたまふころなるに、はづかしく、はるばるとくもりなき庭に立ち出づるほど、はしたなくて（きまり悪くて）、やすきことなれど（何でもないことなのに）、苦しげなり。年老いたる博士どもの、なりあやしくやつれて、例馴れたるも、あはれに、さまざま御覧ずるなむ、をかしかりける。（花宴）

3　夕霧教育の博士

①　夕霧教育の博士

光源氏の息子夕霧に対する教育についての考え方は、紫式部の教育観を表している。光源氏は語る。高家の者が初めから思い通りの高位につくと、権勢におもねる世間の人は、内心馬鹿にしながら追従するうちは、何となく一人前に感じられて堂々としているようだが、時勢が変わって権勢が衰えた時、人に軽め侮られるものだ。やはり学問という基礎があってこそ、大和魂（政治家としての臨機の力量）が世間に重んじられるのです、と。ここでは、紫式部の学問に対する尊敬と誇り、そして高家の者の蔭位《おんい》に対する批判的な考えがあることが、しっかり光源氏の口で語られている。蔭位というのは、高家の者は初めから高位につくことができる制度である。夕霧の場合は四位に着くことができるにもかかわらず、光源氏は考えがあって六位からスタートさせる。当時、位によってはっきり装束の色分けがなされていた。浅葱色《あさぎいろ》の装束は見ただけで六位だとすぐ分かる。本人も辛いし、大宮（夕霧の祖母）はそれをとんでもないことだと嘆いて訴えるのに対して、光源氏は、その考えを述べるのである。

「高き家の子として、（位階）心にかなひ、世の中盛りにおごりならひぬれば、学問などに身を苦しめむことは、いと遠くなむおぼゆべかめる。たはぶれ遊びを好みて、心のままなる官爵に上りぬれば、時に従ふ世人の、下には鼻まじろきをしつつ、追従し、けしきとりつつ従ふほどは、おのづから人とおぼえて、やむごとなきやうなれど、時移り、さるべき人に立ちおくれて、世おとろふる末には、人に軽めあなづらるるに、かかりどころなきことになむはべる。なほ才をもととしてこそ、大和魂の世に用ゐらるる方も強うはべらめ」（少女《をとめ》）

② 光源氏に重用された学者（為時）

光源氏に取り立てられた夕霧の家庭教師は、才学のわりに不遇で貧しい学者だった。それを取りたてた光源氏の有様《ありよう》が学者の面目を立てている。ここに、紫式部の父為時がよぎる。
光源氏に盃をさされ、たいそう酔い痴れている顔つきはまことに痩《や》せ痩《や》せで、大変な変わり者で、学才のわりには出世できず顧みられなくて貧しいのを、光源氏がお見込みになるところがあって、特別に召し出されたのだった。身に余るまでのご愛顧をいただいて、急に生まれ変わった境遇になったことを考えると、将来は並ぶ人もない信望を得ることだろう。

大将（光源氏）、盃《さかづき》さしたまへば、いたう酔《ゑ》ひ痴《し》れてをる顔つき、いと痩せ痩せなり。世のひがものにて、才《ざえ》のほどよりは用ゐられず、すげなくて身貧しくなむありけるを、御覧じ得《う》るところありて、かくとりわき召し寄せたるなりけり。身にあまるまで御かへりみを賜はりて、この君（夕霧）の御徳に、たちまちに身をかへたると思へば、まして行く先は、ならぶ人なきおぼえにぞあらむかし。（少女）

4　夕霧入学の儀式での博士

この夕霧の教育については、学者の滑稽さが強調されて描かれている。夕霧が大学入学に際して、大学の名簿につける漢字二字の中国名をつける儀式での学者の様子が、滑稽譚になっている。

借り物の装束が身につかず不細工なのに恥じる風もなく、面もち声づかい仔細ありげに振舞って、……右大将、民部卿などが一生懸命土器《かはらけ》をおとりになっているのを、あきれるばかり文句を言っては叱りつける。「総じて、相伴役の方々、はなはだもってのほかであられる。これほど著名なそれがしを知らずに、朝廷にお仕えとは、はなはだばかげている。

家よりほかにもとめたる装束どもの、うちあはずかたくなしき姿などをも恥なく、面もち、声づかひ、むべむべしくもてなしつつ、座に着き並びたる作法よりはじめ……右大将、民部卿などの、おほなおほな土器をとりたまへるを、あさましくとがめ出でつつおろす。「おほし垣下《かいもと》あるじ、はなはだ非常《ひざう》にはべりたうぶ。かくばかりのしるしとあるなにがしをしらずしてや、朝廷にはつかうまつりたうぶ。はなはだをこなり」など言うに、人々皆ほころびて笑ひぬれば、また、「鳴り高し、鳴りやまむ(声が高い、静まりなされ)。はなはだ非常なり。座を引きて立ちたうびなむ」

など、おどし言ふも、いとをかし。……いささかもの言ふをも制す。無礼《なめ》げなりとても（無礼だと言って）、とがむ。かしましうののしりをる（やかましく大声を出している）顔どもも、夜に入りては、なかなか（昼よりもかえって）今少し掲焉《けちえん》なる火影《ほかげ》（一段と明るい燈の光）に、猿楽《さるがう》がましく、わびしげに人わろげなるなど、
（少女）

5　明石入道（為時）

明石入道の登場は早く若紫の巻で、登場した時は軽んじられるような人物としてである。紫式部の父為時が、越後守の任期途中で止めたのも、受領が、任地で蓄財できるにもかかわらず、そうしたことができなかったかやる気がなかったか、そういう人物だったと考えられて、こういうところが明石入道にも投影されていると考えられる。これについては、藤原克己「白氏風諭詩の引用をめぐって（一九九九年四月『國文學　解釈と教材の研究』特集〈源氏物語の脱領域〉」が分かりやすいので引用させていただきたい。

ところで、かの明石入道にしても、播磨守《はりまのかみ》在任中に巨富を築いたわけではなかった

のであった。松風巻で入道自身が、往時を次のように回想している。

（播磨守在任中も）身のつたなかりける際《きは》の思ひ知らるること多かりしかば、さらに都に帰りて、古《ふる》受領の沈めるたぐひにて、貧しき家の蓬葎《よもぎむぐら》どものありさま改むることもなきものから……

また若紫巻で、光源氏の従者良清も入道について次のように語っている。

大臣の後《のち》にて出で立ちもすべかりける人の、世のひがものにて、まじらひもせず、近衛中将を捨てて申し賜れりける司なれど、かの国の人にもすこしあなづられて、「何の面目《めいぼく》にてか、またも都にも帰らむ」と言ひて頭《かしら》髪もおろしはべりにけるを……

この良清の言葉と松風巻の入道自身とは正確に対応しているのであって、当時任国での収奪を強行していた受領たちのように、京の権門を後盾に「有官・散位・従類・不善の輩」（『尾張国郡司百姓等散文』）を引きつれて赴任したわけでない入道は、在地の有力者たちからも「あなづられ」ていたということにほかならない。

受領の任免等に大きな影響力を有する一握りの権門と、彼らの家司・家人としてその家政・経済を支えた受領たちとの寄生的な主従関係が蔓延するなかで、没落しやすかったのが、有力な後見のない皇族と「なまなまの上達部」（帚木巻）とであった。しかして、末摘花や宇治の姫君たちが前者で、宰相の中将の娘夕顔や中納言兼衛門督の娘空蝉は後者に属するのであるが、大臣の息でありながら中将で官位が停滞していたらしい明石入道も、まさに「なまなまの上達部」の階層だった。その入道に物語は、やはり漢才を備えた倫理的な風貌を刻印しているのであって、播磨守在任中の入道が、先の少弐と同じように清貧な受領として造型されていることを見落としてはならないであろう。

それではいったい、あの入道の巨富はいかにして築かれたのであるか。前掲部分に続けて良清は、「そこら遥かにいかめしう占めて造れるさま、さはいへど、国の司にてしおきけることなれば、……」と語っているのであるが、この入道の致富にはやや非現実的な空想性を認めざるを得ないのであって「さはいへど」はその矛盾を縫合する詐術と言わねばならない。

しかし、没落階層の悲哀を代弁するような明石入道にしても末摘花にしても、一方で徹底的に戯画化されていること、また末摘花の造型も写実的というより物語的であることに留意しておこう。あるいは、貧家の娘の結婚難を主題とする白居易秦中吟「議婚」が、帚木巻の雨夜の品定で、学者の家の娘を徹底的に戯画化した中で引用されていることにも。学者の家の娘とは、まさに作者自身の出自でもあろうに。

物語風《ロマネスク》と写実風《レアリスム》との、また倫理的な精神とフモール（ユーモア）の感覚（ジッドがヘッセを評した言葉を借りれば、自身をも含めたすべてを、晴朗なイロニーの距離を置いて笑うことのできる能力）との複雑に交錯する織り柄にこそ、この物語の稀有な魅力があるのだとすれば、そのレアリスムと倫理性とを底支えしている支柱の一つとして、白氏風諭詩の利用のありかたからもうかがわれるような作者の漢文学の素養の深さがあったのだといってよいのではないだろうか。

『源氏物語』には、あちこち齟齬や矛盾が見られるが、それもわかりやすく説明いただいた気がする。また、「明石入道にしても末摘花にしても、一方で徹底的に戯画化されていること、……学者の家の娘を徹底的に戯画化した中で引用されていることにも」とあって、そこに「学者の娘とは、まさに作者自身の出自であろうに」とあることに注目したい。『源氏物語』を読んでいると、作者をはじめとして、投影されている人物が実に多く感じられるから、そのことを、まさにここで私は書いているわけなので。

さて明石入道に戻ると、初めは実に戯画化されている。光源氏が身重の娘を残して京へ帰ってしまった後も、辛くて呆けたようになってしまい、弟子たちにも侮られ、昼は寝て暮らし夜は起きだして、行道《ぎやうだう》して遣水《やりみず》に倒れこんでけがをしたりすることが、戯画化されて描かれる（明石）。それが後には、光源氏に、年を取って世の中のことがいろいろ解ってくるにつれ、不思議に恋しく思い出されるお人柄だ、と言われるような人になり、最終的には優れた人物となってくるのである（若菜上）。

入道の宿願かなって、つまり孫の明石姫が入内して皇子を生んだとき、それを深く喜び、自身はつまらない山伏の身で今さらこの世の栄達を望まない、と住んでいた邸《やしき》を寺にして深い山に籠ってしまう。明石君や母尼に言い残したことは、死んだ日や月も心にかけるな、藤衣（喪服）に身をやつす必要はない、老法師《おいほふし》のためには功徳をつくりたまへ、かいなき身は熊狼《くまおほかみ》に施す、極楽浄土で再会しよう、と。残った弟子の話によると、供には僧一人と童二人だけを連れて山に入り、麓まで見送った者は皆返し、勤行の隙に奏でていた琴《きん》の御琴《こと》や琵琶を取り寄せ、奏でながら仏に別れを申して、それらを御堂に喜捨し、そのほかの財宝のほとんどを寄進、残りを弟子六十人に分け与え、その残りを京の明石君たちへ送った、というのである。それが、光源氏が造営した六条院の経済を支えていた、という。弟子はさらに、後に残された者は、空しい思いで悲しんでいる者が多い、と語る。というような実に優れた人物になっている。

入道の願いは皇統に続くことであり、何故そのようなことを願うに至ったかを、明石君に長い文を書き置いて知らせる。それは明石君が生まれるときに見た夢であって、その夢によってここに至った謎解きをするのである。この夢が『源氏物語』の構想にもなっている。

わがおもと（明石君）生まれたまはむとせし、その年の二月のその夜の夢に見しやう、須弥《しゅみ》の山を、右の手に捧げたり。山の左右より、月日の光さやかにさし出で世を照らす。みづからは山の下《しも》の蔭《かげ》に隠れて、その光に当たらず。山をば広き海に浮かべおきて、小さき船に乗りて、西の方をさして漕ぎゆく、となむ見はべし。

（若菜上）

月は皇后、日は帝を喩《たと》えることから、明石君により皇后、さらに東宮が生まれる予兆を得て、力及ばぬ自らの身を思い余って播磨《はりま》の国守に沈淪したが、明石君を頼みの綱として、さまざま願を立てた。宿願かなって明石女御が国母《こくも》（天皇の母）となること疑いもないので、住吉の御社《みやしろ》をはじめ願果たし（お礼参り）をするように書き置き、自らはその恩恵に浴することを全く考えず、いつ死んでも弔いはせず、功徳を積むようにと書き残して山に籠ってしまうのである。後にこれを読んだ光源氏は、明石入道を高く評価する。

「どんなに修行を積まれてお暮しなのだろう。長生きしたお蔭で、多年勤めてきた修行によって消滅した罪障も数知れぬことだろう。世間でたしなみあるとか学があるとか、それぞれ高僧名僧といわれる人というので気を付けて見るにつけても、現世の名利に迷いが深いせいか、才智という点では優れているが、それだけのことで入道には及ばないことでした。いかにも悟り深く、聖僧ぶって俗世を捨てきったというふうでもないものの、本心はこの世ならぬ極楽浄土に、自在に行き来して暮らしていると思われる。まして今は気にかかる係累もなく、解脱し切っているのだろうな。気軽な身ならば、忍びていと会はまほしくこそ」（若菜上）

ここまで光源氏に言わせる人物になっているのである。

さらに、すべて何事も、ことさら有職〈知識教養才芸その他優れている〉にしてもいい人で、ただ、処世の術だけがまずかったのだ、……女子《をんなご》のかたにつけたれど、かくていと嗣《つぎ》なしといふべきにあらぬも、入道が多年行いに励んだ効験《こうげん》なのだろう」と涙をおしのごい「婿になどという、身分にあるまじき振舞をかりにもしたこと、無実の罪で須磨明石に流浪したのも、この入道一人の、夢による祈願成就のためだったのだ」、いったい入道はどんな願を心に起こしたのかと知りたくて、心のうちに拝みて取りたまひつ。

明石入道が「有職にしつべき」人物であったが、ただ処世の術だけがまずかった、というところに、紫式部の父為時の投影を感じる。

構想的には、光源氏が無実の罪で須磨明石に流謫したのも、この入道の夢、それも明石君が生まれるときに見た夢によっている。住吉に御願果たしに詣でた時に、明石入道の願文《ぐわんふみ》を見ると、今現在の光源氏の御勢いがなくては叶えられないものであった。しかも「ただ走り書きたるおもむきの、才才《ざえざえ》しくはかばかしく、仏神も聞き入れたまふべき言の葉あきらかなり」（若菜上）と、ほんの走り書きの文章が優れているのである。

ではなぜ入道がここまで皇統にこだわったかということについて、明石入道の祖大臣家、同じその一族から桐壺更衣に流れて光源氏に繋がっている、この明石一族の皇統への願いが、何かうまくいかなかったのを、ここにきて成就したのだと考える向きが多い。

(三) 紫式部

紫式部が投影されているとみえる女や女君は多く、藤式部丞の妹、博士の娘、朝顔、空蟬　明石君　中川辺りの女　花散里　浮舟などである。それを見ていきたい。

1　藤式部丞（惟規）の妹

紫式部はもと藤式部と呼ばれた。藤というのは藤原氏ということで、当時女は父や兄弟の官職名で呼ばれたので、父も弟（兄）も式部丞だった紫式部は、藤式部と呼ばれたのである。実は香子という名前だったという。ところが、『源氏物語』に藤式部丞《とうしきぶのじょう》という人物が登場する。この人物は雨夜の品定めで学者の娘との体験談を話すので、やはり藤式部丞だった惟規《のぶのり》やその妹（姉）紫式部の投影が感じられる。

雨夜の品定めで、やや年長で経験も豊かな左馬頭《さまのかみ》が、中の品にいい女がいる、また意外性がある女性に惹かれる、という話をしているとき、こんな話をする。
父親は年老いて醜く太り、兄は憎たらしい顔をして、どうということもない家に、なかなかの女がいる。その女がまことに気位高く、ほんのちょっとしたことをしても、たしなみありげに見えたのは、それが生半可な才芸でも、予想外で面白くないことがありましょうか、興味を惹かれるじゃありませんか。気位が高いのは当時の誉め言葉で、現代語とはニュアンスが異なり、高慢とは違う、誇り高いことを意味する。全く欠点がない最高級の女性には及ばないが、これはこれとして捨てがたいものだよ、と藤式部丞を見やると、察しのいい藤式部丞は、妹たちの評判がいいのを思っておっしゃっていると察知して黙っている。

「すぐれて疵《きず》なきかたの選びにこそ及ばざらめ、さるかたにて捨てがたきものをば」とて、式部を見やれば、わが妹どものよろしき聞こえある（相当なものだという評判があるの）を思ひてのたまふにや、とや心得らむ、ものも言はず。（帚木）

妹たちの評判がいいのを知っておっしゃってると聞きながら、黙っている。ここに藤式部丞の妹（姉）である紫式部が投影されている。こんな形で自身をさりげなく書いたのではないか、と考えることができるのである。

2　博士の娘

藤式部丞が体験談で語る女は、彼が文章生《もんじやうのしやう》だったころ、学問に通っていた師の博士の娘だった。公《おおやけ》ごとの相談も、私的な面の配慮も行き届いていて、学才のほどは、なまじっかな博士も恥ずかしくなるほどで、曲りなりの腰折文《こしをれぶみ》（漢詩）を作るのを教わったり、すべて賢い女だった。その娘が、今日は大蒜《おおびる》（ニンニク）を食べたので、直には会えないと物を隔てて応対するので、妬いてるのかと思うが、この女は男女の道理をわきまえていて妬いたりしない。直に会えない言い訳をする言葉が、漢語だらけで実に滑稽譚《こっけいたん》になっている。学才のほどが、なまじっかの博士も恥ずかしくなるほどであるところが、どこか紫式部も投影されているようだ。

声もはやりかにて言ふやう「月ごろ風病《ふびやう》重きに堪《た》えかねて、極熱《ごくねち》の草薬《さうやく》を服《ぶく》して、いと臭きによりなむえ対面賜《たま》はらぬ。まのあたりならずとも、さるべからむ雑事等《ざふじら》

はうけたまはらむ」とあはれにむべむべしく……（帚木）

紫式部は自身が学者文人の家に育ち、誇るべき学問の知識があるにもかかわらず、学者や博士が、えてして滑稽になるところを面白おかしく書いている。

3　朝顔

光源氏がかかわった女君で、朝顔と呼ばれる女君が『源氏物語』の早い時期に登場する。

空蝉に出会う前なので、光源氏にかかわる女君の登場順序でいうと、葵上は措《お》くとして藤壺に続く二番目の姫君である。この姫君に光源氏が「朝顔奉りし」歌を、紀伊守《きのかみ》邸へ方違えへ行ったとき、女房達が少しほほゆがめて・言葉を間違えて噂話しているのを立ち聞きするのである。

式部卿の宮（桐壺帝の弟）の姫君に、朝顔奉りし歌などをすこしほほゆがめて語るも聞こゆ。（帚木）

この姫君は朝顔とよばれ、後に源氏が求婚するが、六条御息所のようにはなりたくないと、頑なに拒絶する。父の弟の娘であるため身分が高いので、結婚話が出た時は紫の上も嫉妬する女君で、光源氏が老いるまで折に触れ光源氏に甦ってくる女君である。『紫式部日記』には、紫式部邸に方違えに来た男と朝顔の歌のやり取りをした話がある。この男は宣孝だったと考えられる。これが物語に投影されていると思われるので再述する。色めいたことをどちらへともなく語りかけたのか、と『紫式部集』の注にある。

方違へにわたりたる人の、なまおぼおぼしきことありて（真意のわかりかねる言動があって）帰りにけるつとめて（翌朝）、朝顔の花をやるとて紫式部　おぼつかな
それかあらぬかあけぐれの　そらおぼれする朝顔の花
返し、手を見わかぬにやありけむ（筆跡が姉と見分けがつかなかったのか）
（宣孝）　いづれぞと色わくほどに朝顔のあるかなきかになるぞわびしき

4　空蝉

①　紫式部と空蝉の共通点

紫式部と空蝉には共通点が多く、紫式部と周りの状況もよく似ていて、空蝉には紫式部が投影されていると古来言われている。共通点は、父ほど年を取った受領の後妻であること、先妻の息子や娘は世代が同じくらいで、その息子に求婚される、など。

また、紫式部は、故宣孝を偲んで先妻の娘と歌のやり取りをしている。物語で、空蝉が伊予介の娘と碁を打つ場面があって、先妻の娘と仲良くしていることがある。これも紫式部の実体験を踏まえているようである。

②　紫式部夫宣孝と空蝉の夫伊予介

帚木巻の雨夜の品定めの翌日、方違えのため突然訪問した紀伊《きの》守邸で、光源氏は空蝉に興味を持つ。空蝉は本来なら桐壺帝に入内の話もあった。その事情を光源氏はすでに知っていた。そんな空蝉は、心ならずも空蝉と同世代と思しい紀伊守ほどの息子や娘もいる伊予介《いよのすけ》に嫁いで、たまたま息子の紀伊守邸に身を寄せていた。紫式部が結婚した宣孝も、父為時と同世代かと思われ、その息子も娘も紫式部と交流があった。物語の伊予介が若い空蝉を後妻にしたことについて、光源氏が、大事にしているか、と息子の紀伊守に尋ねるところがある。それはもう「私《わたくし》の主《しゅう》とこそは思ひてはべるめるを、好き好きしきこと」と、わたくしをはじめとして子供たちは承知していないのですと、光源氏に語ると、源氏は「さりとも、まうとたちのつきづきしく今めきたらむ（お前たちのような似合いの今風の若者に、おろしたてむやは（下げ渡すものかね）。かの介は、いとよしありてけしきばめるをや（あの伊予介は、なかなかたしなみある伊達者だからな）」と言うところがある。紫式部の夫宣孝が、魅力的で不羈《ふき》の人であったことは述べた。宣孝が「いとよしあり、けしきばめる」人物だったのだろうことを、それとなく言っているようだ。

宣孝は紫式部の父為時と共に具平《ともひら》親王の家人でもあった。具平親王は先にも述べたように、醍醐天皇の孫で母も醍醐天皇の孫である（系図5）。為時も宣孝も勧修寺流で共に天皇家の近くにいたのも頷ける人物である。

③　求婚　紫式部に求婚した宣孝の息子と空蝉に求婚した紀伊守

宣孝は父と同じくらいの年恰好で、紫式部は宣孝亡き後その息子に求婚されたらしい。そのことも似た形として物語に反映している。物語の空蝉は夫常陸介《ひたちのすけ》（元伊予介）亡き後、息子の河内守（元紀伊守）に求婚されたことがそれとなく描かれ、それを機に空蝉は出家したのだった。

ただこの河内守《かわちのかみ》のみぞ、昔よりすき心ありて、少し情《なさけ》がりける。「あはれにのたまひ置きし（父がくれぐれもとご遺言なさったのだから）、数ならずとも、おぼしうとまでのたまはせよ（お嫌いにならずなんでもおおせください）」などと追従し寄りて、いとあさましき心の見えければ、……人知れず思ひ知りて人にさなむ（出家する）とも知らせで尼になりにけり。（関屋）

5 明石君

① 明石君と紫上

明石の君は、光源氏が若紫を見初める若紫巻でさりげなく登場する。その登場の位置は、後に光源氏の最愛の妻紫上を補完する一方の妻（浅尾広良「『明石の君』の女性像」）

として、また陰の主人公としてむしろ紫上より、作者の思い入れがあることを暗示している。

補完しあう紫上と明石君というのは、明石君の生んだ姫を紫上に託すことによって、身分の低い受領の娘明石君所生の姫の格が上がり、入内するにふさわしい后がねとなる。子のない紫上が明石姫を育てることで、姫を持つ幸せを得る。明石姫も紫上を母と慕うが、実際に傍で面倒を見るのは明石君である。

ちなみに、明石姫は後に自分の実母が明石君で出自の低さを悟り、中宮になってからは、宇治十帖に続く物語の登場人物の行動のきっかけとなるキーパーソンになっている。

② 数ならぬ身・身の程意識

明石君は実に身の程を意識して数ならぬ身を弁《わきま》えているが、この身の程意識は紫式部が日記に何度も書いているのと同じで、その身の程意識と、二人とも受領の娘であるというところに共通点がある。その明石君を優れた人物として描き、しかも皇統につながる幸運に恵まれるという人物設定に紫式部の自己投影と肩入れを感じる。

③　六条院の女君の位置・『易経』による陰の主人公明石君

明石の君は、六条院に移るときもみんなの移った後にこっそりと目立たぬように引っ越しをする。六条院は、普通の貴族の邸の一町《ひとまち》を四つ集めた四町からなっている。

東南の町……春の町　紫の上と明石女御　母屋と対の屋　池
西南の町……秋の町　秋好《あきこのむ》中宮　母屋と対の屋　池
東北の町……夏の町　花散里、玉鬘　母屋と対の屋　馬場　池
西北の町……冬の町　明石君　対の屋だけ　池はない　裏庭に御蔵町

明石君の住む西北の町は、母屋もなく対の屋だけで、前庭に池もない。裏庭は御蔵町になっていて、この御蔵が六条院の経済を担っている、という設定である。ところが、大塚ひかり『もっと知りたい源氏物語』に引かれていることによると、この女君の配置が中国最古の『易経』によっているという説（池浩三など）があって、『易経』が説くそれぞれの女君の住む方角には、意味する性格があるという。明石君の西北の方角は「天、竜を象徴。すこやかで休むことがなく、天道の全体を統一する、陽、父、首、な

どを意味する。上位にあって奢らず、下位にあっても憂えない。時期すでに終わったと知るや、潔くことを終えて退くなら吉」ということで、しかも、竜を意味する西北の明石君が真の統一者ということになる、ということで、『源氏物語』の陰の主人公であるゆえんである。しかし、それは陰に隠されていて、表面的にはいかにも隅に追いやられた風に見える。あくまでも紫上が、華やかなで明るい春の東南の町に住み、光源氏の最愛の人なのである。

④　紫上の嫉妬

紫上が明石君に嫉妬する場面がある。光源氏も気を遣って「なずらひならぬほどを、おぼしくらぶるも、わろきわざなめり。われはわれと思ひなしたまへ」（松風）、と紫上をたしなめる。つまり、「なずらひならぬほど（比較にもならぬ相手）」つまり、身分が低い者は嫉妬の対象ではないというのである。一方、身分を弁えた明石君の行動は周囲に褒められ、皇女になぞえられたりする。光源氏は、紫上の心根の良さを誉め、明石君には、あなたは物の道理を弁えていられるようで「いとよし」、紫上と心を合わせて、明石女御の後見をするように、と言う。明石君が紫上から数ならぬ身を大事にされて恐縮だというようなことを言うと、何もお前のためじゃない明石女御可愛さゆえだ、と源氏に言われる。実の母であるが、でしゃばることもない態度で万事安心でうれしい、と源氏に言われ、「さりや、よくこそ卑下しにけり（遜《へりくだ》った）」と心に思い続けるのである。この明石の君は、どこか紫式部のようではないか。

⑤　紫上亡き後の明石君

光源氏は、幻巻で紫上の死を一年間の風物の歌と共に哀傷する。そんな時、光源氏が明石君を訪れると、急な訪問にもかかわらず、さすがに態度所作が人とは違う、と思うが、一方で紫上はこうではなくて、とまた紫上と比較するのである。どうやってこの悲しみを慰めたらいいか「いと比べ苦し（折り合いがつきにくい）」、というのである。この物語では、光源氏が明石君に関わるとき、紫上に思いをはせ「くらべぐるし」という言葉が出てくる。「折り合いがつけにくい」意味ではあるが、「比べにくい」意味が匂わせてあるようにも感じられる。どこまでも紫上の優位性を語りながら、明石君にひそかに肩入れしているようなのだ。

明石君を訪ねて、光源氏は長居して心の内をしみじみと語り、明石君は適切な助言をしたりする、そういう二人になっているのである。明石君はその後も、娘明石女御の生んだ孫の皇子皇女の面倒を見ながら、静かに物語から消えていく。明石君は、考えようによっては、実質的な幸せを生きることになったのである。

6　中川の辺りの女

花散里を訪問する途中「中川のほどおはし過ぐるに、ささやかなる家の、木立などよしばめるに、よく鳴る琴を、あづまに調べて、掻きあはせ、にぎははしく弾きなすなり」。お耳にとまって邸を覗き込むと、そこはかとなく風情があってただ一度逢った女の宿だとわかる。時が経っているのでためらっていると、折から郭公《ほととぎす》が、立ち寄れと勧めるように鳴いてわたるので、女に歌を詠みかけるが、女は相手にしない。

光源氏　をちかへりえぞ忍ばれぬ郭公　ほのかたらひし宿の垣根に
　　昔に立ち戻り郭公・私が胸の思いを忍びかねて鳴いています

女　郭公こととふ声はそれなれど　あなおぼつかな五月雨《さみだれ》の空
　　郭公の声は確かに昔のあの声ですが、五月雨の空が曇ってわかりません女は拒絶はするが「人知れぬ心には、ねたうもあはれにも（怨めしくも心残りにも）思ひけり」。これは、光源氏に思いを持ちながら、頑なに拒んだまさに空蟬の心。光源氏は、そうしなくてはならない理由もあるのだろう、それも無理もない、とそれ以上押さない。ほんの短い挿入話だけれど、空蟬が想起され、紫式部の投影が感じられる。もう一つ、女が琴を弾いていたのに光源氏が耳をとどめる、というところで紫式部を想起するのは、紫式部自身が箏の琴に優れていたと思わせるところが『紫式部集』にあるからである。

「箏の琴しばし」といひたりける人、「参りて御手より得む」とある返り事

露しげきよもぎが中の虫の音を　おぼろけにてや人の尋ねむ

注によると、「参上して、直接奏法を習いたい」の意。借りたい、の意とも解せるが、歌の「虫の音を……尋ね」るという表現からは、奏法であろう。歌の意味は「露いっぱいの蓬の中で鳴いている虫の声を、並一通りの思いで人は聞きに来るでしょうか。こん

なあばらやへ、私などに琴を習いに来ようとは酔狂な方ですね」。作者の住いと琴の演奏を謙遜したもの。（『紫式部集』注）

ここで鳴いていた郭公《ほととぎす》が、次の花散里の邸に飛んでくる、ということで繋がっていく。

7　花散里

花散里という女君は、父桐壺帝の麗景殿女御《れいけいでんのにょうご》の妹で地味な女性である。そもそも麗景殿女御が華やかな寵愛はなかったが、桐壺院が「むつましく、なつかしきかた（親しみやすく、やさしいお相手」だとお思いだった。庭近くには橘《たちばな》が薫って、花橘と言えば郭公。郭公と言えば、彼岸と此岸《しがん》を往来するという鳥。昔話をしていると、先ほどの郭公が光源氏を慕ってきたのか、同じ声で鳴いている。

光源氏　橘《たちばな》の香《か》をなつかしみ郭公　花散里をたづねてぞとふ
（昔を思い出させる橘の香を懐かしんで、郭公は橘の花散るこの屋敷を探してやってきた）（花散里）

引き歌は「五月《さつき》待つ花橘の香をかげば昔の人の袖の香ぞする（『古今集』）」と、「橘の花散里の郭公片恋しつつ鳴く日しぞ多き（『古今六条』、『万葉集』大伴大納言）」。

光源氏が麗景殿女御に「いにしへの忘れがたきなぐさめには（昔を忘れられない心の慰めには）」やはりこちらに参るべきでした。こちらでは、この上なく悲しみが紛れることも、また加わることもあるのでした、世の人は時勢に流されるものなので、昔語りの出来る人も少なくなった、と語るように、そうした場所であり、麗景殿女御の妹、その名も橘の花散里の名を負う女君花散里は、光源氏が逆境にあるとき思い出すような人物である。自らをわきまえて嫉妬したりもしない。光源氏に信頼されていて、後に六条院に迎えられる四人の女君の一人で、夕霧や玉鬘の面倒を見ることを託される女性である。この花散里が女の魅力には欠けるけれど、紫式部が人としてよしとした人物で、ある側面で理想とした女君であり、自らをどこか投影している。

8　浮舟

浮舟は物語の最後に登場する。父親八宮からも認知されず、運命に翻弄され、二人の貴公子匂宮と薫に愛されるが、どちらにもつけず、宇治川に入水しようとするが果たせず、横川《よかわ》の僧都《そうづ》に助けられ、その妹の小野の妹尼に引き取られる。妹尼たちが不在の折、僧都に強く願い出て、出家する。心を閉ざした浮舟は、仏道修行と手習いの日々を送る。つまり、書く人になっているが、書く人となると紫式部と重なる。薫に見つけられてから、浮舟の弟の小君や、紀伊守など、空蟬の巻と同名の人物が登場し、碁を打ったりすると、空蟬が髣髴としてくるのである。

空蟬は紫式部が自身を投影した人物である。浮舟も薫の申し出を、空蟬同様固辞し続けることで浮舟と空蟬が重なってくる。また、この物語のテーマの一つである、女の宿世は浮きたるもの、ということを、その名前からして体現している浮舟である。帚木巻で、紀伊守邸に方違《かたたがへ》に来た光源氏が、紀伊守と話すところで、「この姉君やまうとの後の親（小君の姉君がお前の継母か）」と尋ね、不似合いな若い継母を持ったものだ。帝（桐壺帝）も、入内を希望していたことを耳になさって、どうなったか、と、仰せだった。世こそ定めなきものなれ（男女の縁はわからぬものだ）」。と言う源氏に紀伊守は答える。図らずも父に縁付きました。男女の仲はこうしたもので、中でも女の宿世は浮かびたるなむ、あはれにはべる。

似げなき親をも、まうけたりけるかな。上にもきこしめしおきて、『宮仕へにいだし立てむと漏らし奏せし、いかになりにけむ』と、いつぞやのたまはせし。世こそ定めなきものなれ」と、いとおよすけのたまふ。「不意にかくてものしはべるなり。世の中といふもの、さのみこそ今も昔も定まりたることはべらね。中についても、女の宿世は浮びたるなむ、あはれにはべる」（帚木）

空蟬が入内の話もあったが、いきなり伊予介に嫁いだことを、女の宿世は浮びたるなむあはれ」と、物語の初め・帚木の巻に提示されている。それが、浮舟で閉じられる。紫式部が、女一般の宿世、女の宿世は浮びたる、を自身と重ねて投影したのだろうと考えていいのではないか。

㈣　中務卿（兼明親王）

物語で、明石君の母の祖父が中務卿で宮家の流れを汲んでいる。つまり皇統なのである。光源氏が、明石で生まれた明石姫のためにも上京を促し入邸するように促すが、明石君はすんなりとは動かない。実は、母の祖父の古い邸が大堰《おおい》にあって、そこへ移り住むことになるのである。その母の祖父というのが中務の宮・中務卿なのである。光源氏は、その大堰の邸に通うことになる。当時、男の邸へ入っていくのと、男を通わせるのとでは大きい違いがある。女の格が違ってくるといっていい。入っていけば召人《めしうど》（貴人御手付きの女房・妾）で、通わせると夫人格になる。

昔、母君の御祖父《おほぢ》、中務《なかづかさ》の宮と聞こえけるが領《らう》じたまひける所、大井川《おほゐがは》のわたりにありけるを、その御後《のち》、はかばかしうあひ継《つ》ぐ人もなくて、年ごろ荒れまどふを思ひ出でて、かの時より伝はりて宿守《やどもり》のやうにてある人を呼び取りてかたらふ。（松風）

この中務卿を、古注では醍醐天皇の皇子朱雀天皇や村上天皇の異母兄に当たる兼明《かねあきら》親王を擬している（系図5）。兼明親王は、あの太田道灌が雨具を借りに立ち寄ったら、出てきた娘が「実の一つだになきぞ悲しき」の歌を引いて、蓑《みの》一つもありません、ということを、山吹の一枝で表現した逸話があるが、この元歌の作者である。元歌は『後拾遺和歌集』にある。

七重八重花は咲けども山吹の実の一つだになきぞ悲しき（あやしき）

兼明親王は、はじめ源姓を賜り源氏であった。源高明とも異腹の兄弟である（系図5）。亡くなったのが九八七年ということは、九七〇年代に生まれたとされる紫式部と重なる部分もある。藤原兼道、兼家の兄弟争いに巻き込まれ、左大臣の座を追われ皇戚に戻り中務卿となった。『本庁文粋』に収録された詩「菟裘賦」の中で、「君昏《くら》くして臣諂《へつら》ふ」と、円融天皇や兼道、頼忠を痛烈に批判している。九八六年には、中務卿も辞し嵯峨に隠棲した。甥の具平親王と共に並び称される博学多才の主で、兼明は前中書王《さきのちゅうしょおう》、具平は後中書王《のちのちゅうしょおう》と呼ばれた。中書王とは、中務卿になった親王のことで、中務卿とは天皇に近侍し、詔勅の宣下や上表の受納など宮中の政務をつかさどった。唐名は中書で、中は禁中の意味。ちなみに中務という女性歌人がいるが、この人は村上朝で活躍した歌人である。その父は醍醐天皇と父も母も同じくする醍醐天皇の弟敦慶親王で中務卿、母が伊勢である。伊勢は紫式部が物語で、実名を出して大切にしている人物である。その娘の父が中務卿だったので、中務と呼ばれたのである。

兼明親王の甥の後中書王《のちのちゅうしょおう》具平《ともひら》親王は、紫式部の伯父や父とも交流がある。

あとがき

「どうせ学者になる気はないんでしょ。だったら大作をやりなさい。通読するだけでも意味がありますよ」という恩師目加田さくを先生の言葉で、卒論を『源氏物語』に決めた。

当時は、五十四帖の長編物語が年齢を追って描かれ、主人公の年齢が、生まれた時から、さらに若い十代の少年時代から壮年になり、さらに年老いて「逆さまにゆかぬ年月よ」と、若い柏木に正妻女三宮を寝取られて、年寄りの嫌みを言ったり、また、その不義の子の幼い薫が、筍にかぶりついてよだれを流して、着物の前をはだけて走りまわっている描写や、年寄りが話の途中でいびきをかきだしたり、寒さに震えてとび上がるほど、というような描写が印象に残って、「年齢意識」が気になっていた。

その後、人物の比較が気になった。さしもの貴公子頭の中将も、青海波を二人舞で光源氏と並んで舞うと「花の傍らの深山木なり」と、表現される。そのほか、女君たちも、実に比較される。それを抜き出そうとしたこともあった。

しかし今は、作者紫式部の血脈が『源氏物語』に反映していることが興味深い。

これを書き始めてあれよあれよと五年の歳月が流れ、その時々で、すっかり離れてしまっていた時もあり、また新しい発見もありで、先学方の深いご研究の本をそっくり引用させていただいたりした。

特に講座で教えをいただいた藤原克己先生、倉本一宏先生、また故山下道代さんのご著書、大塚ひかりさん、山本淳子さんのご著書などなど、様々教えをいただいた。ここで、深く感謝申し上げます。さらに羽衣出版編集部の方々にもご協力いただき感謝です。ありがとうございました。

長い間に前後の繋がりやまとまりも悪くなってしまったかもしれない。けれども、昨春ごろからの、せめて誕生日までがさらに延び、せめて年の内にが年を越してしまったけれど、いつもどこかで気に留めながらやってきた。当然、学術書ではないし、その時々の興味だけで書いてきた。それらを踏まえて読んでいただければ幸せです。

白石　幸代

令和三年一月

（著者プロフィール）

白石　幸代（しらいし・さちよ）

1940年生まれ。福岡県直方市出身。
福岡女子大学国文科卒業。
1976年から25年間小学校教諭。
趣味は能楽・音楽（演歌・クラシックから
童謡・唱歌まで）。
著書『おば単　英単語を推理する』（碧天社2002年）
　　『紫式部 源氏物語 構想の意図』（羽衣出版2013年）
現住所　〒413-0231　伊東市富戸966-28

紫式部の血脈と源氏物語

令和三年二月十一日発行
定価　本体909円＋税

著　者　白石　幸代
発行人　松原　正明
発　行　羽衣出版
〒四二二―八〇三四
静岡市駿河区高松三二三三
TEL〇五四・二三八・二〇六一
FAX　〃

■禁無断転載

ISBN978-4-907118-61-7　C0095　¥909E